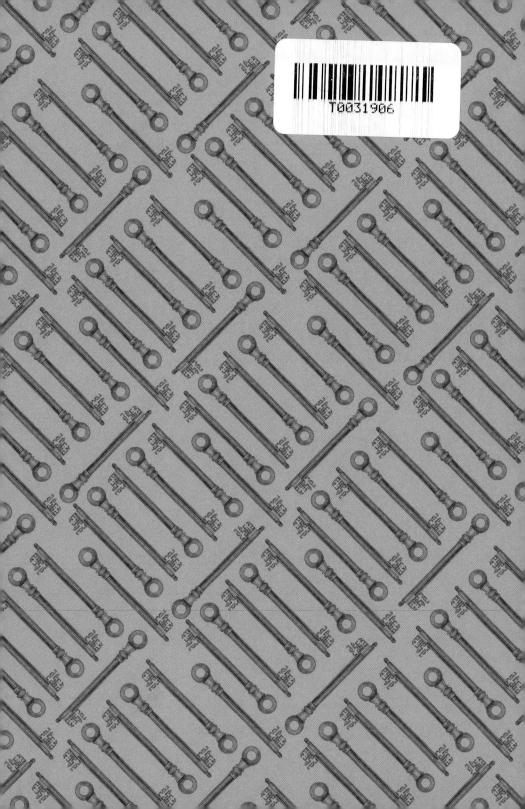

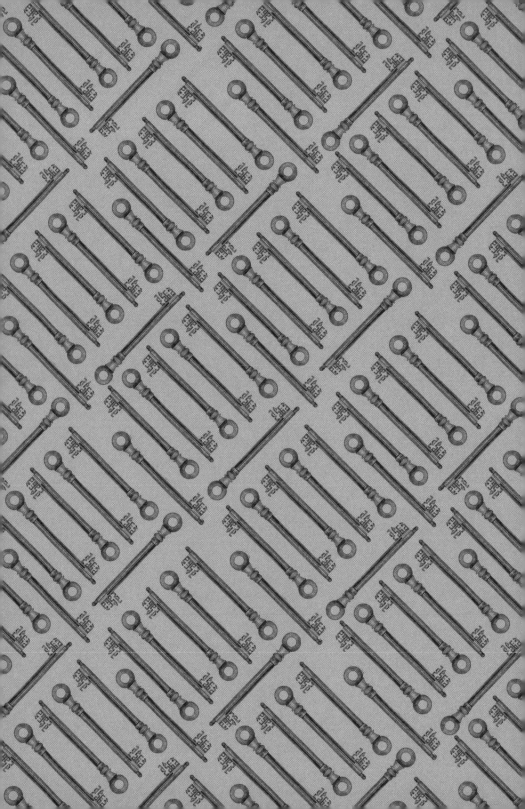

CICLO ONÍRICO RANDOLPH CARTER

ALMA CLÁSICOS ILUSTRADOS

H.P. LOVECRAFT

CICLO ONÍRICO RANDOLPH CARTER

Ilustrado por
Ruth Bernardette

Títulos originales: *The Statement of Randolph Carter, The Unnamable, The Dream-Quest of Unknown Kadath, The Silver Key* y *Through the Gates of the Silver Key*

© de esta edición:
Editorial Alma
Anders Producciones S.L., 2021
www.editorialalma.com

 @almaeditorial
 @Almaeditorial

© de la traducción:
Jesús Cañadas: *La declaración de Randolph Carter, Lo innominable* (traducción cedida por Ediciones T&T), *La Llave de Plata* (traducción cedida por Ediciones T&T), *A través de las puertas de la Llave de Plata*
Manuel de los Reyes: *La búsqueda en sueños de la ignota Kadath*

© del prólogo: Jesús Cañadas

© de las ilustraciones: Ruth Bernardette, 2021

Diseño de la colección: lookatcia.com
Diseño de cubierta: lookatcia.com
Maquetación y revisión: LocTeam, S.L.

ISBN: 978-84-18395-37-6
Depósito legal: B13400-2021

Impreso en España
Printed in Spain

Este libro contiene papel de color natural de alta calidad que no amarillea (deterioro por oxidación) con el paso del tiempo y proviene de bosques gestionados de manera sostenible.

ÍNDICE

PRÓLOGO

———◆———

Imagina que la vida te supera en todos y cada uno de sus aspectos. Imagina que todo te deja atrás, que tus decisiones, por acción o por omisión, te han llevado a un lugar donde cualquiera puede salir adelante. Quiero decir cualquiera. Cualquiera excepto tú.

¿Adónde te escaparías?

El 3 de marzo de 1924, tras un cortejo tan inusual como él mismo, Howard Phillips Lovecraft contrajo matrimonio con Sonia Greene. Sonia, empresaria y divorciada, una *rara avis* según todos los estándares de su época, convenció a Lovecraft de lo impensable: mudarse de la amada Providence que lo vio nacer. La pareja pronto se instaló en un apartamento en Brooklyn, donde Lovecraft no tardó en encararse con el monstruo más implacable: la vida. Sonia era capaz de encontrar trabajo hasta debajo de las piedras, pero en eso Lovecraft también era su opuesto. Él prefería llevar la vida disipada de un noble venido a menos, de un literato lánguido instalado cómodamente en su papel de víctima de su *Zeitgeist*, de haber nacido a destiempo. Todas esas ínfulas se fueron al traste cuando tuvo que enfrentarse a una realidad que le venía grande, un verdadero horror cósmico: alquiler, lista de la compra, vida de pareja.

Para colmo de males, Lovecraft descubrió que su pose afectada no era solo una pose: no sabía hacer nada. Le fue imposible encontrar trabajos duraderos, ganarse la vida. Al mismo tiempo, veía que todos sus vecinos inmigrantes, que atestaban tanto Brooklyn como el barrio colindante, Red Hook, con muchos menos remilgos y muchas más ganas de trabajar de verdad que él, conseguían (con muchas dificultades) llevar un sueldo a casa. Para colmo de males, Sonia Greene tardó menos de un año en encontrar un buen trabajo... en Cleveland. Y luego en Chicago. Howard se negó a mudarse de nuevo, así que Sonia hizo lo único que podía hacer: marcharse sola a trabajar para los dos, con la promesa de enviar dinero y volver pronto. O tarde.

Lovecraft se vio solo, en una ciudad que no era la suya. Y decidió hacer, o no le quedó más alternativa, lo poco que sabía hacer: odiar. Y escribir.

La primera parte es imposible de justificar. Lovecraft, criado en una familia que presumía de reaccionaria en una sociedad ya de por sí reaccionaria, arropado en ideas supremacistas desde su infancia, se creía mejor que cualquiera con un tono de piel levemente oscuro. Y sin embargo, la realidad le demostraba que todo inmigrante que llegase a Nueva York en busca de un futuro encontraba eso mismo: un futuro. Todos, menos él. Podría haber abrazado la realidad y haber cuestionado todo lo que le habían enseñado, pero no disponía de las herramientas necesarias para ello. La balanza cayó del otro lado. De esta época datan historias de un racismo desatado como «El horror de Red Hook», así como ciertos pasajes de la celebérrima «La llamada de Cthulhu». También en esta época, entre 1925 y 1930, escribe sus cartas más reaccionarias, alimentadas por un odio que, como señalan algunos teóricos como S. T. Joshi o Ramsey Campbell, en realidad iba dirigido a sí mismo y a su propia incapacidad. Si bien no tiene sentido excusar a Lovecraft, cabe señalar que en su correspondencia aparecen barbaridades hiperbólicas de un hombre con tendencia a la hipérbole, dichas en la intimidad a sus amigos y equiparables a lo que se dice en la falsa seguridad de ciertos grupos de WhatsApp contemporáneos. Pero esa es otra historia.

La segunda parte es la que nos ocupa en este libro. Durante el tiempo que pasó solo, atrapado por sus decisiones y superado por la vida que lo rodeaba, Lovecraft se decidió a escribir. Sin duda, un acicate fue el breve solaz que tuvo en el Kalem Club, una tertulia neoyorquina de escritores que lo animaron a mandar sus relatos a la revista *Weird Tales* y, probablemente, cambiaron todas nuestras vidas. Aquí se produce lo que podríamos considerar una feliz disociación: por un lado, Lovecraft vierte buena parte de ese odio contra el mundo y contra la vida en ciertas historias.

En otras, en cambio, decide escapar.

Estas últimas historias son las que pertenecen a lo que se ha denominado Ciclo Onírico de Howard Phillips Lovecraft, y que presentamos en este volumen. En ellas, Lovecraft huye de la vida opresiva que lo rodea en Nueva York a través de la única puerta de escape que se le ocurre: los sueños. En un homenaje más que demostrado a su querido Lord Dunsany, Lovecraft echa mano del protagonista de uno de sus cuentos más celebrados, Randolph Carter, y lo embarca en una y mil aventuras en una suerte de mundo fantástico que existe más allá de los sueños. Carter, que ya tiene un encuentro pavoroso y magistral con lo sobrenatural en la excelente «La declaración de Randolph Carter», heredera directa de Edgar Allan Poe, atraviesa las Tierras del Sueño en pos de una prístina ciudad de belleza y majestuosidad incomparable. Una ciudad, además, que está vetada a los mortales. Una ciudad cuyo acceso solo está permitido a los dioses que controlan el destino de los humanos.

En el camino hasta encontrar esta Ciudad del Ocaso, Carter vivirá las aventuras más estrambóticas a través de las Tierras del Sueño, desde demonios necrófagos que lo acompañan armados con una lápida gigantesca que ha de usarse para abrir una puerta prohibida haciendo palanca a un ejército de ángeles negros carentes de rostro, pasando por linajes de gatos soldado o montañas en movimiento que custodian la entrada a la morada de los dioses. Un tour de force en la técnica de construcción de mundos que, en mi opinión, supera a Lord Dunsany en tanto en cuanto lo acerca a la aventura: donde Dunsany se recrea en un mundo contemplativo, como en «Días de ocio en el país del Yann», Lovecraft involucra a su protagonista en guerras, persecuciones, toboganes muertos, cruceros lunares y rescates en el último minuto. Además, de propina, nos regala algunos de los párrafos mejor escritos y más sorprendentes de la literatura fantástica universal, como la descripción del rostro de los dioses tallado en la ladera de cierta montaña. Esto último, sobre todo viniendo de un escritor al que cierto sector del público se ha empeñado en colgar el sambenito de prosista deficiente, es decir mucho.

El mundo onírico de Lovecraft, además, sirven como aglutinador de su obra previa, una técnica que años después usaría Stephen King en sus horrores de Nueva Inglaterra o recientemente Marvel en su universo compartido tanto en cómic como en cine: todas las creaciones de Lovecraft conviven en las Tierras del Sueño. Azathoth, Nyarlathotep, el sacerdote maldito que vive solo en un monasterio prohibido en la meseta de Leng, los ángeles descarnados de la noche. A todas estas criaturas se enfrentará Randolph Carter. Y saldrá victorioso.

Por supuesto que saldrá victorioso. No hay posibilidad alguna de que Carter falle en su empeño. Porque Randolph Carter no es otro que Howard Phillips Lovecraft, un *alter ego* nada escondido, un émulo del escritor que vive dentro de un mundo donde el escritor manda. En el Ciclo Onírico no hay alquileres, ni listas de la compra, ni vida en pareja. En el Ciclo Onírico, el arma es la erudición. En el Ciclo Onírico, la vida no supera a Lovecraft. En el Ciclo Onírico, Carter, es decir, Lovecraft, consigue su objetivo: encontrar la maravillosa Ciudad del Ocaso.

Resulta difícil expresar el gozo y el alivio que supone descubrir qué es la Ciudad del Ocaso de las Tierras del Sueño de Lovecraft. En este mundo en el que nos ha tocado vivir, un mundo de alquileres y listas de la compra, la capacidad de emocionar a otros a través del espacio y del tiempo usando solo palabras es lo más parecido que tenemos a la magia. Y Lovecraft emociona. Lovecraft consigue transmitir con palabras la misma emoción que sin duda siente él a descubrirnos que la Ciudad del Ocaso tan ansiada por Carter no es más que una visión de su Nueva Inglaterra natal, de Providence y Marblehead, de Beacon Hill y Boston. La epopeya de Carter, de Lovecraft, en pos de la ciudad soñada, no es un viaje en el espacio, sino un viaje en el tiempo. Un regreso a una época más sencilla, lejos de la vida opresiva de Nueva York. El viaje a la infancia que tantos creadores, desde John Carpenter con sus westerns a Stephen King con sus grupos de niños, realiza cuando hunde los dedos en la masa amorfa de la que sacará su ficción.

El mismo viaje que realizan los casi innumerables autores y autoras rinden tributo a los relatos de Lovecraft que leyeron en su infancia, que los ponen en tela de juicio, los deconstruyen, los revisitan, los amplían. Autores como Caitlín Kiernan, Laird Barron, Victor LaValle, Kelly Link, Matt Ruff, Catherynne M. Valente, Ramsey Campbell, Karin Tidbeck, Phillip Fracassi, Livia Llewellyn, Thomas Ligotti, Nick Mamatas..., por mencionar solo a quienes comparten su idioma materno. Autores como Anna Starobinets, Junji Ito, Luciano Lamberti, Mariana Enríquez, Keiichiro Toyama o Giorgio De Maria, que solo comparten la fascinación que ha creado Lovecraft a lo largo de las décadas en todo el planeta.

Así pues, la pregunta inicial de este prólogo es errónea. No es «¿adónde te escaparías?», sino «¿a cuándo te escaparías, y cómo?».

La respuesta os la dará Howard Phillips Lovecraft en estas páginas.

JESÚS CAÑADAS

LA DECLARACIÓN DE RANDOLPH CARTER

L es repito, caballeros, que este interrogatorio es infructuoso. Deténganme de por vida, si así lo desean. Enciérrenme o ejecútenme incluso, si necesitan un chivo expiatorio que alimente la ilusión que ustedes denominan justicia; pero no puedo contarles más de lo que ya les he contado. Les he narrado con total franqueza todo aquello que soy capaz de recordar. No me he guardado nada, ni tampoco he alterado nada. Si encuentran alguna vaguedad en mi relato, se debe tan solo a la sombra oscura que ahora nubla mis pensamientos..., a esa sombra oscura y a la nebulosa naturaleza de los horrores que la han traído hasta mí.

Les repito que no sé qué habrá sido de Harley Warren. Sin embargo, creo, y casi diría que espero, que se halle sumido en el más pacífico de los olvidos, si semejante bendición fuese posible. Cierto es que he sido su amigo íntimo durante los últimos cinco años, amén de compañero en parte de sus terribles investigaciones sobre lo desconocido. No negaré, por inciertos y confusos que sean mis recuerdos al respecto, que ese testigo con que dicen ustedes contar nos haya visto juntos, tal y como afirma, en el pico Gainesville, caminando en dirección al pantano de Big Cypress sobre las once y media de esa espantosa noche. Afirmaré incluso que llevábamos linternas eléctricas, palas y un curioso rollo de cable conectado a ciertos instrumentos. Todo ese equipamiento jugó un papel determinante en la única y repugnante escena que aún sigue grabada a fuego en mis alterados recuerdos. Aun así, les insisto en que no sé nada de lo que sucedió a continuación ni del motivo por el que me encontraron solo y aturdido en los límites del pantano a la mañana siguiente, excepto lo que ya les he contado una y otra vez. Dicen ustedes que no hay nada en el pantano ni en sus inmediaciones que se ajuste al escenario de tan espantoso episodio. Me veo obligado a responderles que solo sé lo que vieron mis ojos. Puede que fuese una visión o una pesadilla, y espero con ansia que ese sea el caso, mas es lo único que ha quedado en mi mente de todo cuanto sucedió en las traumáticas horas después de que nos desvaneciésemos de la vista de todo el mundo. La razón por la que Harley Warren no volvió solo la puede dar él mismo, o su sombra, o alguna entidad innombrable que no me atrevo ni a describir.

Tal como ya les he dicho, los estrambóticos estudios de Harley Warren me eran de sobra conocidos, y de hecho los compartía en cierta medida. De entre su enorme colección de libros extraños y poco comunes de materias prohibidas, he leído todos aquellos que fueron escritos en los idiomas que alcanzo a dominar. Sin embargo, estos últimos son pocos comparados con la cantidad de libros escritos en esos otros idiomas que me resultan incomprensibles. La mayoría de ellos, creo, están en árabe, aunque ese demoníaco libro que propició el final de Warren, el libro que llevaba en su bolsillo al abandonar este mundo, estaba escrito en unos signos que jamás he visto en ninguna otra parte. Warren siempre se negó a contarme qué contenía ese libro. En cuanto a la naturaleza de nuestros estudios, ¿cuántas veces tengo que repetirles que no alcanzo a comprenderla del todo? Esta suerte de amnesia se me antoja harto misericordiosa, pues se trataba de estudios de lo más terrible, y que yo acometí con una reticente fascinación más que por inclinación real. Warren siempre me dominó; a veces, incluso lo temía. Recuerdo cómo me estremecí al ver su expresión en la víspera de aquel espantoso acontecimiento, la noche en que no dejó de parlotear sin cesar acerca de su teoría, de la razón por la que algunos cadáveres jamás sucumben del todo a la putrefacción, sino que permanecen firmes y orondos dentro de sus tumbas durante miles de años. Sin embargo, el temor que me despertaba Warren ya ha desaparecido, pues sospecho que ahora ha llegado a conocer horrores que están más allá de mi propio entendimiento. Ya no lo temo, ahora temo por él.

Una vez más, les digo que no tengo claro cuál era nuestro objetivo aquella noche. A buen seguro tenía que ver con algo que se afirmaba en el libro que Warren llevaba consigo, ese libro antiguo escrito en signos indescifrables que había recibido desde la India hacía un mes, pero les juro que no sé qué esperábamos encontrar. Su testigo afirma que nos vio a las once y media en el pico Gainesville de camino al pantano Big Cypress. Lo más probable es que sea cierto; aun así, no tengo recuerdo alguno de haber estado allí. La única impronta que ha cauterizado en mi alma corresponde a una única escena que seguramente tuvo lugar mucho después de la medianoche, pues el tajo de la luna menguante se elevaba en los vaporosos cielos.

Aquel lugar era un cementerio antiguo; tan antiguo, de hecho, que me eché a temblar al ver aquellas variadas huellas de años inmemoriales. Se encontraba en una oquedad profunda y húmeda, ahíta de hierbajos podridos, musgo y ciertas plantas trepadoras de lo más curioso. Estaba impregnado de un vago hedor que mi imaginación ociosa se encargó de asociar de forma absurda con piedras putrefactas. Por doquier aparecían señales de abandono y decrepitud. Me asaltó la idea de que Warren y yo éramos los primeros seres vivos que invadían aquel letal silencio de siglos de antigüedad. Al borde de la oquedad, la pálida luna menguante se asomaba a través de los nocivos vapores que parecían emanar de insólitas catacumbas. Bajo sus débiles y vacilantes rayos, alcancé a distinguir una repulsiva hilera de antiguas losas, urnas, cenotafios y fachadas de mausoleos. Todos ellos se encontraban en estado ruinoso, cubiertos por el musgo y manchados de humedad, en parte ocultos bajo la asquerosa exuberancia de aquella malsana vegetación. El primer recuerdo que guardo de mi presencia en aquella terrible necrópolis es de cuando me detuve junto a Warren ante cierto sepulcro medio destruido. Allí soltamos el equipamiento que al parecer llevábamos con nosotros. Entonces me di

cuenta de que llevaba una linterna eléctrica y dos palas, mientras que mi acompañante cargaba una linterna similar y un equipo telefónico portátil. Ninguno de los dos profirió palabra alguna, pues ambos parecíamos conocer el lugar y la tarea a la que nos enfrentábamos. Sin más demora, echamos mano de nuestras palas y comenzamos a despejar de hierbajos, matojos y tierra amontonada aquella morgue plana y arcaica. Una vez hubimos destapado por completo su superficie, formada por tres inmensas losas de granito, retrocedimos unos pasos para contemplar la fosa en todo su esplendor. Me pareció que Warren realizaba ciertos cálculos mentales. Acto seguido volvió al sepulcro e hizo palanca con la pala para tratar de levantar la losa que yacía más cerca de unos escombros pétreos que en su día podrían haber sido algún tipo de monumento. Como no lo consiguiera, me hizo señas para que me acercase a ayudarlo. Por fin, nuestra fuerza combinada logró que cediese la losa. La alzamos entre los dos y la dejamos caer a un lado.

Bajo la losa había una negra abertura, de la cual brotó una ráfaga de gases miasmáticos tan nauseabundos que nos vimos obligados a retroceder de un salto, embargados por el puro horror. Sin embargo, al cabo de unos instantes nos acercamos al pozo una vez más. Ahora aquella exhalación era menos intolerable. Nuestras linternas revelaron la parte superior de una escalinata de piedra salpicada de algún tipo de detestable icor surgido de las entrañas de la tierra, confinada por húmedos muros incrustados de salitre. Ahora, por primera vez, entre mis recuerdos aparece una interacción verbal: Warren se dirigió a mí con su melodiosa voz de tenor, una voz que el asombroso paraje en el que nos encontrábamos no llegaba a perturbar.

—Siento tener que pedirte que te quedes en la superficie —dijo—. Sería un crimen permitir que alguien con unos nervios tan frágiles como los tuyos se adentrase ahí abajo. A pesar de todo lo que has leído y de lo que te he contado, no puedes ni llegar a imaginar las cosas que tendré que ver y hacer ahí dentro. Va a ser una tarea diabólica, Carter, y dudo que cualquier hombre que no tenga una coraza que preserve su sensibilidad sea capaz de llevarla a cabo y regresar vivo y con la cordura intacta. No es mi intención ofenderte; bien sabe el cielo que me encantaría que me acompañaras. Sin embargo, en cierto modo esto es responsabilidad mía. No puedo permitirme llevar un manojo de nervios como tú a lo que con toda probabilidad supondría la muerte o la locura. Te lo aseguro, ¡nunca alcanzarías a concebir qué hay allí abajo! Sin embargo, prometo tenerte al tanto, por el cable del teléfono, de cada uno de mis movimientos. Verás que llevo conmigo suficiente cable como para llegar hasta el centro de la Tierra... ¡y regresar!

En mi memoria, aún soy capaz de oír el tono frío con el que pronunció aquellas palabras. También recuerdo mis protestas. Al parecer, me consumía una desesperada ansiedad por acompañar a mi amigo al interior de aquellas profundidades sepulcrales. Sin embargo, se mostró tan testarudo como inflexible. En un momento dado me amenazó con abandonar la expedición si le insistía una sola vez más. Su amenaza surtió el efecto deseado; a fin de cuentas, solo él era capaz de llegar al fondo de todo aquello. Todo eso lo recuerdo bien, aunque ya no sé qué era «el fondo de todo aquello», ni qué buscábamos allí. Una vez se hubo asegurado de que contaba con mi aquiescencia, si bien reticente, para con su plan, Warren se echó al hombro el rollo de cable y ajustó todos los instrumentos. Me lanzó una señal con el mentón, y yo me hice con uno de dichos instrumentos y tomé asiento sobre una lápida descolorida cercana a la abertura recién develada. Acto seguido, Warren me estrechó la mano, se afianzó el rollo de cable en el hombro y desapareció en el interior de aquel indescriptible osario.

Por un momento seguí vislumbrando el resplandor de su linterna y oyendo el susurro del cable mientras lo desenrollaba a su paso. Sin embargo, el resplandor desapareció de repente, como si Warren hubiese llegado a un recodo en la pétrea escalera. El susurro se desvaneció casi al instante. Me encontraba solo, y sin embargo conectado con las desconocidas profundidades mediante aquellos mágicos hilos cuya superficie aislada en goma verde descansaban bajo los esforzados rayos de aquel tajo de luna.

En el solitario silencio de aquella decrépita y abandonada ciudad de los muertos, mi mente empezó a concebir las fantasías e ilusiones más fantasmagóricas. Los grotescos sepulcros y monolitos parecieron asumir personalidades de lo más repugnante; una suerte de conciencia. Sombras amorfas parecían acecharme desde los recovecos más oscuros de aquella oquedad ahíta de hierbajos y revolotear como si se encontrasen en alguna blasfema procesión ceremonial más allá de los portales de las tumbas descompuestas que se apilaban sobre la ladera. Aquellas sombras no podían deberse a la luz de aquella pálida y fisgona luna menguante. Yo no dejaba de consultar mi reloj bajo la luz de la linterna eléctrica, todo ello mientras intentaba escuchar con febril ansiedad cualquier sonido que saliese del receptor telefónico. Sin embargo, durante un cuarto de hora no alcancé a oír nada. Entonces el instrumento emitió un leve chasquido. Llamé a mi amigo, con voz tensa. Por profunda que fuera mi preocupación, no estaba preparado para oír las palabras que surgieron de aquella insólita cripta en un tono mucho más alarmado y trémulo de lo que jamás había oído en voz de Harley Warren. Él, que con tanta calma me había dejado hacía apenas unos minutos, ahora me llamaba desde las profundidades con un susurro tembloroso, mucho más ominoso que el más ensordecedor de los chillidos:

—¡Dios! ¡Si pudieras ver lo que estoy viendo...!

No acerté a responder nada. Atónito, apenas pude hacer otra cosa que esperar. Entonces, aquel tono de voz frenético se dejó oír de nuevo:

—Carter, es terrible..., monstruoso..., ¡increíble!

En esa ocasión no me falló la voz. Empecé a derramar sobre el trasmisor una avalancha de preguntas ansiosas. Aterrorizado, repetí una y otra vez:

—Warren, ¿qué es lo que ves? ¿Qué es lo que ves?

Y una vez más, llegó hasta mí la voz de mi amigo, aún ronca de puro miedo, y a todas luces teñida de desesperación:

—¡No puedo decírtelo, Carter! Esto va más allá de cualquier raciocinio... No me atrevo a decírtelo... Nadie podría seguir viviendo si se enterase... ¡Por Dios bendito! ¡Jamás habría soñado con encontrar ESTO!

Se hizo el silencio de nuevo, roto por el incoherente caudal de mis estremecidas preguntas. La voz de Warren se convirtió en un pozo de salvaje consternación:

—¡Carter! Por el amor de Dios, ¡vuelve a colocar la losa en su sitio y sal de aquí en cuanto puedas! ¡Rápido! ¡Deja todo donde está y huye de aquí, es tu única oportunidad! ¡Haz lo que te digo y no me pidas explicaciones!

Lo oí, mas solo fui capaz de repetir mis frenéticas preguntas. A mi alrededor se desplegaban las sombras, la oscuridad, las preguntas. Bajo mis pies, alguna amenaza más allá del alcance de la imaginación humana. Sin embargo, mi amigo se encontraba en peligro, mucho más que yo. A través del miedo que me embargaba sentí una leve punzada de resentimiento causada por la idea de que me creyese capaz de abandonarlo en aquellas circunstancias.

Hubo más chasquidos y, tras una pausa, un lastimero grito de Warren:

—¡Lárgate! ¡Por el amor de Dios, vuelve a colocar la losa en su lugar y lárgate, Carter!

Algo en la elección un tanto pueril de palabras por parte de mi a todas luces afectado compañero me puso en marcha. Tomé una resolución y me apresuré a anunciarla a gritos:

—¡Warren, aguanta! ¡Voy a bajar a por ti!

Sin embargo, ante mi propuesta, el tono de mi interlocutor se convirtió en un chillido preñado de la más absoluta desesperación:

—¡No lo hagas! ¡No lo entiendes! Es demasiado tarde, y todo esto es culpa mía. Vuelve a colocar la losa y corre. ¡Ni tú ni nadie podéis hacer ya nada por mí!

El tono de voz volvió a cambiar; esta vez adoptó una cualidad más suave, como lleno de una desesperanzada resignación, que sin embargo seguía tensa de preocupación por mí.

—¡Rápido, antes de que sea tarde!

Me resistía a obedecer aquella orden. Intenté romper la parálisis que me retenía en el sitio y cumplir con mi juramento de acudir en su auxilio. Sin embargo, cuando llegó su siguiente susurro, yo seguía encadenado por el más crudo horror.

—¡Carter..., apresúrate! No vale la pena intentarlo... Tienes que marcharte... Mejor uno que dos... La losa...

Hubo una pausa y más chasquidos, y a continuación la débil voz de Warren.

—Ya casi ha terminado todo... No lo hagas más difícil... Cubre esa maldita escalera y corre por tu vida... Estás perdiendo un tiempo valioso... Adiós, Carter... No volveremos a vernos.

Entonces, el susurro de Warren se tornó en grito, un grito que al cabo ascendió hasta convertirse en un chillido cargado con todo el horror que pudieran albergar las eras...

—Malditas sean estas infernales criaturas... Estas legiones... ¡Dios mío! ¡Lárgate! ¡Lárgate! ¡Lárgate!

A partir de ahí, solo silencio. No sé durante cuántos interminables eones seguí allí sentado, estupefacto, entre susurros y murmullos, entre llamadas y gritos a aquel teléfono. A lo largo de todos esos eones, no dejé de susurrar y murmurar y llamar y gritar:

—¡Warren! ¡Warren! Respóndeme... ¿Estás ahí?

Y entonces acudió a mí el momento de horror supremo, esa cosa increíble, impensable y casi innombrable. He dicho que se me antojó que transcurrían eones desde que Warren chilló su última advertencia desesperada, y que ahora lo único que rompía aquel nauseabundo silencio eran mis propios gemidos. Sin embargo, poco tiempo después hubo un nuevo chasquido en el receptor, e intenté con todas mis fuerzas oír con claridad. Una vez más, volví a llamar:

—Warren, ¿estás ahí?

Como respuesta, oí lo que ha nublado todos mis pensamientos. No pretendo, caballeros, dar una explicación a esa cosa..., a esa voz..., y sería una osadía por mi parte tratar de describirla en detalle, pues las primeras palabras que pronunció me arrebataron la consciencia y crearon el vacío mental que abarca hasta el momento en que me desperté en el hospital. ¿Habría de decir que la voz era profunda, hueca, gelatinosa, lejana, ultraterrena, inhumana, incorpórea? ¿Qué podría decir? Aquel fue el final de aquella experiencia, el final de mi historia. La oí y ya no supe nada más. La oí mientras seguía sentado, petrificado en aquel cementerio desconocido en medio de la cuenca, entre piedras medio derrumbadas y tumbas caídas, entre la pútrida vegetación y los vapores miasmáticos. La oí desde las más recónditas profundidades de aquel condenado sepulcro abierto, mientras contemplaba las sombras amorfas, necrófagas, que bailaban bajo aquella maldita luna menguante. Esto es lo que dijo:

—¡ESTÚPIDO! ¡WARREN ESTÁ MUERTO!

LO INNOMINABLE

Estábamos sentados en una destartalada tumba del siglo XVII en las horas previas al ocaso de un día otoñal, en medio de un antiguo cementerio en Arkham. Nos dedicábamos a especular sobre lo innominable. Mirábamos en dirección al sauce gigante que se alzaba en el centro del cementerio, y cuyo tronco casi había acabado por devorar una losa tan antigua que ya era ilegible. Hice un comentario fantasioso sobre los nutrientes espectrales e inmencionables que aquellas colosales raíces debían de estar succionando de aquella decrépita tierra de fosa. Mi amigo me reprendió por mencionar semejantes tonterías, y añadió que, puesto que no había habido entierro alguno en aquel lugar desde hacía más de un siglo, no podía quedar nada que nutriese el árbol, aparte de materia ordinaria. Además, dijo, mi tendencia a hablar sin cesar de cosas «innominables» e «inmencionables» constituía un truco bastante pueril, muy acorde con mi estatus de autor de tercera. A mí me gustaba, quizá demasiado, acabar mis historias con visiones o sonidos que paralizaban las facultades mentales de mis héroes y les arrebataban el valor, las palabras o la capacidad de contar aquello por lo que habían pasado. Las cosas que sabemos, me dijo mi amigo, las sabemos a través de nuestros cinco sentidos o nuestra intuición religiosa;

por lo tanto, sería del todo imposible referirse a cualquier objeto o visión que no pudieran describir a la perfección las sólidas definiciones factuales o las correctas doctrinas de la teología, en especial la de los congregacionalistas, amén de cualquier tipo de cambio que tanto la tradición como sir Arthur Conan Doyle quieran aportar.

Con este amigo, Joel Manton, solía enzarzarme en lánguidas disputas. Era el director del East High School, nacido y criado en Boston, lo cual se notaba en que compartía esa presumida sordera hacia las delicadas altisonancias de la vida tan típica de Nueva Inglaterra. Con arreglo a su punto de vista, nuestras experiencias normales y objetivas poseen algún grado de significancia estética, y la potestad del artista no es tanto provocar fuertes emociones mediante la acción, el éxtasis y el asombro como mantener un plácido interés en la apreciación de la precisa y detallada transcripción de los asuntos rutinarios del día a día. En especial, mi amigo ponía reparos a mi preocupación por la mística y lo explicable, pues aunque creía en lo sobrenatural bastante más de lo que creo yo mismo, no admitía la posibilidad de que fuese un terreno lo suficientemente corriente como para dedicarle una aproximación en clave literaria. Su intelecto preclaro, práctico y lógico se resistía a admitir que una mente pudiera encontrar placer en el escapismo de la rutina diaria, así como en recombinaciones originales y dramáticas de imágenes normalmente descartadas por hábito o cansancio de los patrones gastados de la existencia. A su lado, todo sentimiento y entidad tenían dimensiones y propiedades fijas, causas y efectos. Aunque comprendía de una manera intuitiva que la mente a veces alberga visiones y sensaciones de naturaleza bastante menos geométrica, clasificable y manejable, creía justificado el recurso de trazar una línea arbitraria que descartase todo lo que el ciudadano medio no alcanzase a experimentar o comprender. Asimismo, estaba casi seguro de que no había nada que fuese de verdad «innominable». Para él, semejante idea carecía de sentido.

Aunque yo era muy consciente de la futilidad de los argumentos imaginativos y metafísicos contra la autocomplacencia de un hombre ortodoxo cuya vida entera transcurría en horario diurno, la puesta en escena de aquel coloquio a media tarde tenía algo que me empujó a continuar la conversación con mi acostumbrada beligerancia. Las losas de pizarra medio derruidas, los árboles patriarcales y los centenarios tejados abuhardillados de aquel pueblo embrujado que nos rodeaba se confabularon para animarme a defender mi propia obra. Pronto me encontré lanzando mis tropas contra el terruño del enemigo. De hecho, contraatacar no me resultó nada difícil, pues sabía que Joel Manton observaba bastantes de esas supersticiones de vieja que la gente más sofisticada olvidaba al salir de la infancia; creencias como la aparición de personas moribundas en lugares alejados de donde ellos agonizaban, o la huella que quedaba de rostros ancianos en las ventanas a través de las que se habían asomado durante su vida. Dar crédito a aquellas historias susurradas por las abuelas en los pueblos, insistí en ese momento, apoyaba una fe en la existencia de sustancias espectrales en el interior de la tierra al margen de sus contrapartidas materiales y posterior a ellas. Esas supersticiones evidenciaban una capacidad de creer en fenómenos más allá de lo considerado normal, pues si un hombre muerto puede transmitir su imagen visible y tangible a través de medio mundo, o a través del transcurrir de los siglos, ¿por qué habría de considerar absurda la suposición de que las casas abandonadas están en realidad repletas de entidades extrañas y sintientes, o que en los viejos cementerios pulula la terrible e incorpórea inteligencia de generaciones acumuladas? Y puesto que el espíritu, suponiendo que sea capaz de causar esas manifestaciones que se le atribuyen, no puede verse limitado por las leyes de la materia, ¿por qué resulta extravagante imaginar entidades que siguen vivas tras la muerte física, en formas, o más bien en ausencia de formas, que a cualquier espectador humano deberían resultarle por completo pasmosas e «innominables»? Tal y como le aseguré a mi amigo con el tono más fraternal posible, invocar el «sentido común» cuando se reflexiona sobre asuntos de semejante índole no es más que una estúpida ausencia de imaginación y de apertura de miras.

El ocaso se cernía sobre nosotros, aunque ninguno de los dos tenía la menor intención de dar por concluida la charla. Mis argumentos no parecieron impresionar mucho a Manton, quien de hecho parecía ansioso por refutarlos, con una seguridad en sus propias opiniones que sin la menor duda explicaba su éxito como maestro. Al mismo tiempo, yo estaba demasiado seguro de tener la razón de mi parte como para temer la derrota. Cayó la noche y empezó a atisbarse un quedo resplandor de luces en algunas ventanas lejanas. Sin embargo, Joel no se movió. Nuestro asiento sobre la tumba era muy confortable. Yo sabía que a mi prosaico amigo no le causaría impresión alguna la grieta cavernosa que se abría en el antiguo muro enladrillado y atravesado por raíces que teníamos a nuestra espalda, como tampoco lo importunaría la absoluta oscuridad de aquel lugar, causada por una tambaleante casa abandonada del siglo XVII que se interponía entre nosotros y el camino iluminado más cercano. Allí, en medio de la oscuridad, junto a una tumba desgarrada al pie de una casa abandonada, seguimos charlando sobre lo «innominable». Una vez que mi amigo dio por concluidas sus burlas, le conté las horripilantes pruebas que había tras el relato que más burlas había despertado en él.

El relato, a la sazón mío, se titulaba «La ventana del desván». Fue publicado en el número de enero de 1922 de la revista *Susurros*. En bastantes lugares, sobre todo en el sur y en la costa del Pacífico, llegaron a retirar esa revista de las estanterías a causa de las quejas de más de un timorato. Sin embargo, en Nueva Inglaterra no se entendía a qué venía tanto alboroto; los lectores apenas se encogían de hombros ante mi extravagancia literaria. El cuento, según se dijo, era para empezar imposible en términos biológicos; apenas uno de esos locos chismorreos pueblerinos que Cotton Mather había sido lo bastante crédulo como para incluir en su *Magnalia Christi Americana,* por lo general tan poco contrastados que ni siquiera el propio Mather se atrevió a poner por escrito el nombre de la supuesta localidad donde dicho horror había ocurrido. En cuanto al modo en que amplié los pocos detalles que había sobre el viejo místico..., ¡todo lo que escribí era absolutamente imposible, propio de un escritorzuelo de tres al cuarto! Mather mencionaba que la criatura en cuestión había llegado a nacer, aunque a nadie que no fuera un sensacionalista de tomo y lomo podría siquiera ocurrírsele que había crecido hasta el punto de poder asomarse a las ventanas de la gente por la noche y de tener que permanecer recluido en el desván de la casa, en carne y hueso, hasta que alguien lo vio asomado a la ventana siglos más tarde, alguien que por supuesto no acertó a describir por qué su cabello había encanecido de un día para otro. Todo el relato era una auténtica basura de lo más recalcitrante, hecho que mi amigo Manton se apresuró a subrayar. Entonces le conté lo que había encontrado en un antiguo diario escrito entre 1706 y 1723, diario que yo mismo había desenterrado de entre un montón de documentos familiares a poco más de un kilómetro del lugar donde nos hallábamos sentados. Le conté eso, y le hablé del hecho incontestable que suponían las cicatrices que mi pariente tenía en el pecho, y que se ajustaban a los hechos que describía el diario. Asimismo, le referí los miedos de los aldeanos en la región, y de cómo esos miedos se habían transmitido entre susurros de generación en generación. Le hablé de la legendaria locura que se apoderó del chico que, en 1793, entró en una casa abandonada para examinar ciertas huellas que se suponía que allí había.

Todo aquel asunto había sucedido en tiempos inmemoriales. No me extraña que los estudiosos más sensibles se estremezcan al pensar en la época puritana en Massachusetts. Se sabe tan poco de lo que sucedía bajo la apariencia de pacífica comunidad... Se sabe muy poco y, aun así, a veces hay imágenes de lo más macabro que emergen a la superficie en pútridas burbujas de abominable degeneración. El terror de la brujería no es más que un horrible rayo de luz que ilumina lo que se cocía en los maltratados cerebros de aquellos hombres, y sin embargo no deja de ser una auténtica minucia. No existían la belleza ni la libertad, como resulta evidente si nos fijamos en los restos arquitectónicos de las casas y en los venenosos sermones de aquellos obtusos teólogos. En el interior de aquella camisa de fuerza hecha de hierros oxidados anidaban la fealdad más balbuciente, la perversión y todo aquello que es diabólico. Sin duda, en esa época se halla la apoteosis de lo innominable.

A Cotton Mather, en aquel demoníaco sexto libro que nadie debería leer al caer la noche, no le dolieron prendas a la hora de proclamar sus aberrantes ideas. Severo cual profeta judío, más lacónico e impasible que ninguno de sus coetáneos, habló en sus páginas de la bestia que había dado a luz aquello que era más que bestia pero menos que humano: la criatura del ojo manchado, y del borracho devastado a quien colgaron entre chillidos por ser el poseedor de un ojo como ese. Mather nos lo refirió todo sin paños calientes, aunque no ofreció pistas sobre lo que sucedió a continuación. Quizá no lo sabía, o quizá lo sabía y no se atrevió a contarlo. Fue el caso de otros, que se enteraron y no quisieron revelar lo ocurrido. No hay pista pública que dé a entender la razón de aquellos murmullos referidos al candado en la puerta que daba a las escaleras del desván en la casa de un anciano sin herederos, arruinado y amargado, un anciano que había abierto la losa de pizarra sin grabar que cubría una tumba por todos evitada. Sobre esa losa se pueden encontrar suficientes leyendas llenas de vaguedades como para helarle la sangre al más pintado.

Todo esto se recoge en ese diario ancestral que encontré. En él aparecen todas esas indirectas susurradas, esas historias furtivas de seres con un ojo manchado que alguien alcanzaba a atisbar o bien a través de una ventana en mitad de la noche, o bien en los prados abandonados cercanos a los bosques. Algo como lo ya referido había atrapado a mi pariente en medio de una oscura senda que cruzaba un valle, y le había dejado marcas de cornamenta en el pecho y de garras de simio en la espalda. Cuando buscaron huellas en el polvo aplastado del camino, encontraron rastros mezclados de pezuñas quebradas y de garras con innegables aires antropoides.

En cierta ocasión, un cartero audaz afirmó haber visto a un anciano que perseguía a gritos a un ser desconocido que se desplazaba entre saltos causados por el terror sobre Meadow Hill, en las horas más oscuras de la madrugada que preceden al alba. Muchos creyeron la historia del cartero.

Cierto es que hubo comentarios de lo más extraño en 1710, cuando a aquel anciano arruinado y sin descendencia lo enterraron en la cripta que había bajo su propia casa, a la vista de la losa de pizarra sin grabar. Nadie se aventuró jamás a abrir el candado de la puerta del desván; se limitaron a dejar la casa como estaba, abandonada y temible. Cuando se oían ruidos procedentes del interior, los aldeanos susurraban y se estremecían, confiados en que el candado en la puerta del ático fuera lo bastante fuerte. Abandonaron toda esperanza cuando se desató el horror en la casa parroquial. No quedó un alma con vida, ni un cuerpo de una pieza. Con el paso de los años, las leyendas tomaron un cariz cada vez más y más espectral; supongo que la criatura acabó por morir, si es que alguna vez estuvo viva.

El nauseabundo recuerdo permaneció, tanto más nauseabundo debido al secretismo que lo envolvía.

Mi amigo Manton guardaba un silencio sepulcral mientras yo desgranaba mi relato. Vi que mis palabras le habían causado una honda impresión. No se rio cuando hice una pausa, sino que preguntó en tono bastante serio por el chico que perdió la cordura en 1793, quien en teoría era el protagonista de mi relato. Le conté la razón por la que el chico se había vuelto loco en aquella casa evitada y desamparada, e hice hincapié en que el caso tenía que interesarle a Manton debido a su creencia de que las ventanas almacenaban imágenes latentes de aquellos que se habían sentado frente a ellas con frecuencia. El chico se había asomado a la ventana de aquel horrible desván, impelido por las historias que se contaban sobre lo que había tras ellas, y había regresado entre chillidos propios de un demente.

Manton se quedó muy pensativo tras oír esto último, aunque no tardó en retomar su talante más analítico. Me concedió, solo como hipótesis, que hubiera existido algún monstruo antinatural. Sin embargo, me recordó que ni siquiera la perversión más macabra de la naturaleza tenía por fuerza que ser innombrable o indescriptible en términos científicos. Me maravillaron tanto su claridad como su persistencia. Añadí ciertas revelaciones posteriores que había averiguado tras preguntar entre los ancianos del lugar. Dejé claro que aquellas leyendas espectrales que aparecieron más tarde se referían a monstruosas apariciones mucho más aterradoras que ningún ser conocido de naturaleza orgánica. Eran apariciones de gigantescas formas bestiales, a veces visibles y a veces solo palpables, que flotaban en medio de las noches sin luna alrededor del viejo caserón, de la cripta situada en sus entrañas y de la tumba junto a la que acababa de brotar un árbol junto a una losa ilegible. No importa si esas apariciones destrozaron o ahogaron a la gente que las vio, tal y como afirman las diferentes versiones no contrastadas de las leyendas, o si no llegaron a hacer tal cosa; lo que importa es que dejaron una impronta terrible y perdurable, y que los más viejos del lugar les profesaban un temor de lo más profundo. Aun así, las dos generaciones más recientes las habían olvidado casi por completo. Tal vez muriesen cuando no quedó nadie que las recordase. Es más, en términos de teoría estética, si las emanaciones psíquicas de seres humanos podían formar grotescas distorsiones, ¿qué representación coherente podría expresar o retratar una nebulosidad tan gibosa e infame como el espectro de una perversión maligna y caótica, un espectro que en sí mismo fuera una macabra blasfemia contraria a la naturaleza misma?

Al estar moldeado por el cerebro muerto de una pesadilla híbrida, ¿acaso no constituiría semejante terror vaporoso, en toda su repugnante certeza, la misma esencia exquisita y aullante de lo innominable?

Se nos había hecho bastante tarde. Un murciélago sorprendentemente silencioso me rozó al pasar a mi lado. Creo que también toqué a Manton, pues, aunque no alcanzaba a verlo, noté que levantaba el brazo. En aquel momento empezó a hablar.

—Pero ¿ese caserón con la ventana en el desván sigue todavía de pie y abandonado?

—Sí —respondí—. Lo he visto.

—¿Y encontraste algo en su interior..., en el ático o en alguna otra parte?

—Había algunos huesos bajo los aleros. Puede que fueran lo que vio el chico. Si era lo bastante sensible, le habría bastado con verlos a través de la ventana para acabar desquiciado. En cualquier caso, si todos los huesos pertenecían al mismo cuerpo, debía de haberse tratado de una monstruosidad histérica y demencial. Habría sido una blasfemia dejar que esos huesos permaneciesen en el mundo, así que regresé con un saco y los llevé a la tumba situada bajo la casa. Había un agujero por el que pude tirarlos. ¿Te crees que soy tonto? Deberías haber visto aquel cráneo. Tenía cuernos de diez centímetros, pero un rostro y una mandíbula similares a los nuestros.

Por fin noté que Manton se estremecía de verdad. Se me había acercado mucho. Su curiosidad, empero, seguía intacta.

—¿Y qué me dices de los cristales de la ventana?

—No quedaba ni uno. A una ventana le faltaba todo el marco, y en la otra no había rastro alguno de cristales en los huequecitos con forma romboide. Era de ese tipo de ventana antigua, enrejada, ya en desuso hacia 1700. Supongo que llevaban más de cien años sin cristal alguno, o quizá el chico los rompió, suponiendo que se atreviese. La leyenda no lo especifica.

Manton volvía a reflexionar.

—Me gustaría ver esa casa, Carter. ¿Dónde está? Tenga o no cristales, quiero explorarla, aunque sea de manera somera. Y la tumba en la que pusiste los huesos, y la otra que carecía de inscripciones. El conjunto debe de presentar una visión bastante terrible.

—Lo cierto es que ya has tenido ocasión de verla..., hasta que ha caído la noche.

Mi amigo estaba más alterado de lo que yo había pensado, pues ante aquel toque de inofensiva teatralidad se alejó de mí dando un respingo, e incluso llegó a emitir una suerte de jadeo atragantado que liberó toda la tensión que había reprimido hasta aquel instante. Fue la suya una exclamación de lo más estrambótico, y mucho más terrible aún: obtuvo respuesta. Mientras el eco aún reverberaba, oí un crujido a través de aquella profunda oscuridad. Supe que una ventana enrejada acababa de abrirse en el maldito caserón junto al que nos encontrábamos. Puesto que los demás marcos habían caído hacía mucho, también supe que se trataba del horripilante marco desprovisto de cristal de aquella demoníaca ventana del desván.

A continuación sopló una ráfaga de aire insano y gélido, proveniente de la misma temible dirección en que se encontraba la ventana. La siguió un chillido penetrante, que oí justo a mi lado, sobre aquella estremecedora tumba agrietada que contenía a hombres y monstruos. Un instante después, me vi arrojado de aquel repugnante banco a causa de la embestida diabólica de alguna entidad invisible de dimensiones titánicas y naturaleza indeterminada. Rodé hasta quedar despatarrado sobre el musgo que cubría aquel aberrante cementerio, al tiempo que de la tumba surgía un clamor ahogado de jadeos y zumbidos que consiguió que mi imaginación poblase aquella oscuridad ciega con legiones miltonianas de deformes condenados. Se alzó un torbellino de aire marchito y helador, seguido del estrépito de ladrillos y yeso sueltos. La bendición de la inconsciencia cayó sobre mí antes de poder comprobar a qué se debía.

Manton, aunque de menor tamaño que yo, tiene una capacidad de resistencia mayor que la mía, pues ambos abrimos los ojos a la vez a pesar de que él sufría heridas de mayor consideración que yo. Nuestros reclinatorios

se encontraban uno junto al otro. Supimos casi de inmediato que nos encontrábamos en el Hospital de St. Mary. A nuestro alrededor se apelotonaban varios asistentes embargados por una tensa curiosidad, ansiosos de estimular nuestra memoria al explicarnos cómo habíamos llegado hasta allí. De ese modo nos enteramos de que un granjero nos había encontrado al mediodía en un campo solitario más allá de Meadow Hill, a kilómetro y medio del camposanto. Nos hallábamos sobre el lugar donde se supone que en su día se alzó un matadero. Manton tenía dos sañudas heridas en el pecho, amén de varios cortes o desgarros de menor gravedad en la espalda. Yo no presentaba heridas tan serias, pero por todo mi cuerpo proliferaban verdugones y hematomas de una apariencia de lo más desconcertante, y eso incluía la marca de una pezuña.

Estaba claro que Manton sabía más que yo, pero se guardó de comentarles nada a aquellos confundidos y curiosos doctores hasta que supo del alcance de nuestras heridas. Entonces explicó que nos había atacado un toro de lo más agresivo. Poco más podía decir del paradero o la naturaleza de aquella cosa.

Una vez se hubieron marchado los doctores y enfermeras, le susurré una pregunta fruto de la estupefacción:

—Por Dios bendito, Manton, ¿qué era esa cosa? Esas heridas... ¿Era de verdad un toro?

Me hallaba demasiado aturdido como para ceder al regocijo, pero Manton me dio entre susurros la respuesta que más me temía:

—No, no lo era en absoluto. Estaba por todas partes... Era una suerte de gelatina..., un cieno..., aunque tenía formas, un millar de formas de un horror que va más allá de toda memoria. Había ojos... y una mancha. Ese ser era el pozo, la vorágine, la más absoluta abominación. Carter..., ¡era lo innominable!

LA BÚSQUEDA EN SUEÑOS DE LA IGNOTA KADATH

En tres ocasiones soñó Randolph Carter con la maravillosa ciudad, y en las tres se vio alejado de súbito de la terraza que la dominaba. Resplandecía primorosa y dorada al atardecer, toda murallas, templos, columnatas y arqueados puentes de mármol veteado, fuentes revestidas de plata cuyos surtidores acrisolados resplandecían en amplias plazas y jardines fragantes, con espaciosas calzadas que discurrían entre árboles delicados, tibores cuajados de flores y estatuas de marfil ordenadas en relucientes hileras, mientras que por las empinadas laderas orientadas al norte trepaban escalonados rojas terrazas y vetustos tejados picudos bajo los que se extendían estrechos senderos de adoquines entreverados de hierba. Era un delirio divino, una fanfarria de cornetas sobrenaturales y tonantes címbalos inmortales. El misterio flotaba sobre ella igual que las nubes sobre una montaña fabulosa sin hollar por el hombre. Expectante y sin aliento ante la balaustrada de su parapeto, Carter experimentaba el angustioso suspense de los recuerdos que se desvanecen, el dolor de las cosas perdidas y la enloquecedora necesidad de revivir lo que en otro tiempo, mágico y portentoso, había tenido lugar.

Sabía que, en algún momento, la ciudad debió haber tenido para él un significado supremo, aunque ignoraba en qué ciclo o encarnación la habría conocido, del mismo modo que ignoraba también si lo había hecho despierto o en sueños. Evocaba vagos atisbos de una primera juventud ya lejana, olvidada, cuando el misterio del día a día ocultaba extraordinarios deleites y tanto el alba como la puesta de sol desfilaban, proféticos, al vehemente compás de laúdes y cantos, abriendo sus feéricas puertas a nuevos y sorprendentes prodigios. Cada noche, sin embargo, allí de pie en aquella alta terraza de mármol con sus curiosos tibores, su barandilla labrada y sus vistas a esa silente ciudad crepuscular de tan hermosa y extraterrena inmanencia, lo atenazaba el yugo de los tiránicos dioses oníricos, pues de ninguna manera podía salir de esa atalaya, ni descender por los vastos escalones marmóreos que se precipitaban sin fin sobre las calles que se abrían a sus pies, incitantes y arcanas, tan vetustas como acogedoras.

Al despertar por tercera vez sin haber bajado aún aquellas escaleras y sin haber pisado aún aquellas vías arropadas en un silencio crepuscular, elevó largas y vehementes plegarias a las deidades del sueño que, veleidosas y hurañas, se ocultaban tras las nubes de la ignota Kadath, en el frío páramo donde ningún hombre se atreve a pisar. Mas los dioses no le ofrecían respuesta, ni daban muestras de recapitular, ni parecían dispuestos a favorecerlo por mucho que les rezara en sus sueños y los invocara con sacrificios por mediación de los barbados sacerdotes Nasht y Kaman-Thah, cuyo templo cavernoso, con su columna de fuego, se alza no muy lejos de las puertas del mundo de la vigilia. Antes bien, parecía que sus palabras cayeran en oídos adversos, pues nada más pronunciar la primera de ellas cesó por entero de contemplar la maravillosa ciudad, como si sus tres atisbos en la lejanía hubieran sido accidentales, meros deslices en contra del secreto designio o voluntad de los dioses.

Por fin, enfermo de anhelo por aquellas rutilantes calzadas crepusculares, por aquellos crípticos y empinados senderos que discurrían bajo los vetustos tejados picudos, incapaz tanto despierto como en sueños de alejarlos de su pensamiento, Carter decidió acudir con sus osados ruegos adonde nadie había llegado jamás y desafiar desiertos de hielo en la oscuridad hasta el lugar en que la ignota Kadath, velada por las nubes y coronada por inimaginables estrellas, acoge en secreto y en una noche perpetua el castillo de ónice de los Grandes Seres.

En duermevela bajó los setenta escalones hasta la Caverna de la Llama para poner al corriente de su plan a los barbados sacerdotes, Nasht y Kaman-Thah, mas estos sacudieron las cabezas, tocadas con sendos *pschent,* y le aseguraron que eso acabaría con su alma. Arguyeron que los Grandes Seres ya le habían desvelado sus intenciones, y que no les complacía que los hostigaran con súplicas interminables. Le recordaron asimismo que no solo ningún hombre había pisado nunca la ignota Kadath, sino que además nadie sospechaba dónde podría encontrarse: tal vez en las tierras del sueño que lindan con nuestro mundo, o acaso en las que orbitan en torno a alguna compañera insospechada de Fomalhaut o Aldebarán. De hallarse en nuestro plano onírico, aún sería concebible llegar hasta ella, si bien desde el origen de los tiempos solo tres almas completamente humanas habían cruzado en ambas direcciones los negros e impíos abismos que comunican con otras tierras del sueño; de estas, dos lo habían hecho abrazadas a la locura. Esos viajes entrañaban incalculables peligros locales, amén de esa pavorosa amenaza final que balbucea, innombrable, fuera del universo ordenado, donde no llegan los sueños; esa última y amorfa plaga de confusión infernal que blasfema y borbotea en el corazón de todo el infinito: el indescriptible sultán demoníaco Azathoth, cuyo nombre no osa pronunciar en voz alta labio alguno, y que devora con voracidad inconcebible en lóbregas cámaras situadas más allá del tiempo entre el sordo batir enloquecedor de viles tambores y la monotonía atiplada con que se lamentan las flautas malditas, a cuyos detestables son y cadencia bailan con torpeza lenta y absurda los gigantescos dioses definitivos, los ciegos y carentes de voz, tenebrosos y carentes de mente Dioses Exteriores, cuya alma y mensajero es el caos reptante Nyarlathotep.

Sobre todas estas cosas advirtieron a Carter los sacerdotes Nasht y Kaman-Thah en la Caverna de la Llama; aun así, decidió buscar a los dioses de la ignota Kadath en el páramo helado, dondequiera que se hallase, y arrancarles la visión, el recuerdo y el refugio de la prodigiosa ciudad del ocaso. Sabía que su viaje sería largo y extraño, y que los Grandes Seres se

opondrían a él; pero, dada su condición de veterano del país de los sueños, contaba con la ayuda de numerosos recuerdos y artefactos útiles. Así pues, una vez hubo pedido una bendición de despedida a los sacerdotes y calculado su ruta con astucia, descendió con aplomo los setecientos escalones que desembocaban ante el Portal del Profundo Sueño y se adentró en el bosque encantado.

En los túneles de aquella espesura laberíntica, cuyos prodigiosos robles bajos urden sotos enmarañados y emiten un tenue resplandor con la fosforescencia de hongos extraños, moran los furtivos y sigilosos zoogs, conocedores de multitud de turbios secretos sobre el mundo onírico y unos cuantos sobre el de la vigilia, pues en dos puntos el bosque linda con las tierras del hombre, aunque especificar dónde llamaría al desastre. Ciertos rumores, sucesos y desapariciones inexplicables sobrevienen allí donde los zoogs tienen acceso. Por eso les beneficia el no poder alejarse en exceso de las Tierras del Sueño. Por los confines más cercanos al mundo onírico se pasean a su antojo y revolotean pardos, diminutos e invisibles antes de volver con historias salaces con las que luego matan las horas alrededor de sus fogatas en el bosque que tanto aman. La mayoría vive en madrigueras, aunque algunos habitan en los troncos de los grandes árboles, y aunque se alimentan sobre todo de hongos se dice que también les complace la carne, tanto física como espiritual, pues lo cierto es que muchos soñadores han entrado en su bosque y nadie ha vuelto a verlos. Nada de esto arredraba a Carter, pues dada su condición de soñador inveterado había aprendido su aleteante idioma y hecho numerosos tratos con ellos, gracias a los cuales había encontrado la espléndida ciudad de Celephaïs en Ooth-Nargai, más allá de las colinas Tanarianas, donde durante la mitad del año gobierna el gran rey Kuranes, conocido en vida por otro nombre. Kuranes era la única persona que había viajado a los abismos estelares y regresado con la cordura intacta.

Al caminar por los pasillos fosforescentes que discurrían entre aquellos troncos gigantescos, Carter entonó el sonido vibrante característico de los zoogs, y aguzó el oído a la espera de respuesta. Recordó cierta aldea donde habitaban aquellas criaturas, cerca del corazón del bosque, donde un círculo de grandes piedras cubiertas de musgo en lo que otrora había sido un calvero evoca moradores más antiguos y temibles, olvidados desde hace incontables evos, y apretó el paso hacia allí. Se dejó orientar por los hongos grotescos, que siempre parecían más crecidos conforme se acercaba al espantoso círculo en el que esos seres antiguos danzaban y realizaban sus sacrificios. Al cabo, la luz más potente de esos hongos abotargados reveló una siniestra oquedad verde y gris que se abría paso a través del techo del bosque hasta perderse de vista. Aquel era el límite del gran anillo de piedras, y Carter supo que se encontraba cerca de la aldea zoog. Repitió el sonido aleteante, aguardó con paciencia y, transcurridos unos instantes, se vio recompensado por la sensación de tener varias miradas puestas en él. Se trataba de los zoogs, pues es habitual encontrar sus extraños ojos mucho antes de distinguir sus menudos y escurridizos contornos marrones.

Salieron en tropel, de cubiles ocultos y árboles huecos, hasta convertir la zona umbrosa en un hervidero. Algunos de los más groseros se rozaron con Carter, desagradables, y uno incluso le dio un mordisco repugnante en la oreja, pero los más ancianos de estos espíritus díscolos no tardaron en llamarlos al orden. El Consejo de Sabios, al reconocer a su visitante, le ofreció un calabacino rebosante con la savia fermentada de un árbol encantado, distinto a los demás, que había crecido a partir de una semilla que alguien había arrojado desde la Luna, y se inició un extravagante coloquio mientras Carter aceptaba el ceremonioso brebaje. Los zoogs, que lamentaron ignorar dónde se ubicaba la elevada Kadath, ni siquiera supieron decirle si el páramo helado estaba en nuestro mundo del sueño o en otro. Los rumores sobre los Grandes Seres provenían de todas partes por igual, y lo único que se podría afirmar con cierta seguridad era que resultaba más fácil atisbarlos en las altas cumbres montañosas que en los valles, pues en las primeras les gustaba entregarse a danzas nostálgicas cuando la Luna estaba alta y las nubes, bajas.

Entonces uno de los zoogs más ancianos recordó algo que los demás no habían oído antes y aseguró que en Ulthar, al otro lado del río Skai, aún perduraba la última copia de los *Manuscritos pnakóticos,* de inconcebible antigüedad, redactados por unos habitantes de la vigilia en olvidados reinos boreales y transportados a la tierra de los sueños cuando el hirsuto caníbal que respondía al nombre de Gnophkehs conquistó Olathoë, la ciudad de los mil templos, y ejecutó a todos los héroes del país de Lomar. Según refirió, esos manuscritos desvelaban mucha información relativa a los dioses; además, en Ulthar podría hablar con hombres que habían visto las huellas de los dioses con sus propios ojos, e incluso con un viejo sacerdote que había escalado una montaña inexpugnable para presenciar sus bailes a la luz de la luna. Por suerte para él, había fracasado en el intento; no así su acompañante, quien padeció una muerte indescriptible después de contemplarlos.

Randolph Carter les agradeció su ayuda a los zoogs, que aletearon de forma cordial mientras lo obsequiaban con otro calabacino lleno de vino de árbol lunar, y se dispuso a cruzar el bosque fosforescente para llegar adonde el caudaloso Skai discurre procedente de las pendientes de Lerion y baña la llanura que salpican Hatheg, Ulthar y Nir. Tras él, invisibles y furtivos, se arrastraban varios zoogs que, empujados por la curiosidad, ansiaban saber qué le deparaba el destino y luego regresarían junto a los suyos para hablar de esa nueva leyenda. Los inmensos robles cerraron filas conforme se alejaba del poblado, y aguzó la mirada, prestando atención a cierto lugar donde se despejarían y alzarían en parte, muertos o moribundos entre la antinatural densidad de hongos, el moho putrefacto y los troncos delicuescentes de sus hermanos caídos. Una vez allí debería desviarse enseguida, pues en ese lugar reposa sobre el lecho del bosque una portentosa placa de piedra con una argolla de hierro que quienes se han atrevido a acercarse a ella aseguran que mide casi un metro de ancho. Los zoogs, que recordaban aquel círculo arcaico de inmensas rocas cubiertas de musgo y presentían cuál podía ser su finalidad, no se detuvieron junto al monolito de la argolla, pues sabían que haber caído en el olvido no equivale a estar muerto y preferirían no ver cómo esa piedra comenzaba a elevarse ominosamente despacio y con parsimonia.

Tras desviarse en el lugar indicado, Carter oyó a su espalda el atemorizado aleteo de los zoogs más cohibidos. No se preocupó, pues sabía que lo seguirían; uno termina acostumbrándose a las excentricidades de esas

41

fisgonas criaturas. El sol estaba bajo cuando llegó a la linde del bosque, pero su creciente resplandor le indicó que no se estaba poniendo, sino que amanecía. Sobre los fértiles llanos que se extendían hasta el Skai vio el humo de las chimeneas de varias cabañas, y encontró por doquier los setos, los campos arados y los tejados de paja propios de una tierra pacífica. Hizo un alto junto al pozo de una granja para tomar una taza de agua, y todos los perros les ladraron asustados a los zoogs furtivos que se arrastraban tras él por la hierba. En otra casa, cuyos ocupantes empezaban a levantarse, preguntó por los dioses y quiso saber si solían danzar en lo alto de Lerion; pero el granjero y su esposa se limitaron a hacer el signo arquetípico e indicarle el camino a Ulthar y Nir.

A mediodía caminaba por la amplia avenida principal de Nir, la cual había visitado en una ocasión y era el punto más lejano al que había llegado en sus viajes anteriores en esta dirección. No tardó en llegar al gran puente de piedra que cruzaba el Skai, dentro de cuya columna central los masones habían enterrado vivo a un sacrificio humano al construirlo trece siglos atrás. Una vez al otro lado, la densa población de gatos (que arqueaban el lomo ante su estela de zoogs) desveló el barrio adyacente de Ulthar, pues allí, según una ley tan antigua como respetada, nadie podía matarlos. Las afueras de Ulthar eran agradables en grado sumo, con sus casitas verdes y sus granjas de pulcras verjas, y aún más lo era la pintoresca ciudad en sí, con sus vetustos tejados picudos, balcones sobresalientes, chimeneas innumerables y callejuelas empinadas en las que podían verse adoquines antiguos allí donde los ágiles felinos se dignaban abrir algún hueco en sus filas. Cuando los sigilosos zoogs hubieron ahuyentado en parte a los gatos, Carter se dirigió sin titubear al modesto Templo de los Grandes Seres, donde se decía que estaban los sacerdotes y archivos antiguos. Una vez dentro de aquella venerable torre circular de piedra marfileña, la cual corona el pico más elevado de Ulthar, buscó al patriarca Atal, quien había escalado la cumbre prohibida de Hatheg-Kla, en el desierto de piedra, y había descendido con vida.

Atal, sentado sobre un estrado de marfil en el festoneado santuario que se encuentra en lo alto del templo, tenía ya tres siglos de edad, a pesar de lo cual gozaba de una memoria y una agudeza mental prodigiosas. Le había enseñado a Carter muchas cosas relacionadas con los dioses; en especial, que no son más que débiles deidades terrestres cuyo ámbito de influencia se circunscribe a nuestro país de los sueños, sin poder ni presencia en ninguna otra parte. No era descabellado que escucharan las plegarias de un hombre si estaban de buen humor, según Atal, aunque uno no debería escalar hasta el bastión de ónice que señoreaba sobre Kadath, en el páramo helado. Era una suerte que nadie supiese dónde se erigía Kadath, pues las consecuencias de subir allí serían nefastas. El compañero de Atal, Barzai el Sabio, se había visto arrastrado por los aires entre alaridos por el mero hecho de coronar la conocida cumbre de Hatheg-Kla. Con la ignota Kadath, en caso de que alguna vez fuera localizada, las cosas se pondrían más feas aún, pues, aunque los dioses terrestres en ocasiones podrían verse burlados por algún mortal astuto, velan por ellos los Dioses Exteriores, a los que es mejor no mencionar siquiera. Al menos dos veces en el transcurso de la historia habían dejado los Dioses Exteriores su impronta sobre el granito primigenio del mundo: una en épocas antediluvianas, como sugería un dibujo localizado en esas partes de los *Manuscritos pnakóticos* que eran demasiado antiguas como para poderse leer, y otra en Hatheg-Kla, cuando Barzai el Sabio había intentado ver a las deidades de la Tierra bailando a la luz de la luna. Por lo tanto, decía Atal, lo mejor sería dejar a todos los dioses en paz, salvo para ofrendarles respetuosas plegarias.

Pese a estar decepcionado por el descorazonador consejo de Atal y la exigua ayuda que le brindaban tanto los *Manuscritos pnakóticos* como los siete libros crípticos de Hsan, Carter no se dio por vencido. Primero interrogó al anciano sacerdote acerca de la prodigiosa ciudad crepuscular que se atisbaba desde las barandillas de la terraza, pensando que quizá podría encontrarla sin mediar intervención divina, mas Atal no supo contestar a sus preguntas. Le dijo que aquel lugar tal vez perteneciera a su mundo onírico particular y no al reino general de la visión que la mayoría conoce, y que tampoco cabía descartar la posibilidad de que estuviera en otro planeta. En tal caso, los dioses de la Tierra no podrían guiarlo hasta allí ni aunque fueran proclives a ello. Sin embargo, se trataba de una posibilidad remota puesto que la interrupción de los sueños dejaba bien claro que los Grandes Seres deseaban ocultársela.

Lo que hizo Carter a continuación fue ingenioso. Le ofreció a su desprevenido anfitrión tantos tragos del vino lunar de los zoogs que al anciano se le soltó la lengua. Despojado de sus reservas, el desventurado Atal habló sin cortapisas de cuestiones prohibidas, entre ellas una inmensa efigie que algunos viajeros aseguraban haber visto en la roca maciza del monte Ngranek, en la isla de Oriab, emplazada en los mares del sur. Aventuró que podría tratarse de una representación de sus propios rasgos que los dioses de la Tierra habrían esculpido en los días en que danzaban sobre aquella cumbre a la luz de la luna. Entre hipidos reveló además que las facciones de esa imagen son muy extrañas, hasta tal punto que uno podría reconocerse en ellas, lo que sugiere sin asomo de duda cuál es la auténtica raza de los dioses.

Carter comprendió de inmediato que aquella información sería de gran ayuda para encontrar a los dioses. Se sabe que los Grandes Seres más jóvenes se disfrazan para seducir a las hijas de los hombres, por lo que seguramente todos los campesinos de las zonas limítrofes con el páramo helado en el que se yergue Kadath lleven su sangre. Conocedor de este hecho, el camino para encontrar el páramo debía de pasar por ver la efigie de piedra de Ngranek y memorizar sus facciones. Una vez estudiadas con detenimiento, había que buscar esos mismos rasgos entre la gente con vida. La morada de los dioses se hallará más cerca de donde la gente sea más burda y obtusa, y Kadath se alzará en el yermo pedregal que linde con las aldeas del lugar.

En esas regiones podría aprenderse mucho sobre los Grandes Seres, pues quienes porten su sangre quizá hayan heredado recuerdos útiles para quien los sepa buscar. Cabía la posibilidad de que no supiesen de su ascendencia. Sin embargo, la idea de que los hombres los reconozcan desagrada tanto a los dioses que resulta imposible encontrar a uno solo que haya visto su rostro salvo en algún desliz, como Carter ya había comprobado en su empeño por escalar Kadath. Pero sus peculiares y altaneras ideas desconcertarían a quienes los rodeaban, que entonarían canciones sobre lugares tan remotos y jardines tan diferentes de los que cabría encontrar incluso en las Tierras del Sueño que el vulgo los tildaría de necio. De todo esto podrían extraerse los antiguos secretos de Kadath, o tal vez obtener al menos algún atisbo de la prodigiosa ciudad crepuscular que los dioses guardaban en secreto. Más aún, se podría, en ciertos casos, tomar como rehén al hijo bienamado de uno de los dioses o capturar incluso a alguno de los más jóvenes mientras habitaba de incógnito entre los humanos con una atractiva doncella campesina por cónyuge.

Sin embargo, Atal no supo cómo llegar hasta Ngranek, en la isla de Oriab, aunque le recomendó a Carter que siguiera el curso de las aguas cantarinas bajo los puentes del Skai hasta su desembocadura, en el mar Meridional, donde ningún ciudadano de Ulthar había estado jamás, a pesar de que hasta allí acudían los comerciantes en barca o con largas caravanas de mulas y carromatos. Se encuentra allí una ciudad importante, Dylath-Leen, que goza de mala reputación en Ulthar por los negros trirremes que recalan en ella con las bodegas repletas de rubíes extraídos de costas anónimas. Los mercaderes que desembarcan de esos navíos para comerciar con los orfebres son humanos, o casi, pero los remeros no se dejan ver. Las gentes de Ulthar no consideran honrados esos intercambios comerciales con negros navíos procedentes de lugares ignotos cuyos tripulantes no pueden salir a la luz.

El sueño amenazaba con vencer a Atal mientras compartía esta información, por lo que Carter lo acostó con delicadeza en un diván de ébano con incrustaciones y le recogió decorosamente su larga barba sobre el pecho. Al girarse, dispuesto a salir ya de allí, reparó en que no lo seguía ningún aleteo reprimido y se preguntó por qué se habrían relajado tanto los zoogs en su curiosa persecución. A continuación vio que los esbeltos gatos de Ulthar se relamían satisfechos, como si estuvieran ahítos, y recordó los siseos y el alboroto que apenas había llegado a sus oídos cuando se encontraba absorto en la conversación con el viejo sacerdote. Recordó asimismo la endemoniada voracidad con la que un joven zoog, especialmente impúdico, había clavado la mirada en un gatito negro a su paso por la vía empedrada. Y puesto que nada le gustaba más en el mundo que los gatitos negros, se agachó para acariciar a los estilizados felinos de Ulthar, que seguían atusándose los bigotes, y no lamentó ni por un instante el hecho de que los inquisitivos zoogs no siguieran escoltándolo.

Comenzaba a anochecer, por lo que Carter se detuvo en una antigua posada sita en una callejuela empinada desde la que se veían las faldas de la ciudad. Al salir al balcón de su habitación y dejar vagar la mirada sobre el mar de rojos tejados, caminos empedrados y bucólicos pastos, todo mágico y dorado a la luz del ocaso, juró que Ulthar sería un sitio agradable en el que establecer su residencia permanente, de no ser por el recuerdo de otra ciudad crepuscular, aún más hermosa, que sin cesar lo empujaba a uno a desconocidos peligros. Luego oscureció del todo, y el rosa de los hastiales encalados adoptó un místico tinte violeta, mientras unas diminutas luces amarillas ascendían flotando una por una desde las antiguas ventanas enrejadas, dulces campanas tañían en la elevada torre del templo y la primera estrella centelleaba tímida sobre las praderas en la margen opuesta del Skai. La noche llegó acompañada de cantos, y Carter asintió cuando los laudistas entonaron loas a tiempos pasados desde el otro lado de las engalanadas terrazas y los patios con teselas de la sencilla ciudad. Tal vez hubiera incluso dulzura en la voz de los innumerables gatos de Ulthar, mas estos yacían grávidos y silentes en su mayoría tras el extraño festín. Algunos partieron furtivos en busca de esos crípticos reinos que solo los felinos conocen y que, según los aldeanos, se encuentran en la cara oculta de la Luna, de ahí que los gatos salten desde los altos tejados, aunque un gatito negro subió sigiloso por las escaleras y se encaramó al regazo de Carter para ronronear y jugar, y se ovillaría más tarde a sus pies cuando él por fin se acostó en el pequeño diván cuyos cojines estaban rellenos de fragantes hierbas que invitaban al sueño.

Por la mañana, Carter se unió a una caravana de comerciantes que se dirigían a Dylath-Leen con la lana hilada de Ulthar y los repollos de las ajetreadas granjas de Ulthar. Durante seis días recorrieron envueltos en el tintineo de los cascabeles la llana carretera que discurría paralela al Skai, pernoctando a veces en las posadas de pintorescos pueblos pesqueros, a veces en tiendas de campaña bajo las estrellas, arrullados por los fragmentos de canciones que entonaban los barqueros en el plácido río. El paisaje era sublime, repleto de setos frondosos, calveros, cabañas de tejados picudos y molinos de viento octogonales.

A la séptima jornada se elevó una columna de humo frente a ellos, sobre el horizonte, seguida de las altas torres negras de Dylath-Leen, construidas sobre todo con basalto. Dylath-Leen, con sus esbeltas torres angulosas, se asemeja a la Calzada de los Gigantes en la lejanía, y sus calles son lúgubres e inhóspitas. Con su miríada de embarcaderos colinda un sinfín de sórdidas tabernas portuarias, y por todos sus rincones confluyen hordas de extraños marineros procedentes de todos los países de la Tierra, e incluso algunos sobre los que se rumorea que vienen de otro planeta. Carter les preguntó a los hombres de aquella ciudad, ataviados con extraños ropajes, por la cumbre de Ngranek, en la isla de Oriab, y descubrió que la conocían muy bien. Había barcos procedentes de Baharna, uno de los puertos de aquella isla, y uno de ellos debía zarpar de regreso en el plazo de un mes. Una vez allí, Ngranek se encuentra tan solo a dos días en cebra. Casi nadie había visto la efigie de piedra de la deidad, tallada en una de las caras más escarpadas de Ngranek, la cual limita tan solo con riscos verticales y un siniestro valle de lava. Los dioses se habían enfadado en cierta ocasión con los habitantes humanos de esa vertiente y habían puesto su enojo en conocimiento de los Dioses Exteriores.

Costó extraer esta información de los comerciantes y marineros en las tabernas portuarias de Dylath-Leen, pues casi todos preferían hablar en susurros de los negros trirremes. Uno de ellos arribaría al cabo de una semana, cargado de rubíes extraídos de sus desconocidas orillas, y las gentes de la ciudad temían verlo atracar. Quienes desembarcaban de él para comerciar poseían unas bocas demasiado grandes, el modo en que sus turbantes se amontonaban sobre sus cabezas formando dos promontorios ahusados resultaba especialmente desagradable, y sus zapatos eran los más pequeños y extravagantes que se hubieran visto jamás en los Seis Reinos. Pero lo peor de todo eran sus remeros invisibles. Aquellas tres filas de remos se movían con demasiada presteza, con demasiada exactitud y vigor como para que pudiera considerarse normal. Tampoco era normal que un barco permaneciera en puerto durante semanas mientras los mercaderes cerraban sus negocios y que en todo ese tiempo nadie viera jamás a su tripulación. A los taberneros de Dylath-Leen no les gustaba eso, ni tampoco a los tenderos y carniceros, ya que jamás habían subido provisión alguna a bordo de esas embarcaciones. Los mercaderes no compraban más que oro y robustos esclavos negros, traídos de Parg por el río. Eso era lo único que cargaban esos mercaderes de desagradables facciones y de dudosos remeros. Jamás embarcaron producto alguno de las carnicerías y las tiendas, sino tan solo oro y fornidos negros de Parg, los cuales compraban al peso. Y el olor que emanaba de aquellas galeras, transportado por el viento hasta los muelles, era inefable. Tan solo los parroquianos más curtidos de las tabernas lo soportaban, a base de encadenar un cigarrillo de tabaco fuerte tras otro. De haberse podido obtener semejantes rubíes por otro cauce, Dylath-Leen no habría tolerado la presencia de aquellas negras galeras, pero ninguna mina en todo el país de los sueños producía otros como aquellos.

Estos eran los asuntos principales que ocupaban los chismorreos de las cosmopolitas gentes de Dylath-Leen mientras Carter esperaba paciente a que llegara el navío de Baharna, a bordo del cual tal vez pudiese viajar a esa isla en la que, yermas y altaneras, se alzan las torres labradas de Ngranek. Entretanto, no dejó de investigar los lugares más frecuentados por los viajeros de tierras lejanas en busca de cualquier información que pudieran proporcionarle acerca de Kadath, en el frío yermo, o sobre una prodigiosa ciudad de muros de mármol y fuentes plateadas que se extienden bajo los balcones al anochecer. Sin embargo, no aprendió nada sobre estos particulares; aunque una de las veces le pareció que cierto mercader apergaminado, de aviesa mirada, adoptó una expresión sospechosamente astuta ante la mención del páramo helado. Dicho hombre tenía fama de comerciar con las espantosas aldeas de piedra de la glacial y desértica meseta de Leng, evitadas por los exploradores prudentes, cuyas impías fogatas se divisan desde grandes distancias en la oscuridad. Se rumoreaba de él incluso que había tratado con el sumo sacerdote que no debe nombrarse, el cual cubre su rostro con una máscara de seda amarilla y habita en soledad en un monasterio de piedra que data de tiempos prehistóricos. Aunque apenas cabía duda de que semejante persona pudiese haber establecido contacto, cuando menos superficial, con los seres que cabía concebir que existieran en el páramo helado, Carter no tardó en comprobar lo infructuoso que resultaba interrogarlo al respecto.

El negro trirreme pasó frente a la mole de basalto y el alto faro para entrar en el puerto, singular y silente, envuelto en una extraña pestilencia que llegaba hasta la ciudad barrida por el viento del sur. El desasosiego se propagó por las tabernas del muelle, y transcurridos unos instantes los atezados mercaderes de labios grotescos, turbantes gibosos y pies diminutos desembarcaron furtivos para buscar los bazares de los orfebres. A Carter, que los observaba atento, le causaban peor impresión cuanto más los miraba. Después los vio conducir a los recios negros de Parg por la pasarela, gruñendo y empapados de sudor mientras subían a la inusitada galera, y se preguntó en qué tierras (si cabía llamarlas así) estarían condenadas a servir esas desdichadas criaturas.

Tres noches llevaba amarrado allí el trirreme cuando uno de aquellos inquietantes mercaderes le dirigió la palabra, lanzando sonrisas lascivas mientras le insinuaba lo que se contaba en las tabernas sobre sus pesquisas. Parecía poseer conocimientos demasiado secretos como para desvelarlos en público, y aunque el sonido de su voz era insoportablemente odioso, Carter juzgó contraproducente desestimar la información que pudiera ofrecerle un viajero procedente de costas tan lejanas como aquel. Así pues, lo invitó a ser su huésped a puerta cerrada en los aposentos de arriba y sacó el resto del vino lunar de los zoogs para soltarle la lengua. El extraño mercader libó con fruición, sin que el brebaje le hiciera perder su mueca burlona, antes de sacar otra curiosa botella de vino a su vez. Carter vio que el recipiente estaba tallado a partir de un único rubí, vaciado y grotescamente labrado en relieves tan fabulosos que desafiaban toda comprensión. Le ofreció ese vino a su anfitrión, y si bien Carter probó solo un sorbo, pronto lo asaltaron el vértigo del espacio y la fiebre de selvas inimaginables. La sonrisa de su invitado no hacía sino ensancharse, y lo último que vio Carter mientras se sumía en el olvido fueron aquellas odiosas facciones oscuras estremecidas por una risa diabólica, además de algo innombrable allí donde las convulsiones de aquel regocijo epiléptico habían aflojado uno de los promontorios del turbante naranja del mercader.

Inmerso en horrendos miasmas, Carter recuperó el conocimiento bajo una marquesina de tela, tendido en la cubierta de un barco más allá de cuya borda se deslizaban a una velocidad preternatural las maravillosas costas del mar del Sur. Aunque no lo habían encadenado, tres de esos endrinos y cáusticos mercaderes lo vigilaban sonrientes a escasa distancia, y la visión de las gibas de los turbantes lo hizo desfallecer casi tanto como el hedor que emanaba de aquellas escotillas siniestras. Ante sus ojos se sucedían las gloriosas regiones y ciudades acerca de las que otro compañero soñador de la Tierra, farero en la vetusta Kingsport, antaño le hablase a menudo, y reconoció los templos aterrazados de Zar, morada de sueños olvidados; los capiteles de la infame Thalarion, ciudad demoníaca de mil maravillas en la que gobierna Lathi, el eidolon; los lúbricos jardines de Xura, tierra de los placeres inalcanzados, y los cabos gemelos de cristal que convergen en lo alto formando un arco resplandeciente para guardar el puerto de Sona-Nyl, dichoso reino de la fantasía.

Frente a todas esas tierras prodigiosas surcaba las aguas el malsano y pestilente navío, impulsado por los anómalos golpes de remo de sus galeotes, invisibles bajo la cubierta, y antes de que terminase la jornada vio Carter que el único rumbo que podía imprimirle el timonel eran los Pilares de Basalto del Oeste, tras los que cuentan las gentes sencillas que se alza la esplendorosa Cathuria; aunque, como bien saben los soñadores más avezados, lo único que hay en realidad es una monstruosa catarata en la que los océanos del país de los sueños terrestres se arrojan completos a la nada abisal para surcar los espacios desiertos en dirección a otros mundos, otras estrellas y los horrendos vacíos que lindan con el universo ordenado, donde el sultán demoníaco Azathoth devora con afán entre el batir de viles tambores y el lamento de flautas malditas, a cuyo detestable son bailan los Dioses Exteriores, tenebrosos, ciegos, sin voz y sin mente, cuya alma y mensajero es el caos reptante Nyarlathotep.

Mientras tanto, los tres sardónicos mercaderes seguían sin decir palabra sobre sus intenciones, aunque bien sabía Carter que debían de estar confabulados con quienes deseaban entorpecer su misión. Se sobreentiende en el país de los sueños que los Dioses Exteriores cuentan con numerosos agentes infiltrados entre los hombres; agentes que, humanos por entero o en ligeramente inferior proporción, ansían acatar la voluntad de esos seres ciegos y sin mente a cambio del favor de su espeluznante alma y mensajero, el caos reptante Nyarlathotep. Por todo ello, Carter dedujo que los mercaderes de los turbantes gibosos, al enterarse de su intrépida búsqueda de los Grandes Seres en su castillo de Kadath, habían decidido secuestrarlo y entregárselo a Nyarlathotep a cambio de la innombrable recompensa que pudiera ofrecerse por su cabeza. No se atrevía a aventurar cuál podría ser la tierra de esos mercaderes, ni si pertenecería siquiera al universo conocido o al arcano espacio exterior, como tampoco acertaba a imaginarse en qué averno cubil se reunirían con el caos reptante para entregarlo y cobrar su botín. Sabía, no obstante, que ningún ser tan humano como aparentaban ser ellos osaría acercarse al maléfico y colosal trono del demonio Azathoth, en el informe vacío central.

Al ponerse el sol, los mercaderes se humedecieron aquellos labios tan exageradamente grandes al tiempo que un brillo voraz destellaba en sus ojos. Uno de ellos bajó a algún camarote ofensivo y oculto para regresar a continuación con un cazo y una cesta llena de platos, después de lo cual se arracimaron bajo el toldo y, en cuclillas, dieron cuenta de la carne humeante que contenía la olla. Sin embargo, cuando le dieron una escudilla a Carter, descubrió en su interior algo cuya forma y tamaño lo horrorizaron, por lo que palideció más aún y lanzó su ración al mar cuando nadie miraba. Pensó de nuevo en los remeros invisibles de abajo, así como en la sospechosa alimentación que debía de proporcionarles su fuerza, en exceso mecánica.

Era de noche cuando la galera sorteó los Pilares de Basalto del Oeste, y el estruendo de la monumental catarata aumentaba atronador frente a ellos. Las nubes de salpicaduras que se elevaban de ella amenazaban con eclipsar las estrellas, la cubierta se tornó resbaladiza, y la nave se escoró con el ímpetu de la fuerte corriente del borde. De pronto, con un extraño silbido y una sacudida, dieron el salto, y Carter experimentó terrores de pesadilla cuando la Tierra se alejó de ellos y la enorme embarcación salió disparada

al espacio interplanetario como un cometa silente. Era la primera vez que se encontraba con las informes criaturas negras que saltan, acechan y se revuelven por todo el éter, sonriendo con lascivia a los viajeros que se cruzan con ellas, palpando en ocasiones con sus zarpas viscosas cuando algún objeto en movimiento suscita su curiosidad. Estas son las larvas sin nombre de los Dioses Exteriores, ciegas y sin mente como ellos, poseedoras de aberrantes apetitos y una sed inefable.

Mas la ofensiva galera no se había catapultado tan lejos como Carter temía, pues no tardó en ver que el timonel ponía rumbo directamente a la Luna. Esta se mostraba media y resplandeciente, más grande cuanto más se acercaban, exhibiendo incómodamente sus singulares crestas y cráteres. El navío apuntaba hacia el borde, y no tardó en ponerse de manifiesto que su destino era la secreta y misteriosa cara que siempre queda oculta a la Tierra, y que ninguna persona humana por entero, salvo tal vez el soñador Snireth-Ko, ha contemplado jamás. La creciente proximidad de la Luna se le antojó a Carter perturbadora, pues le desagradaba la forma y el aspecto de las ruinas que se divisaban dispersas aquí y allá. La ubicación de los extintos templos de las montañas era tal que no cabía imaginar que se hubieran utilizado para adorar a ninguna deidad cuerda o benévola, y en las simetrías de las columnas rotas parecía acechar un siniestro significado secreto que no invitaba a resolver su misterio. Carter se negó a especular sobre la estructura y las proporciones de los antiguos adoradores.

Aparecieron en el extraño paisaje ciertas señales de vida cuando el trirreme hubo doblado el canto y sobrevolaba ya aquellas tierras inexploradas por el hombre, y Carter vio multitud de cabañas redondas y achaparradas, rodeadas de campos de hongos grotescos. Se fijó en que carecían de ventanas, y pensó que su forma se asemejaba a las viviendas de los esquimales. Después vio las viscosas olas de un mar oleaginoso y supo que el viaje continuaría siendo por agua, o al menos por algún tipo de líquido. La galera golpeó la superficie con un sonido peculiar, y la singular elasticidad con que la abrazaron las olas dejó perplejo a Carter. Navegaban ahora a gran velocidad, adelantando y saludando en cierta ocasión a otro navío de similar factura, aunque sin ver por lo demás nada salvo aquel mar tan curioso y un cielo que se mostraba negro y cuajado de estrellas a pesar de que el sol resplandecía abrasador en lo alto.

No tardaron en erigirse ante ellos los montes aserrados de una costa leprosa, y Carter divisó los gruesos y desagradables torreones grises de una ciudad. El modo en que se inclinaban y ladeaban, la forma en que se apiñaban y el hecho de que carecieran por completo de ventanas se le antojó sumamente perturbador al prisionero, que lamentó con amargura la imprudencia que lo había llevado a catar el curioso vino del mercader del turbante giboso. Al acercarse a la costa y hacerse más intenso el insoportable hedor de aquella ciudad, vio sobre los montes aserrados un gran número de bosques, y en algunos de los árboles reconoció a los congéneres de aquel solitario ejemplar silenita del bosque encantado de la Tierra, con cuya savia los diminutos y pardos zoogs fermentaban ese vino tan peculiar.

Carter podía distinguir ahora figuras que se movían en los bulliciosos muelles a los que se acercaban, y cuanto mejor las veía, más los temía y aborrecía. No se trataba de personas en absoluto, ni por asomo, sino de enormes criaturas correosas, blancas y grises, capaces de expandirse y contraerse a su antojo, y cuya forma principal (aunque cambiaba a menudo) era la de una especie de sapo carente de ojos, si bien dotado de una masa curiosamente vibrante de cortos tentáculos sonrosados en el extremo de su vago morro achatado. Estos seres deambulaban con afán por los muelles, moviendo fardos, arcas y cajas con una fuerza sobrenatural, embarcando o desembarcando ocasionalmente de un salto de alguna galera fondeada con largos remos en sus cuartos delanteros. De vez en cuando, alguno daba la impresión de estar dirigiendo una cuerda de esclavos apelotonados, estos sí humanos al menos en forma, aunque poseedores de unas bocas tan grandes como las de los mercaderes que operaban en Dylath-Leen; solo que estos rebaños, despojados de sus turbantes, zapatos y atuendo, no parecían tan humanos después de todo. Algunos de estos esclavos (los más rollizos, a los que una especie de supervisor les pegaba experimentales pellizcos) eran descargados de las naves y encerrados en cajas, cerradas con clavos, que los estibadores empujaban hasta unos almacenes de techo bajo o cargaban en grandes carretas traqueteantes.

Una de las carretas se enganchó a su tiro y partió, y la fabulosa criatura que la remolcaba era tan inimaginable que a Carter se le cortó la respiración, aun después de haber visto las otras monstruosidades que deambulaban por aquel lugar execrable. De cuando en cuando desfilaban grupos de esclavos cuyo atuendo y tocado recordaba al de los atezados mercaderes, y los conducían a bordo de una galera seguidos de un tropel de aquellos seres viscosos con cuerpo de sapo que componían la tripulación: oficiales, marineros y remeros. Carter se fijó en que a las criaturas casi humanas se las destinaba a las más degradantes tareas serviles, para las que no se requería una fuerza excepcional, como gobernar el timón o cocinar, ir a buscar lo que se les encargaba y negociar con los hombres de la Tierra o de los demás planetas con los que comerciaban. Estas criaturas debían de ser las más indicadas para no levantar sospechas, puesto que no se diferenciaban de los hombres una vez vestidas, calzadas y tocadas con sus oportunos turbantes; y podían regatear en los comercios humanos sin tener que dar elaborados o embarazosos pretextos. Mas casi todas ellas, salvo las exageradamente flacas o deformes, iban desnudas y hacinadas en jaulas que las fabulosas criaturas de tiro remolcaban en pesadas carretas. A veces desembarcaban y enjaulaban también otras clases de seres, algunos muy parecidos a las criaturas semihumanas, otros no tan parecidos y otros totalmente diferentes. Carter se preguntó si a los desdichados negros de Parg no los desembarcarían, enjaularían y transportarían en el interior de aquellos ominosos vehículos.

Cuando la galera atracó en un muelle grasiento, de roca esponjosa, una horda dantesca de seres con forma de sapo surgió por las escotillas. Dos de ellos agarraron a Carter y lo arrastraron hasta la orilla. El olor y el aspecto de aquella ciudad eran indescriptibles, y Carter solo pudo captar imágenes dispersas de las calles enlosadas, de los lóbregos portales y de las indescriptibles fachadas sin ventanas, grises y verticales. Al final lo metieron en un portal de bajo dintel y le hicieron subir una infinidad de peldaños por un pozo de tinieblas. Al parecer, a los seres con cuerpo de sapo les daba lo mismo la luz que la oscuridad. El olor que reinaba en aquel lugar era insoportable, y cuando encerraron a Carter en una cámara y lo abandonaron a solas, apenas si le quedaban fuerzas para arrastrarse junto a las paredes y tantear su forma y dimensiones. El recinto, circular, debía de medir unos seis metros de diámetro.

A partir de ese momento, el tiempo dejó de existir. Le ofrecían comida a intervalos, pero Carter se negaba a tocarla. Aunque no era consciente de lo que le deparaba el destino, presentía que lo mantendrían allí hasta la llegada del caos reptante Nyarlathotep, espeluznante alma y mensajero de los Dioses Exteriores. Tras una interminable sucesión de horas o de días, por fin se abrió de par en par la gran puerta de piedra y condujeron a Carter a empujones escaleras abajo, hasta las calles iluminadas de rojo de aquella aterradora ciudad. Era de noche en la Luna, y por toda la ciudad se veían esclavos estacionados con teas.

En una detestable plaza se había formado una especie de procesión compuesta por diez seres con cuerpo de sapo y veinticuatro de aquellos semihumanos portadores de antorchas, once a cada lado y uno tanto al frente como por detrás. Colocaron a Carter en medio de la formación, con cinco seres de cuerpo de sapo delante y otros cinco tras él, más un semihumano a cada lado. Unos cuantos de aquellos seres levantaron sus flautas de marfil, labradas con motivos asquerosos, y entonaron aberrantes melodías con ellas. Al son de aquel coro infernal, la columna desfiló hasta dejar atrás las calles pavimentadas y se internó en las umbrías llanuras cubiertas de hongos obscenos. No tardaron en ascender por la suave pendiente de una de las colinas más bajas, la cual se elevaba tras la ciudad. Carter, quien no dudaba de que el caos reptante aguardaba en alguna de aquellas temibles laderas o en algún altiplano blasfemo, solo deseaba que la intriga se resolviera lo antes posible. Lo consternaba el lamento de aquellas flautas impías, y habría renunciado a mundos enteros con tal de escuchar un sonido medianamente normal; mas las criaturas-sapo carecían de voz, y los esclavos no hablaban.

Entonces, un sonido normal traspasó de súbito aquella oscuridad jaspeada de estrellas. Bajaba rodando de las más altas cumbres, y todos los montes aserrados de alrededor lo capturaron y reprodujeron hasta formar un ensordecedor pandemonio coral. Era la llamada de medianoche de un gato, y Carter constató así que las antiguas gentes de pueblo tenían razón al aventurar sus peregrinas teorías sobre esos crípticos reinos que tan solo los felinos conocen, y a los que los más ancianos de ellos retornan con sigilo al ocaso, saltando desde los altos tejados. En realidad es la cara oculta de la Luna adonde van a saltar y retozar por los montes y conversar con sombras vetustas, y allí, inmerso en aquella columna hedionda, Carter oyó sus placenteros y cordiales maullidos y pensó en los tejados empinados, las cálidas chimeneas y las ventanitas iluminadas de su hogar.

Randolph Carter, que era un gran conocedor de la lengua de los gatos, moduló la respuesta indicada. No obstante, debería haberse abstenido de ello, pues en cuanto se abrieron sus labios el coro arreció y se acercó, y pronto vio sombras fugaces recortadas contra el telón de fondo de las estrellas cuando una legión de gráciles sombras bajó saltando de las colinas en creciente tropel. Se había entonado la llamada del clan, y antes de que a la abyecta procesión le diese tiempo siquiera a asustarse, se abatieron sobre ella una nube de pelaje asfixiante y una falange de zarpas asesinas, irrefrenables y tempestuosas. Enmudecieron las flautas, al tiempo que un orfeón de alaridos rasgaba la noche. Los semihumanos moribundos gritaban, bufaban, siseaban y rugían los gatos, pero las criaturas-sapo no emitieron sonido alguno en tanto su pestilente icor verde rezumaba de manera fatídica sobre la tierra porosa, tapizada de hongos obscenos.

El espectáculo fue prodigioso mientras duraron las antorchas; Carter no había visto jamás tantos gatos. Negros, grises y blancos; amarillos, atigrados y mixtos; comunes, persas y de la isla de Man; tibetanos, de Angora y egipcios; a todos ellos los poseía el fervor del combate, y sobre todos ellos flotaba la sombra de esa profunda e inviolable santidad que vuelve tan grande a su diosa en los templos de Bubastis. Se lanzaban de siete en siete a la yugular de algún semihumano o al rosáceo hocico tentaculado de alguna criatura-sapo y derribaban ferales a su presa sobre la planicie fungosa, donde miríadas de sus congéneres confluían a continuación sobre ella para descuartizarla con un frenesí de garras y dientes propio de la furia bélica de las deidades. Carter, que le había arrebatado su tea a un esclavo abatido, no tardó en verse abrumado por las incesantes oleadas de sus fieles defensores, tras lo que yació envuelto en una oscuridad absoluta mientras oía el clamor del enfrentamiento y los gritos de los vencedores, acariciado en todo momento por las suaves patas de sus aliados, que seguían correteando de un lado para otro absortos en la contienda.

La sorpresa y el agotamiento le cerraron los ojos, y cuando volvió a abrirlos pudo contemplar una escena insólita. El inmenso disco reluciente de la Tierra, trece veces más grande que el de la Luna tal y como nosotros lo vemos, se había elevado entre extrañas andanadas de luz sobre el paisaje selenita, y por todas aquellas leguas de agreste meseta y promontorios aserrados se desparramaba un interminable mar de gatos en formación ordenada. De aquellos disciplinados círculos concéntricos salieron un par de líderes para lamerle la cara y consolarlo con sus ronroneos. Aunque apenas quedaba rastro de los esclavos y las criaturas-sapo masacradas, a Carter le pareció ver un hueso no muy lejos de allí, en el espacio abierto que mediaba entre él y el comienzo de las cerradas filas de felinos guerreros.

Se dirigió entonces a los líderes en la melodiosa lengua de los gatos y descubrió que la antigua amistad que lo unía a su especie era de sobra conocida y tema frecuente de conversación en aquellos lugares donde se congregaban. Su visita a Ulthar no había pasado inadvertida, y los esbeltos y ancianos felinos recordaban cómo los había acariciado tras dar cuenta de los voraces zoogs que con tan aviesa mirada observaban a cierto gatito negro. Recordaban asimismo el recibimiento que le había prodigado a la misma cría cuando esta fue a verlo a la posada, y cómo le había dejado una escudilla de nata cremosa por la mañana antes de partir. El abuelo de aquel gato tan pequeño era el cabecilla del ejército ahora reunido, pues al divisar la pérfida profesión desde una loma lejana había reconocido en su prisionero a un amigo declarado de su especie, tanto en la Tierra como en el país de los sueños.

Oyeron entonces un alarido, procedente de una cumbre más alejada, y el veterano líder interrumpió de golpe la conversación. Se trataba de uno de los puestos de avanzada del ejército, estacionado en la montaña más alta para vigilar al único adversario que temen los gatos de la Tierra: los enormes y singulares gatos de Saturno, los cuales, por algún motivo, no son inmunes al encanto de la cara oculta de nuestra luna. Aliados de las diabólicas criaturas-sapo, se muestran infamemente hostiles a los felinos de nuestro mundo, por lo que, dadas las circunstancias, un encuentro entre ambas facciones podría acarrear consecuencias nefastas.

Tras una breve consulta entre los generales, los gatos se levantaron y asumieron una formación más apretada, cerrando filas alrededor de Carter y preparándose para dar el inmenso salto a través del espacio que habría de conducirlos de regreso a los tejados de nuestra Tierra y su país del sueño. El anciano mariscal de campo le aconsejó a Carter que se dejara transportar junto con las arracimadas huestes de peludos felinos, indicándole cómo saltar con el resto y aterrizar grácilmente cuando lo hicieran los demás. También le ofreció depositarlo donde él prefiriera, y Carter se decantó por la ciudad de Dylath-Leen, de donde había zarpado el negro trirreme, pues planeaba poner rumbo desde allí hacia Oriab y la cumbre esculpida de Ngranek, así como advertir a los habitantes de la ciudad de que interrumpieran sus relaciones comerciales con las siniestras galeras, siempre y cuando se pudieran cortar dichas relaciones de forma diplomática y juiciosa. A continuación, a una señal convenida, todos los gatos se impulsaron ágilmente con su aliado seguro y arropado en su seno, en tanto en la lóbrega cueva de una cumbre execrable y lejana de las montañas lunares aguardaba aún en vano el caos reptante Nyarlathotep.

El salto de los gatos a través del espacio fue muy veloz. Rodeado como estaba por sus acompañantes, en esta ocasión Carter no vio las inmensas y negras informidades que saltan, acechan y se revuelven por el abismo. Antes de que pudiera darse cuenta de lo que había sucedido, volvía a estar en la habitación de su posada en Dylath-Leen, y sus sigilosos aliados felinos escapaban en oleadas por la ventana. El último en marcharse fue el anciano líder de Ulthar, el cual, mientras Carter le estrechaba la zarpa, le dijo que podría llegar a casa antes de que cantara el gallo. Cuando amaneció, Carter se dirigió a la planta de abajo y descubrió que había transcurrido una semana desde su captura y posterior desaparición. Aún le quedaban casi dos semanas de espera antes de que su barco zarpase hacia Oriab, tiempo que juró consagrar a denunciar a los comerciantes de las negras galeras y sus infames costumbres. Los habitantes de la ciudad lo creyeron, en su mayoría, pero a los orfebres les gustaban tanto sus grandes rubíes que ninguno se comprometió por completo a dejar de negociar con los mercaderes de boca ensanchada. Si por culpa de tales traficaciones se abate alguna vez la calamidad sobre Dylath-Leen, nadie podrá acusarlo a él de no haber intentado impedirlo.

El navío que esperaba arribó entre el negro promontorio y el alto faro en el plazo de una semana, y a Carter lo complació comprobar que se trataba de una embarcación tripulada por gentes de bien, con los costados pintados, velas latinas de color amarillo y un avezado capitán con uniforme de seda. Transportaban la fragante resina de los bosques del interior de Oriab y delicadas vasijas de arcilla cocida por los artistas de Baharna, así como insólitas figurillas esculpidas en la antigua lava de Ngranek. A cambio de estas mercancías recibían la lana de Ulthar, las telas iridiscentes de Hatheg y el marfil tallado por los negros de las aldeas que jalonan la margen opuesta del Parg. Carter acordó su pasaje a Baharna con el capitán, quien le informó de que la travesía duraría diez días. En el transcurso de esa semana de espera tuvo ocasión de hablar largo y tendido con aquel capitán de Ngranek, el cual le confesó que muy pocas personas habían presenciado sus afamadas facciones de piedra, pues la mayoría de los viajeros se conforman con escuchar las leyendas por boca de los ancianos, los recolectores de lava y los fabricantes de efigies de Baharna para luego contar en sus lejanas tierras de origen que las habían visto en persona. El capitán ni siquiera estaba seguro de que existiese alguien con vida que hubiera contemplado ese rostro de piedra, pues la cara más inhóspita del Ngranek es en extremo escarpada, yerma y siniestra, y se rumorea que en las cuevas más cercanas a la cumbre moran los ángeles descarnados de la noche, sobre cuyo aspecto el capitán se negó a pronunciarse, pues sus hordas son célebres por acosar con más saña a quienes más tiempo les dedican en sus pensamientos. Cuando Carter le preguntó al capitán por la ignota Kadath en el páramo helado y la prodigiosa ciudad del ocaso, el buen hombre no supo proporcionarle ninguna información medianamente fiable.

Carter zarpó una madrugada de Dylath-Leen, con el cambio de la marea, y vio cómo se reflejaban los primeros rayos de sol en las esbeltas y angulosas torres de la funesta ciudad de basalto. Mantuvieron el rumbo hacia el este durante dos jornadas completas, siempre con el verde litoral a la vista, pasando a menudo frente a bonitas aldeas pesqueras cuyos rojos tejados escalaban las empinadas laderas, erizadas con las chimeneas de viejos muelles aletargados junto a las playas que se arropaban con nasas puestas a secar. Sin embargo, al tercer día viraron bruscamente hacia el sur, donde el oleaje era más fuerte, y no tardaron en perder de vista la costa. Al quinto día los marineros comenzaron a ponerse nerviosos, pero el capitán disculpó sus temores alegando que la nave se disponía a surcar las aguas que cubrían una ciudad sumergida, tan antigua que escapaba al recuerdo, y que cuando la marea se transparentaba uno podía ver tantas sombras moviéndose en aquellas profundidades que a las gentes sencillas las embargaba el rechazo. Admitió asimismo que se habían extraviado muchos barcos en aquellas latitudes, saludados por quienes habían podido cruzarse con ellos para después no volver a ser vistos jamás.

La Luna se mostraba radiante esa noche, por lo que la vista alcanzaba a una profundidad considerable bajo el agua. La brisa que soplaba era tan tenue que la nave apenas si se movía, y en el océano reinaba la calma. Al asomarse por la borda, Carter divisó una multitud de espectros congregados bajo la cúpula de un templo enorme, frente al cual una avenida flanqueada por monstruosas esfinges desembocaba en lo que antaño debía de haber sido un foro público. Entre sus ruinas nadaban risueños delfines, y por doquier se contorsionaban torpes marsopas que a veces ascendían a la superficie e incluso saltaban fuera del agua. Conforme el barco seguía avanzando, el lecho oceánico empezó a elevarse y formar una cadena de cerros, entre los cuales se divisaba con nitidez el contorno de antiguos desniveles empedrados y las erosionadas paredes de una miríada de casas.

Aparecieron los barrios de la periferia, y por último un inmenso edificio solitario que señoreaba sobre una colina, de estilo arquitectónico más simple que las demás estructuras y en mucho mejor estado de conservación. Achaparrado y oscuro, cubría los cuatro lados de una plaza, con una torre en cada esquina y un patio enlosado en el centro, cubierto de curiosas ventanas redondas. Daba la impresión de ser de basalto, aunque las algas lo envolvían en su mayor parte. El lugar que ocupaba en aquella colina solitaria era tan solitario e impresionante que bien pudiera haberse tratado de un templo o algún monasterio. En su interior, un banco de peces fosforescentes les confería un aspecto radiante a los pequeños ojos de bueyes, y Carter no pudo culpar a los marineros por el temor que sentían. A continuación, a la delicuescente luz de la luna reparó en un insólito monolito que se erguía alto en medio de aquel patio central y vio que había algo allí atado. Tras tomar prestado un catalejo del camarote del capitán, vio que lo que había allí atado no era sino un marinero vestido con los ropajes de seda de Oriab, cabeza abajo y sin ojos, por lo que se sintió aliviado cuando el viento arreció y empujó el barco hacia partes más salubres del mar.

Al día siguiente hablaron con un navío de velas violetas que se dirigía a Zar, en el país de los sueños olvidados, cargado de bulbos de extraños lirios de distintos colores. Y la noche del undécimo día avistaron la isla de Oriab, sobre la que se alzaban, a lo lejos, los riscos irregulares y coronados de nieve de Ngranek. Oriab es una isla de gran importancia, y su puerto de Baharna, una ciudad imponente. Los muelles de Baharna son de pórfido, y la ciudad se yergue tras ellos sobre grandes terrazas de piedra, con calles de escalones por encima de las cuales suelen arquearse los edificios y los puentes que los unen. Un gran canal recorre toda la ciudad a través de un túnel con puertas de granito hasta llegar al lago interior de Yath, en cuya orilla más lejana se encuentran las vastas ruinas de adobe de una ciudad primigenia cuyo nombre se ha perdido en el olvido. Cuando el barco entró en el puerto por la noche, los faros gemelos de Thon y Thal lo iluminaron a modo de bienvenida y, en el millón de ventanas de las terrazas de Baharna, unas luces tenues se asomaron en silencio, poco a poco, al tiempo que las estrellas lo hacían al crepúsculo, hasta que aquel puerto de mar tan escarpado y alto se convirtió en una reluciente constelación colgada entre las estrellas del cielo y sus reflejos en el puerto en calma.

Una vez hubieron tomado tierra, el capitán invitó a Carter a su casita en la orilla del Yath, al final de la pendiente en la que acababa la parte posterior de la ciudad. Su esposa y sus criados le sirvieron sabrosos alimentos que hicieron las delicias del viajero. En los días siguientes, Carter preguntó por rumores y leyendas de Ngranek en todas las tabernas y lugares públicos en los que se reunían los recolectores de lava y los fabricantes de efigies, pero no logró encontrar a nadie que hubiera subido por las pendientes más altas ni visto el rostro de piedra. Ngranek era una montaña inhóspita con tan solo un valle maldito tras ella y, además, no se podía confiar en la certeza de que los ángeles descarnados de la noche fueran una mera leyenda.

Cuando el capitán partió de regreso a Dylath-Leen, Carter se alojó en una antigua posada que daba a un callejón de escalones en el barrio original de la ciudad, construido en ladrillo y con una clara semejanza a las ruinas de la orilla más alejada del Yath. Allí trazó sus planes para la subida a Ngranek y analizó todo lo que había aprendido de los recolectores de lava sobre los caminos hasta allí. El posadero era un hombre muy anciano y había escuchado tantas leyendas que le fue de gran ayuda. Incluso llevó a Carter hasta una habitación de la planta más alta de aquella antigua casa y le enseñó un tosco dibujo que un viajero había esbozado en la pared de adobe en los viejos tiempos, cuando los hombres eran más audaces y menos reacios a visitar las cumbres más altas de Ngranek. El bisabuelo del viejo tabernero había oído de boca de su bisabuelo que el viajero autor del dibujo había subido a Ngranek y había visto el rostro de piedra, y que después lo había reproducido para que los demás lo contemplaran; pero Carter tenía sus dudas, puesto que los rasgos bastos y grandes de la pared parecían dibujados de forma apresurada y descuidada, y los ensombrecía la multitud de diminutas formas que los acompañaban, todas del peor gusto posible, con cuernos, alas, zarpas y colas enroscadas.

Por fin, después de haber reunido cuanta información fue capaz de obtener en las tabernas y lugares públicos de Baharna, Carter alquiló una cebra y partió una mañana por el camino que discurría junto a la orilla del Yath en dirección a las zonas de interior sobre las que se alza el Ngranek. A su derecha estaban las ondulantes colinas, los agradables huertos y las pulcras granjas de piedra que tanto le recordaban a los fértiles campos que flanqueaban el Skai. Al caer la noche ya se encontraba cerca de las antiguas ruinas sin nombre de la orilla más alejada del Yath y, aunque los recolectores de lava le habían advertido de que no acampara allí de noche, ató su cebra a un curioso pilar delante de un muro derruido y extendió su manta en una esquina protegida bajo unas tallas cuyo significado nadie había conseguido descifrar. Se envolvió con otra manta, ya que las noches de Oriab eran frías. En una ocasión, cuando al despertar creyó sentir las alas de un insecto rozándole la cara, se tapó la cabeza del todo y durmió en paz hasta que lo despertaron los pájaros magah que cantaban en los distantes bosquecillos de resina.

El sol acababa de salir por encima de la gran pendiente sobre la que se extendían varias leguas de cimientos de ladrillo primitivo, muros desgastados y algún que otro pilar o pedestal roto hasta alcanzar la orilla del Yath. Carter buscó entre las ruinas la cebra que había dejado allí atada. Cuál no sería su consternación al percatarse de que el dócil animal yacía postrado junto al curioso pilar al que lo había amarrado la noche anterior, consternación que no hizo más que ir en aumento al descubrir que la bestia estaba muerta, y toda su sangre chupada por una única herida abierta en el cuello. Alguien había hurgado en su bolsa para robar algunas fruslerías brillantes, y por toda la tierra polvorienta de alrededor se veían unas enormes huellas palmeadas a las que no era capaz de encontrar explicación. Le vinieron a la mente las leyendas y advertencias de los recolectores de lava, y pensó en lo que le había rozado el rostro durante la noche. Después se echó la bolsa al hombro y siguió su camino hacia Ngranek, no sin estremecerse al atravesar las ruinas y ver de cerca un gran arco abierto en el muro de un antiguo templo y los escalones que descendían hasta perderse en la oscuridad.

Ahora subía colina arriba a través de un terreno más silvestre, boscoso en algunas zonas, donde no vio más que las cabañas de los carboneros y los campamentos de los que recolectaban la resina de los árboles. La fragancia de aquel bálsamo impregnaba el aire, y los pájaros magah cantaban alegremente mientras sus siete colores brillaban al sol. Al atardecer llegó a otro campamento de recolectores de lava que regresaban de las laderas más bajas de Ngranek con los sacos cargados. Pasó allí la noche, escuchando las canciones y los cuentos de los hombres, y prestando atención a lo que susurraban sobre un compañero perdido. El recolector había escalado a gran altura para alcanzar una bonita masa de lava, pero no regresó con su grupo al anochecer. Cuando fueron a buscarlo al día siguiente, no encontraron más que su turbante, y en los peñascos de abajo no había nada que indicase una posible caída. Abandonaron la búsqueda porque los mayores del grupo sostenían que no daría fruto: nadie encontraba nunca lo que se llevaban los ángeles descarnados de la noche, por mucho que la existencia de aquellas bestias fuese tan cuestionable como para adoptar un cariz casi mitológico. Carter les preguntó si los ángeles descarnados de la noche chupaban la sangre, gustaban de los objetos brillantes y dejaban huellas palmeadas, pero todos negaron con la cabeza. La idea pareció atemorizarlos y volverlos taciturnos, así que abandonó sus pesquisas y se fue a su manta a dormir.

Al día siguiente amaneció con los recolectores de lava y se despidió de ellos; el grupo partió hacia el oeste y él hizo lo propio hacia el este, a lomos de la cebra que les había comprado. Los más ancianos le dieron su bendición y, entre otros consejos, le advirtieron que no subiera a las cumbres más altas de Ngranek. Sin embargo, mientras les daba las gracias de manera efusiva, Carter no se sintió en absoluto disuadido porque aún consideraba que debía encontrar a los dioses de la ignota Kadath y convencerlos para que lo condujeran a la prodigiosa ciudad del ocaso que tanto lo obsesionaba. A mediodía, después de un largo recorrido cuesta arriba, encontró unas aldeas de adobe abandonadas por la gente de la colina que antes vivía cerca de Ngranek y que había tallado imágenes en su blanda lava. Allí moraron hasta los días del abuelo del viejo posadero, época en la que empezaron a percibir que su presencia allí no era bienvenida. Sus hogares habían llegado a subir aún más por la ladera de la montaña y, cuanta más altura ganaban, más habitantes perdían al salir el sol. Por fin decidieron que lo mejor era marcharse, ya que los seres que a veces vislumbraban en la oscuridad no se prestaban a interpretaciones favorables; así que todos acabaron por bajar al mar y asentarse en Baharna, donde ocuparon un barrio muy antiguo en el que enseñaban a sus hijos el viejo arte de la talla de efigies, oficio que siguen desempeñando hoy en día. Fue a esos hijos de los exiliados de la colina a quienes Carter había oído contar las mejores historias sobre Ngranek cuando recorría las antiguas tabernas de Baharna.

Mientras todo esto acontecía, a medida que Carter se acercaba, la sombría ladera del enorme monte Ngranek ganaba altura. Había pocos árboles en la pendiente inferior y unos cuantos matorrales lánguidos por encima de ellos, y después la horrenda roca desnuda se internaba en el cielo, espectral, para mezclarse con la escarcha, el hielo y las nieves perpetuas. Carter veía las hendiduras y las escarpadas superficies de aquella piedra sombría, y no le agradaba la perspectiva de escalarla. En algunos trechos había arroyos de lava sólida y montones de escoria volcánica agolpados en cuestas y salientes. Noventa eones atrás, antes incluso de que los dioses hubieran bailado sobre su puntiaguda cima, aquella montaña había hablado con fuego y rugido con las voces de sus truenos internos. Ahora se erguía, siniestra y en silencio, y albergaba en su cara oculta aquella imagen titánica secreta de la que hablaban los rumores. Y había cuevas en aquel monte que podrían haber quedado vacías y abandonadas a la antigua oscuridad o, quizá, si la leyenda era cierta, contener horrores inimaginables.

El terreno aumentaba su pendiente a los pies de Ngranek, salpicado de encinillos y fresnos, y cubierto de fragmentos de roca, lava y cenizas viejas. Se veían las brasas achicharradas de muchos campamentos en los que los recolectores de lava tenían costumbre de parar, además de unos cuantos altares de tosca construcción que habían erigido bien para apaciguar a los Grandes Seres, bien para espantar a lo que soñaban que habitaba en los altos pasos y las laberínticas cavernas de Ngranek. Por la noche, Carter llegó a la última pila de brasas, y allí acampó para descansar después de atar su cebra a un árbol joven y envolverse bien en la manta. Y durante toda la noche oyó a lo lejos a un voonith que aullaba a la orilla de algún estanque oculto, aunque no sintió miedo de aquel terror anfibio, pues le habían asegurado que ninguno de ellos se atreve a acercarse a las laderas de Ngranek.

Carter inició el largo ascenso con las primeras luces de la mañana. Llevó con él a su cebra hasta que el estrecho camino resultó demasiado escarpado para el útil animal y tuvo que dejarlo atado a un fresno raquítico. A partir de ese momento siguió él solo; primero, a través de un bosque con claros en los que la vegetación había cubierto las ruinas de antiguas aldeas y, después, por encima de la alta hierba, entre la que crecía algún que otro arbusto lánguido. Lamentaba haber salido de la zona arbolada, puesto que la pendiente era muy escarpada, y la altura, vertiginosa. Al final empezó a distinguir el paisaje que se extendía a sus pies cada vez que miraba a su alrededor; las cabañas vacías de los fabricantes de efigies, los bosquecillos de árboles de resina y los campamentos de los que la recolectaban, los bosques en los que los magahs anidaban y cantaban, e incluso atisbaba las lejanas costas de Yath y aquellas imponentes ruinas antiguas cuyo nombre había caído en el olvido. Decidió no mirar a su alrededor, y siguió subiendo y subiendo hasta que apenas quedaron matorrales y apenas le quedaba más asidero que la hierba alta.

Entonces empezó a escasear la tierra, sustituida por grandes zonas de roca desnuda. De vez en cuando, descubría el nido de un cóndor en una grieta. Al final solo quedó la roca y, de no haber estado tan erosionada y rugosa, no habría podido ascender más. No obstante, los nudos, salientes y peñascos lo ayudaron sobremanera. Lo animaba ver de vez en cuando las señales que un recolector de lava había grabado con torpeza en la piedra friable y saber que unos seres humanos tangibles habían pasado por allí antes que él. A partir de cierta altura aumentaban los indicios de presencia humana, puesto que encontró asideros y puntos de apoyo tallados en la roca, así como pequeñas canteras y excavaciones en los lugares en los que habían encontrado vetas o riachuelos de lava. Vio que en un punto habían abierto un estrecho saliente en la piedra para llegar a un abundante yacimiento a la derecha de la principal ruta de subida. Carter se atrevió a mirar a su alrededor un par de veces y quedó pasmado por la amplitud del paisaje. Ante él se extendía toda la isla hasta llegar a la costa, con las terrazas de piedra de Baharna y el humo de sus chimeneas a modo de bruma sobrenatural. Y, más allá, el infinito mar Meridional, con todos sus extraños secretos.

Hasta ese momento, el ascenso montaña arriba había seguido un recorrido sinuoso, así que la ladera más lejana y tallada permanecía oculta. Carter vio un saliente que subía hacia la izquierda y parecía conducir al lugar que buscaba, de modo que siguió por él con la esperanza de que no se cortara abruptamente. Al cabo de diez minutos descubrió que, de hecho, no era un callejón sin salida, sino que ascendía en un pronunciado arco que lo llevaría en unas cuantas horas, salvo desvío o interrupción previa, a la ignota ladera meridional desde la que se podían contemplar los inhóspitos peñascos y el condenado valle de lava. El nuevo paisaje que apareció a sus pies era más lúgubre y silvestre que las tierras costeras que había recorrido antes. La montaña también era algo distinta; aquí la atravesaban curiosas grietas y cuevas que no se encontraban en la ruta más directa que acababa de abandonar. Algunas estaban por encima de él, y otras, por debajo, pero todas se abrían a unos escarpados barrancos perpendiculares que ningún pie humano podría hollar. El aire era ya muy frío, aunque el ascenso resultaba tan arduo que no le importaba. No obstante, le inquietaba la creciente sensación de extrañeza, y pensó que quizá por eso otros viajeros daban media vuelta y que tal vez eso fuera lo que alimentaba aquellas absurdas historias de ángeles descarnados de la noche, puesto que explicaban la pérdida de los alpinistas que caían de los peligrosos caminos. No se dejaba impresionar por las historias de los viajeros, pero llevaba una buena cimitarra por si surgían problemas. En todo caso, tales pensamientos quedaban eclipsados por el deseo de ver el rostro de piedra que quizá lo guiara hasta los dioses de lo alto de la ignota Kadath.

Por fin, en la aterradora gelidez del espacio superior, rodeó por completo el monte para ver el lado oculto de Ngranek y, en los abismos insondables a sus pies, contempló los riscos menores y las simas estériles de lava que daban fe de la antigua ira de los Grandes Seres. También se desplegaba una vasta extensión de terreno al sur; pero era un paisaje desierto sin bellos campos ni chimeneas de granjas que parecía no tener fin. No había ni rastro del mar por aquel lado, ya que Oriab es una isla de gran tamaño. En las empinadas caras de roca aún se distinguían unas cavernas negras y unas singulares hendiduras, ninguna de ellas accesible a un escalador. Sobre él se alzaba, imponente, una gran masa que obstaculizaba la vista. Por un momento, a Carter lo estremeció la duda y temió que le fuera imposible franquearla. Encaramado en precario equilibrio, azotado por el viento, a varios kilómetros del suelo, con nada más que espacio vacío y muerte a un lado, y resbaladizas paredes de roca al otro, entendió el miedo por el que los hombres evitaban el lado oculto de Ngranek. A pesar de no poder ya dar marcha atrás, el sol empezaba a ponerse. Si no encontraba el modo de subir, al caer la noche seguiría allí, agazapado, y al llegar al alba ya no estaría allí en modo alguno.

No obstante, sí que había un modo de cruzar, y lo vio a su debido tiempo. Tan solo un soñador muy experto podría haber usado aquellos puntos de apoyo imperceptibles, aunque para Carter eran suficientes. Tras superar la roca saliente, descubrió que la ladera de arriba era mucho más sencilla que la de abajo, puesto que el deshielo de un gran glaciar había dejado un espacio generoso repleto de marga y cornisas. A la izquierda, un precipicio descendía en vertical desde las ignotas alturas hasta las ignotas profundidades, con la boca de una cueva oscura justo encima de él, fuera de su alcance. Sin embargo, la montaña retrocedía e incluso le dejaba espacio para apoyarse en ella y descansar.

A juzgar por el frío, suponía que se encontraba cerca de la cota de nieve, así que alzó la vista por si atisbaba las cumbres relucientes que debían de estar reflejando la luz rojiza de última hora de la tarde. En efecto, se veía nieve a muchos metros de altura por encima de su posición y, por debajo de ella, un enorme risco que sobresalía de la montaña, similar al que acababa de dejar atrás. Permanecía allí, suspendido para toda la eternidad, recortado en preciso contraste, negro sobre el blanco del pico helado. Al ver el risco, perdió el aliento, dejó escapar un grito y se aferró a la tosca roca, asombrado; porque la masa titánica no había permanecido con la forma que le había sido dada por la naturaleza, sino que el brillo rojo y formidable del atardecer se reflejaba en las facciones talladas y pulidas de un dios.

La puesta de sol bañaba de fuego aquel rostro adusto y espantoso. No hay mente capaz de calcular sus medidas, pero Carter supo de inmediato que no podían atribuirse a seres humanos. Era un dios cincelado por las manos de los dioses, y se dignaba mirar al viajero con expresión altiva y majestuosa. Los rumores afirmaban que era extraño e inconfundible, y Carter comprobó que estaban en lo cierto; porque los ojos rasgados, las orejas de largos lóbulos, la nariz fina y la barbilla puntiaguda indicaban su pertenencia a una raza no de hombres, sino de dioses. Permaneció en aquel nido de águilas tan peligroso, sobrecogido por la estampa a pesar de ser esta lo que esperaba y lo que había ido a buscar, ya que el rostro de un dios encierra más maravillas de lo predecible y, cuando un rostro es más grande que el mayor de los templos y observa el atardecer envuelto en el silencio críptico de ese mundo elevado en el que la lava oscura se labró por obra divina en tiempos antiguos, el asombro es tan profundo que nadie puede escapar a él.

En este caso, además, se sumaba el asombro añadido del reconocimiento, ya que, aunque había pensado en buscar por toda la tierra de los sueños a quienes se parecieran a aquel rostro y, por tanto, resultaran ser los hijos de los dioses, ahora sabía que no necesitaba hacerlo. Sin duda, la cara esculpida en la montaña no le resultaba desconocida, sino que había visto rasgos semejantes en las tabernas del puerto de Celephaïs, que se encuentra en Ooth-Nargai, más allá de las colinas Tanarianas, gobernado por el rey Kuranes, a quien Carter había conocido en el mundo real de la vigilia. Todos los años llegaban marineros con aquel rostro en barcos oscuros que partían del norte para cambiar su ónice por el jade tallado, el oro hilado y las pequeñas aves cantoras rojas de Celephaïs, y estaba claro que solo podía tratarse de los semidioses que buscaba. Allá donde moraran, el páramo helado tenía que encontrarse cerca y, dentro de él, la ignota Kadath y su castillo de ónice para albergar a los Grandes Seres. Así que a Celephaïs debía encaminar sus pasos, lejos de la isla de Oriab, y recorrer el camino de regreso a Dylath-Leen, subir por el Skai hasta el puente de Nir e internarse de nuevo en el bosque encantado de los zoogs, donde su ruta se desviaría hacia el norte, a través de las tierras ajardinadas junto al Ucranos, hasta llegar a los chapiteles dorados de Thran, donde quizá encontrase un galeón que se dirigiese al mar Cereneriano.

Sin embargo, el crepúsculo ya se cernía sobre él, y, envuelta en sombras, la mirada del rostro de piedra era aún más severa. La noche alcanzó al viajero en aquel saliente. A oscuras, no podía ni subir ni bajar, así que tuvo que permanecer de pie, tembloroso y aferrado a aquel estrecho paso hasta que llegara el día, mientras rezaba por mantenerse despierto y no precipitarse al vacío hasta que, unos kilómetros de aire más abajo, acabara estrellándose contra los riscos y las rocas afiladas del valle maldito. Salieron las estrellas, aunque, salvo por ellas, sus ojos no acertaban a ver más que una nada oscura; una nada aliada con la muerte, contra cuya llamada solo le quedaba la opción de agarrarse con fuerza a las rocas y apartarse todo lo posible del invisible borde. Lo último que vio de la tierra en la penumbra fue un cóndor que se elevaba por los aires cerca del precipicio al oeste de su posición y que se alejó a toda prisa entre chillidos al acercarse a la cueva cuya enorme abertura quedaba justo fuera de su alcance.

De repente, sin que ruido alguno le sirviera de advertencia, Carter notó que una mano invisible desenvainaba sigilosamente la cimitarra que llevaba colgada del cinturón. A continuación, la oyó caer sobre las rocas del fondo. Y, entre él y la Vía Láctea, le pareció ver la horrenda silueta de algo de repulsiva delgadez, con cuernos, cola y alas de murciélago. Otras criaturas empezaron también a ocultar las estrellas, al oeste de donde se encontraba, como si una bandada de difusas entidades brotara entre silenciosos aleteos de la inaccesible cueva abierta en la superficie del precipicio. Después, una especie de brazo frío y correoso lo agarró por el cuello, algo le sujetó los pies, y se vio alzado por los aires y lanzado de un lado a otro del vacío. Al cabo de otro minuto, las estrellas desaparecieron por completo y Carter supo que los ángeles descarnados de la noche lo habían atrapado.

Cargaron con él, dejándolo sin aliento, hasta el interior de la cueva del acantilado y a través del monstruoso laberinto que ocultaba. Cuando se resistió, como había hecho por instinto al principio, lo aguijonearon con prudencia. No emitían ruido alguno, ni siquiera con sus alas membranosas. Eran espantosamente fríos, mojados y resbaladizos, y sus garras ejercían una presión detestable sobre su presa. No tardaron en descender a velocidades horrendas a través de abismos inconcebibles, en un vertiginoso y enfermizo remolino de aire frío y húmedo, como el de una tumba; y a Carter le dio la sensación de salir disparado hacia el vórtice definitivo de la locura demoníaca. Gritó una y otra vez, pero, siempre que lo hacía, las garras negras lo recorrían con gran sutileza. Entonces vio una especie de fosforescencia gris a su alrededor y supuso que estaban alcanzando aquel mundo interior de horror soterrado del que hablaban las leyendas más oscuras, iluminado tan solo por el pálido fuego de la muerte, y que hiede al aire malsano y las nieblas primigenias del centro de la Tierra.

Por fin, muy por debajo de él, vio unas débiles líneas grises con cumbres amenazadoras que identificó como los legendarios picos de Thok. Imponentes y siniestros, se alzan en la fantasmal penumbra de las eternas

profundidades sin sol; más altos de lo que nadie es capaz de calcular, protegen espantosos valles en los que a los repugnantes bholes les gusta reptar y excavar. Sin embargo, Carter prefería mirarlos a ellos antes que a sus captores, que en verdad eran unos seres burdos y sorprendentes de color negro, con superficies lisas y aceitosas, similares a las de las ballenas, y feos cuernos que se curvaban hacia dentro, el uno apuntando al otro, alas de murciélago cuyo aleteo no producía sonido alguno, feas garras prensiles y colas espinosas que no dejaban de agitarse innecesariamente y de inquietarlo en exceso. Y, lo peor de todo: nunca hablaban ni reían, ni tampoco sonreían, porque no tenían rostros que les permitieran hacerlo, sino una sugerente oscuridad en el lugar donde tendrían que haber estado. No hacían más que agarrar, volar y aguijonear; así eran los ángeles descarnados de la noche.

A medida que la bandada descendía, los picos de Thok crecían, grises y enormes por todas partes, y se veía con claridad que nada vivía en aquel austero e impasible granito envuelto en un crepúsculo eterno. En niveles aún más bajos, los fuegos de la muerte del aire se apagaban, y ya no había más que la negrura primigenia del vacío, salvo arriba, donde los picos gemelos se alzaban como trasgos. No tardaron en dejar muy atrás aquellas cimas, y entonces solo quedaron las corrientes de viento que transportaban la humedad de las grutas más profundas. Al final, los ángeles descarnados aterrizaron en un suelo de naturaleza desconocida, aunque tenía la textura de varias capas de huesos, y dejaron a Carter solo en aquel valle negro. El deber de los ángeles descarnados de la noche que guardan Ngranek era llevarlo hasta allí; una vez cumplida su misión, se alejaron aleteando en silencio. Cuando Carter intentó seguirlos con la mirada, se descubrió incapaz, puesto que incluso los picos de Thok habían desaparecido de su vista. No había nada por ninguna parte, salvo oscuridad, horror, silencio y huesos.

Ahora bien, gracias a una fuente digna de crédito, Carter sabía que se encontraba en el valle de Pnath, morada de los enormes bholes; pero no sabía qué esperar, ya que nadie había visto nunca un bhole, ni tampoco se había atrevido a conjeturar cuál era su aspecto. Los bholes solo aparecen en vagos rumores, por el susurro de sus cuerpos al arrastrarse entre las montañas de huesos y por su contacto viscoso al pasar junto a alguien. No es posible verlos porque solo se mueven por la oscuridad. Carter no deseaba conocer a uno de ellos, así que procuró escuchar con atención, pendiente de cada ruido que surgiera de las ignotas profundidades óseas que lo rodeaban. Tenía un plan y un objetivo incluso en aquel aterrador lugar, puesto que Pnath y sus caminos no le eran desconocidos a una persona con la que había hablado mucho en los viejos tiempos. En resumen, parecía bastante probable que aquel fuera el punto en que todos los necrófagos del mundo de la vigilia desechaban las sobras de sus banquetes; y que, con un poco de suerte, quizá se tropezara con aquel imponente peñasco, más alto incluso que los picos de Thok, que marcaba la frontera de sus dominios. Las lluvias de huesos le indicarían dónde tenía que buscar y, una vez que lo encontrara, podría llamar a un necrófago para que le lanzara una escalera; porque, aunque resulte extraño, tenía un vínculo único con aquellas espantosas criaturas.

Un hombre a quien había conocido en Boston —un pintor de extraños cuadros con un estudio secreto en un antiguo callejón no santificado cercano a un cementerio— había hecho amistad con los necrófagos, y ellos le habían enseñado a comprender los rudimentos de sus desagradables parloteos y gemidos. Aquel hombre había acabado por desaparecer, y Carter no estaba seguro de poder encontrarlo allí, lo que significaría usar por primera vez en el país de los sueños aquel lejano inglés de su borrosa vida despierto. En cualquier caso, se creía capaz de convencer a un necrófago para que lo ayudara a salir de Pnath, y siempre sería mejor conocer a un necrófago, una criatura visible, que a un bhole que no podía verse.

Así pues, Carter se internó en la oscuridad y corrió cada vez que le parecía oír algo entre los huesos que pisaba. Cuando chocó contra una ladera de piedra supo que tenía que ser la base de uno de los picos de Thok. Entonces le llegaron un traqueteo monstruoso y un estrépito en el aire; eso lo convenció de que se acercaba al risco de los necrófagos. Ignoraba si podrían oírlo desde aquel valle a tantos kilómetros de profundidad, pero era consciente de que las leyes del mundo interior son extrañas. Mientras meditaba al respecto, lo golpeó un hueso volador tan pesado que debía de ser un cráneo. Así pues, avisado de su cercanía al fatídico risco, procedió a imitar lo mejor que pudo la llamada de los necrófagos, que era una especie de grito y gemido a la vez.

El sonido viaja despacio, así que pasó un tiempo hasta que oyó una respuesta. Pero la respuesta llegó al fin, y no tardaron en informarlo de que le bajarían una escala de cuerda. La espera fue tensa, puesto que no había forma de saber lo que sus chillidos podrían haber despertado entre aquellos huesos. De hecho, a los pocos minutos oyó un tenue crujido a lo lejos. Su inquietud iba en aumento a medida que el ruido se acercaba de manera pausada, porque no deseaba alejarse del punto de bajada de la escala. Al final la tensión se tornó casi insoportable. Se planteaba ya huir, presa del pánico, cuando le llamó la atención un golpe contra los últimos huesos apilados junto a él. Era la escalera y, al cabo de un minuto de palpar la zona, la tuvo entre sus manos. Sin embargo, el otro ruido no solo no cesó, sino que además lo siguió en su ascenso. Se encontraba ya a metro y medio del suelo cuando el traqueteo de abajo ganó contundencia, y a tres metros cuando algo movió el extremo inferior de la escalera. A unos cinco o seis metros de altura notó que algo largo y resbaladizo le rozaba el costado, algo cuyo serpenteo alternaba lo convexo y lo cóncavo, de modo que a partir de ese momento trepó a la desesperada para escapar de las insoportables caricias de aquel repugnante bhole sobrealimentado cuya forma ningún hombre era capaz de ver.

Trepó durante horas, con los brazos doloridos y las manos ampolladas, y vio de nuevo los grises fuegos de la muerte y los inquietantes picos de Thok. Por fin atisbó sobre él el borde saliente del gran risco de los necrófagos, cuya fachada vertical no distinguía, y unas horas más tarde vio un rostro curioso asomarse a él como si fuera una gárgola encaramada a una cornisa de Notre Dame. Se sintió a punto de desfallecer, aunque no tardó en recuperarse, ya que su desaparecido amigo Richard Pickman le había presentado a un necrófago en cierta ocasión y estaba familiarizado con sus facciones caninas, su figura encorvada y su indescriptible idiosincrasia. Así pues, no era de extrañar que ya hubiera recuperado la compostura cuando aquel ser horrendo lo sacó del vertiginoso vacío a través del borde del risco, ni que no gritara al encontrarse con los desechos a medio consumir amontonados a un lado, ni tampoco al contemplar los círculos de necrófagos acuclillados que masticaban y observaban con curiosidad.

Se hallaba en una llanura en penumbra cuyos únicos distintivos topográficos consistían en unos grandes cantos rodados y las entradas a las madrigueras. Los necrófagos fueron, en general, respetuosos, salvo uno que intentó pellizcarlo mientras los demás contemplaban su delgadez con aire calculador. Con su paciente parloteo consiguió preguntar por su amigo desaparecido y descubrió que se había convertido en un necrófago bastante conocido en los abismos cercanos al mundo de la vigilia. Un necrófago más anciano y de piel verdosa se ofreció a acompañarlo a la actual morada de Pickman, así que, a pesar de su aversión natural, siguió a la criatura hasta una espaciosa madriguera y se arrastró tras ella durante varias horas, a través de una negrura que hedía a moho rancio. Desembocaron a un llano en penumbra salpicado de singulares reliquias de la Tierra: viejas tumbas, urnas rotas y grotescos fragmentos de monumentos. Carter se percató, no sin cierta emoción, de que debía de encontrarse más cerca del mundo de la vigilia de lo que nunca había estado desde que descendiera los setecientos escalones de la Caverna de la Llama hasta el Portal del Profundo Sueño.

Allí, en una lápida de 1768 robada del cementerio de Granary, en Boston, se sentaba el necrófago que antes fuera el artista Richard Upton Pickman. Estaba desnudo, su piel presentaba un aspecto correoso y había adquirido tantas características de la fisionomía de aquellos seres que su origen humano era apenas perceptible. Sin embargo, recordaba algo de inglés y era capaz de conversar con Carter mediante gruñidos y monosílabos, con alguna ayuda esporádica del parloteo de los necrófagos. Cuando supo que Carter deseaba llegar al bosque encantado y, de allí, a la ciudad de Celephaïs en Ooth-Nargai, más allá de las colinas Tanarianas, expresó sus dudas; porque los necrófagos del mundo de la vigilia no se acercan a los cementerios de la cota superior del país de los sueños (eso lo dejan para los wamps de pies palmeados que frezan en las ciudades muertas) y mucho se interpone entre su abismo y el bosque encantado, incluido el temible reino de los gugs.

Los gugs, peludos y gigantescos, antes erigían círculos de piedra en aquel bosque y ofrecían extraños sacrificios a los Dioses Exteriores y al caos reptante Nyarlathotep hasta que, una noche, una de sus abominaciones llegó a oídos de los dioses de la Tierra y los expulsaron a las cuevas inferiores.

Solo una enorme trampilla de piedra con un anillo de hierro conecta el abismo de los necrófagos de la Tierra con el bosque encantado, y los gugs temen abrirla por una maldición. Resultaba inconcebible que un soñador mortal pudiera atravesar su reino subterráneo y salir por aquella puerta, ya que los soñadores mortales habían sido su comida, y cuentan sus leyendas cuán sabroso era tal bocado, a pesar de que en el destierro su dieta quedara restringida a los ghasts, esos seres repulsivos que mueren cuando les toca la luz, viven en las bóvedas de Zin y saltan sobre sus largas patas traseras como si fueran canguros.

Así que el necrófago que antaño fuera Pickman le aconsejó a Carter que saliera del abismo por Sarkomand, la ciudad desierta del valle bajo Leng, donde unas nitrosas escaleras negras protegidas por leones alados de diorita bajaban desde la tierra de los sueños hasta los abismos inferiores, o que regresara a través de un camposanto al mundo de la vigilia y reanudara su búsqueda bajando los setenta escalones de duermevela hasta la Caverna de la Llama y los setecientos escalones hasta el Portal del Profundo Sueño y el bosque encantado. Pero aquello no encajaba en los planes del viajero; no sabía nada del camino desde Leng a Ooth-Nargai y, por lo tanto, era reacio a despertar y arriesgarse a que todo lo que había aprendido en su sueño cayera en el olvido. Habría sido desastroso para su búsqueda olvidarse de los rostros augustos y celestiales de aquellos marineros del norte que comerciaban con su ónice en Celephaïs y que, al ser los hijos de los dioses, debían señalarle el camino al páramo helado y a Kadath, donde moraban los Grandes Seres.

Tras mucho insistir, el necrófago accedió a guiar a su visitante al interior del gran muro del reino de los gugs. Carter quizá pudiera aprovechar la hora en la que los gigantes roncaban dentro, saciados, para atravesar con sigilo aquel reino crepuscular de torres de piedra circulares y llegar hasta la torre central, la que estaba marcada con el símbolo de Koth, cuyas escaleras subían hasta la trampilla de piedra del bosque encantado. Pickman incluso consintió en prestarle a tres necrófagos para que lo ayudaran a alzar la puerta de piedra con una palanca de lápida; porque los gugs temen un poco a los necrófagos y a menudo huyen de sus colosales cementerios cuando los ven comiendo allí.

También le aconsejó a Carter que se disfrazara de necrófago, que se afeitara la barba que se había dejado crecer (porque los necrófagos no tienen), que se revolcara por el moho para adquirir la superficie adecuada y que, encorvado, caminara a grandes zancadas con la ropa en un hatillo, como si fuera comida robada de una tumba. Llegarían a la ciudad de los gugs —que coincide con el reino entero— a través de las madrigueras apropiadas y saldrían a un cementerio no lejos de la torre de Koth, la torre de las escaleras. No obstante, debían evitar acercarse a una enorme caverna cercana al cementerio, pues por ahí se entraba a las bóvedas de Zin, donde los vengativos ghasts siempre están de guardia, prestos a aniquilar a los habitantes del abismo superior que se dedican a cazarlos. Los ghasts procuran salir cuando duermen los gugs y atacan a los necrófagos tanto como a estos, ya que no distinguen entre unos y otros. Son muy primitivos y practican el canibalismo. Los gugs tienen un centinela en un lugar estrecho de las bóvedas de Zin, pero a menudo está medio dormido y, a veces, lo sorprende una partida de ghasts. Aunque los ghasts no pueden vivir bajo la luz real, sí soportan el gris crepúsculo del abismo durante unas cuantas horas.

Así que Carter recorrió a rastras las interminables madrigueras, acompañado por tres necrófagos serviciales que cargaban con la losa de pizarra del coronel Nehemiah Derby, robada del cementerio de Charter Street, en Salem, tras su fallecimiento en 1719. Al salir otra vez al aire libre del crepúsculo se encontraban en un bosque de enormes monolitos cubiertos de liquen que se alzaban hasta donde alcanzaba la vista y formaban las sencillas tumbas de los gugs. A la derecha del agujero del que habían salido reptando, a través de las hileras de los monolitos, se veía un paisaje formidable de ciclópeas torres circulares que se internaban sin fin aparente en el aire gris de la tierra interior. Se trataba de la gran ciudad de los gugs, cuyas puertas miden diez metros de altura. Los necrófagos van allí a menudo, puesto que un gug enterrado sirve para alimentar a una comunidad entera durante casi un año y, a pesar del peligro añadido, es mejor excavar en busca de gugs que molestarse con las tumbas de los hombres. Carter comprendía por fin de dónde salían los huesos titánicos que creyó pisar alguna que otra vez en el valle de Pnath.

Justo delante, en el límite del cementerio, se alzaba un barranco prácticamente perpendicular al suelo, en cuya base se abría una caverna inmensa y amenazadora. Los necrófagos advirtieron a Carter para que la evitase siempre que le fuera posible, puesto que se trataba de la entrada a las impías bóvedas de Zin, donde los gugs perseguían a los ghasts al amparo de la oscuridad. Y, efectivamente, la advertencia resultó estar totalmente justificada: en cuanto un necrófago empezó a arrastrarse hacia las torres para comprobar si habían calculado correctamente la hora de descanso de los gugs, en la penumbra de la entrada de la gran caverna brillaron primero un par de ojos de color rojo amarillento y después otro, lo que indicaba que los gugs tenían un centinela de menos y que los ghasts habían hecho gala de su proverbial buen olfato. Así que el necrófago regresó a la madriguera y gesticuló a sus compañeros para que guardaran silencio. Era mejor dejar que los ghasts se las arreglaran por sí solos. Cabía la posibilidad de que se retiraran pronto, pues seguramente estuviesen cansados después de encargarse del centinela de los gugs en las bóvedas oscuras. Al cabo de unos momentos, una cosa del tamaño de un caballo pequeño salió de un salto del crepúsculo gris, y el aspecto de aquella bestia escabrosa y malsana le revolvió el estómago a Carter. Curiosamente, tenía un rostro muy humano, a pesar de la ausencia de nariz, frente y otros detalles importantes.

A continuación, otros tres ghasts salieron para reunirse con su compañero, y un necrófago le susurró a Carter que la ausencia de cicatrices de batalla en sus cuerpos era una mala señal. Demostraba que no se habían enfrentado al centinela de los gugs, sino que se habían colado mientras la criatura dormía, de modo que su fuerza y su ferocidad permanecían intactas, y seguirían estándolo hasta que hubieran encontrado y acabado con una víctima. Era muy desagradable ver a aquellos animales sucios y desproporcionados, unos quince en total, escarbar y saltar como canguros a la luz gris del crepúsculo, entre las torres titánicas y los monolitos, pero más desagradable aún era oírlos hablar entre ellos con las toses guturales de los ghasts. En cualquier caso, no eran tan horrendos como lo que salió de la cueva detrás de ellos, de forma inesperada y desconcertante.

Era una pata de casi un metro de ancho, equipada con formidables garras. Después salió otra pata y, tras ella, un brazo enorme cubierto de pelo negro al que estaban unidas ambas patas mediante unos cortos antebrazos. Entonces vieron el brillo de dos ojos rosas, y después apareció la cabeza del centinela gug despierto, que era grande como un tonel. Los ojos sobresalían unos cinco centímetros a cada lado, bajo la sombra de unas protuberancias óseas revestidas de un tosco vello. Pero la cabeza era lo más terrible, ya que la boca tenía grandes colmillos amarillentos y le recorría la cabeza de arriba abajo, pues se abría en vertical.

Sin embargo, antes de que aquel desafortunado gug pudiera salir de la cueva y alzarse hasta alcanzar sus seis metros de altura, los vengativos ghasts cayeron sobre él. Carter temió por un instante que diera la voz de alarma y despertara a los suyos, hasta que un necrófago le aclaró en voz queda que los gugs no hablan, sino que se comunican a través de sus expresiones faciales. La batalla que se desató a continuación fue realmente terrorífica. Los malvados ghasts corrieron hacia el gug desde distintos puntos, enfebrecidos, cortando y rasgando con sus bocas y lanzando patadas asesinas con sus puntiagudas pezuñas. En todo momento tosían, muy animados, gritando cuando la gran boca vertical del gug mordía a uno de los suyos. El fragor del combate habría despertado a la ciudad dormida de no ser porque el centinela, cada vez más débil, consentía con su aquiescencia que la acción se trasladara a la caverna. El tumulto se extinguió finalmente en la oscuridad, sin más que un vil eco de vez en cuando que delataba su continuación.

Entonces, el necrófago más atento dio la señal de avanzar, y Carter siguió las grandes zancadas de las tres figuras que se alejaban del bosque de monolitos para introducirse en las calles, fétidas y oscuras, de aquella horrenda ciudad cuyas dos torres redondas de piedra ciclópea se alzaban hasta perderse de vista. En silencio arrastraron los pies por encima del tosco pavimento rocoso mientras les llegaban los abominables ronquidos amortiguados procedentes de las grandes puertas negras. Eran la señal de que los gugs seguían durmiendo. Temiendo el final de su hora de descanso, los necrófagos iban a buen ritmo; aun así, el camino no fue corto, puesto que las distancias en aquella ciudad de gigantes eran proporcionales a sus habitantes. Al final llegaron a un espacio más abierto ante una torre de tamaño mayor incluso que los de las demás. Sobre su colosal entrada se veía un símbolo monstruoso grabado en bajorrelieve que lo estremeció de pies a cabeza, aun sin conocer su significado. Se trataba de la torre central con el símbolo de Koth, y aquellos enormes escalones de piedra apenas visibles en la penumbra del interior preludiaban el inicio de la gran escalera que llevaba al nivel superior de la tierra de los sueños y al bosque encantado.

Allí comenzó una interminable ascensión, que hicimos inmersos en una oscuridad absoluta. El tamaño monstruoso de los escalones convertía la tarea en una hazaña casi imposible, ya que estaban pensados para los gugs y, por lo tanto, medían aproximadamente una yarda de alto. Carter no se hacía una idea de su número exacto puesto que no tardó en acabar exhausto, y los incansables y elásticos necrófagos se vieron obligados a ayudarlo. Durante todo el interminable ascenso acechaba el peligro de que los detectaran y los persiguieran; porque, aunque ningún gug se arriesgaba a levantar la puerta de piedra que daba al bosque encantado por temor a la maldición de los Grandes Seres, no eran tan remilgados en lo relativo a la torre y los escalones, y solían perseguir hasta el final de las escaleras a los ghasts que escapaban. El oído de los gugs era tan fino que, cuando la ciudad despertara, bien podrían distinguir el ruido de las manos descubiertas y los pies descalzos de los que subían los escalones. Por supuesto, los gigantes tardarían muy poco en alcanzar por aquellos ciclópeos escalones a una presa tan pequeña como ellos, acostumbrados como estaban a ver sin luz durante sus cacerías de ghasts en las bóvedas de Zin. Resultaba descorazonador pensar que no oirían en absoluto a los silenciosos gugs que los persiguieran hasta tenerlos encima y capturarlos por sorpresa. Tampoco podían depender del tradicional miedo que sentían los gugs por los necrófagos, ya que en aquel sitio tan peculiar los gugs contaban con amplia ventaja. Asimismo, cabía añadir el peligro de los ghasts furtivos y malignos, que solían colarse en la torre durante las horas de sueño de los gugs. Si se alargara el sueño de los gugs y los odiosos ghasts terminasen pronto su macabra obra en la caverna, estos últimos detectarían fácilmente el aroma de los viajeros, en cuyo caso sería preferible acabar devorados por un gug.

Entonces, tras eones de subida, les llegó una tos procedente la oscuridad hacia la que se dirigían; se produjo así un giro muy serio e inesperado de los acontecimientos. Estaba claro que un ghast, o tal vez más, se había infiltrado en la torre antes de la llegada de Carter y sus guías; y estaba igual de claro que el peligro se hallaba muy cerca. El necrófago que iba en cabeza contuvo el aliento, empujó a Carter contra la pared y dispuso a sus dos congéneres de la mejor manera posible, con la vieja lápida de pizarra alzada para estrellarla contra cualquier enemigo que apareciera ante ellos. Los necrófagos ven en la oscuridad, así que el grupo tenía mejores perspectivas de éxito que de haber estado Carter solo. Al cabo de unos instantes, el estrépito de las pezuñas les reveló que, como mínimo, una bestia saltaba escalones abajo, de modo que los necrófagos que portaban la lápida colocaron su arma para atacar con ella, a la desesperada. Al final vieron dos ojos de color rojo amarillento y distinguieron los jadeos del ghast por encima del golpeteo de sus pezuñas. Al bajar el escalón situado justo por encima de los necrófagos, estos blandieron la antigua lápida con una fuerza prodigiosa, y se oyó un resuello y un ruido estrangulado antes de que la víctima cayera muerta, hecha un ovillo nauseabundo. No parecía haber más criaturas y, tras prestar atención unos segundos, los necrófagos le dieron un toquecito a Carter para indicarle que podían seguir su camino. Como antes, se vieron obligados a ayudarlo. Estaba encantado de abandonar el lugar de la matanza, donde los desmañados restos del ghast se esparcían, invisibles, por la oscuridad.

Los necrófagos se detuvieron al fin para palpar sobre sus cabezas, y Carter supo que habían llegado a la gran trampilla de piedra. Abrir del todo una puerta de tal tamaño era tarea imposible, pero los necrófagos confiaban en entornarla lo justo como para meter la lápida por debajo y usarla de puntal, y que Carter se metiera por el resquicio. Pensaban descender de nuevo y regresar a través de la ciudad de los gugs, puesto que eran maestros del sigilo y, además, desconocían el camino por la superficie hasta la espectral Sarkomand, con su puerta al abismo, protegida por leones.

Aquellos tres necrófagos se esforzaron al máximo con la puerta de piedra, y Carter los ayudó a empujar con toda la energía que le quedaba.

Calcularon que el borde idóneo era el más cercano al final de las escaleras y aplicaron contra él toda la fuerza de sus músculos tan indignamente alimentados. Casi de inmediato apareció una rendija de luz y Carter, a quien se le había confiado la tarea, introdujo el extremo de la vieja lápida en la abertura. Acto seguido tuvieron que empujar con ganas; pero apenas avanzaban y, evidentemente, tenían que regresar a la posición original después de cada fracaso en su intento de girar la piedra y abrir el portal.

De repente, su desesperación se multiplicó de manera exponencial al oír unos pasos por debajo de donde se hallaban. No era más que el estrépito provocado por las pezuñas del cadáver del ghast al rodar hacia los niveles inferiores, pero, de todas las posibles explicaciones del movimiento de dicho cadáver, ninguna era tranquilizadora. Por lo tanto, y conscientes de las costumbres de los gugs, los necrófagos reanudaron la tarea con energías renovadas y, en un plazo sorprendentemente corto, consiguieron subir la trampilla lo suficiente como para sostenerla mientras Carter giraba la lápida y dejaba una generosa abertura. Después ayudaron a Carter a cruzarla dejando que se les subiera a los correosos hombros y guiando a continuación sus pies mientras se aferraba con las manos a la bendita tierra del exterior de los niveles superiores del país de los sueños. Un momento después pasaron también ellos, sacaron la lápida y cerraron la enorme trampilla justo cuando ya se oía un jadeo procedente de las escaleras. Gracias a la maldición de los Grandes Seres, ningún gug se atrevería a salir por el portal, así que, con evidentes alivio y cansancio, Carter se tumbó sobre los grotescos hongos del bosque encantado mientras sus guías se acuclillaban cerca de él, adoptando la postura de descanso de los necrófagos.

A pesar de lo extraño de aquel bosque encantado por el que había viajado hacía ya tanto tiempo, lo consideraba un refugio y una delicia después de los abismos que había dejado atrás. No se veían criaturas vivas por allí porque los zoogs evitaban la misteriosa puerta por miedo, y Carter de inmediato consultó a sus necrófagos sobre el rumbo a seguir. Ya no se atrevían a regresar por la torre, y el mundo de la vigilia no les atrajo cuando descubrieron que debían pasar junto a los sacerdotes Nasht y Kaman-Thah en la Caverna de la Llama. Así pues, decidieron volver a través de Sarkomand y su puerta al abismo, aunque no conocían el camino que llevaba hasta allí. Carter recordó que se encontraba en el valle que hay debajo de Leng y también que en Dylath-Leen había visto a un siniestro mercader de ojos rasgados conocido por comerciar con Leng. Por lo tanto, aconsejó a los necrófagos que buscaran Dylath-Leen. Para ello debían cruzar los campos hasta Nir y el Skai, y seguir el curso del río hasta su desembocadura. Decidieron seguir su consejo y, sin perder ni un segundo, se alejaron a grandes zancadas, pues la llegada del atardecer presagiaba que viajarían durante toda la noche. Y Carter estrechó las manos de aquellas bestias repulsivas, les agradeció su ayuda y les pidió que expresaran su gratitud a la bestia que antaño fuera Pickman; sin embargo, no pudo reprimir un suspiro de alivio al verlos marchar. Porque un necrófago es un necrófago y, como mínimo, una compañía poco agradable para un hombre. Después de su partida, Carter buscó un estanque y se lavó el barro del inframundo antes de vestirse de nuevo con la ropa que había llevado consigo.

Ya había caído la noche en aquel imponente bosque de árboles monstruosos, pero, gracias a la fosforescencia, se podía viajar tan bien como de día; así pues, Carter se dispuso a seguir la conocida ruta hacia Celephaïs, en Ooth-Nargai, más allá de las colinas Tanarianas. Y, mientras caminaba, recordó a la cebra que había dejado atada a un fresno en Ngranek, en la lejana Oriab, muchos días atrás, y se preguntó si algún recolector de lava la habría alimentado y liberado. Y también se preguntó si regresaría alguna vez a Baharna y pagaría la cebra a la que mataron por la noche en aquellas antiguas ruinas junto a la orilla del Yath, y si el viejo posadero se acordaría de él. Esas dudas le portó el aire a su regreso al alto país de los sueños.

No obstante, el ruido que surgía de un enorme árbol hueco interrumpió su peregrinaje. Había evitado el enorme círculo de piedras porque no deseaba hablar con los zoogs en aquel momento; pero, a juzgar por el singular aleteo en el interior del gran tronco, una importante reunión tenía lugar en alguna parte. Al acercarse distinguió el tono de una discusión tensa y acalorada; y no tardó en enterarse de un asunto muy preocupante: en la asamblea soberana de los zoogs se debatía sobre una guerra contra los gatos. Todo se debía a la pérdida del grupo que había perseguido a Carter hasta Ulthar y al que los gatos habían castigado justamente por sus reprobables intenciones. El problema se había agravado; y ahora, al cabo de al menos un mes, los zoogs reunidos estaban a punto de lanzar una serie de ataques contra toda la tribu felina con la intención de tomar por sorpresa a gatos concretos o a grupos de gatos, sin que la miríada de felinos de Ulthar tuviera tan siquiera la oportunidad de prepararse y movilizarse como es debido. Aquel era el plan de los zoogs, y Carter supo que tenía que frustrarlo antes de seguir con su importante misión.

Con esta idea en mente, Randolph Carter se acercó con sumo sigilo a la linde del bosque y maulló la llamada del gato por encima de los campos iluminados por las estrellas. Un enorme felino que habitaba en una granja cercana tomó el relevo y transmitió el mensaje a través de muchas leguas de prados ondulantes hasta llegar a guerreros grandes y pequeños, negros, grises, atigrados, blancos, amarillos y mestizos. El eco de la llamada atravesó Nir y cruzó el Skai hasta llegar a Ulthar, y los numerosos gatos de Ulthar se unieron a coro y avanzaron en columnas. Por suerte, la luna aún no había salido, por lo que todos los gatos estaban en la Tierra. Veloces y silenciosos, saltaron de todas las chimeneas y tejados, y se transformaron en un gran mar peludo que cruzó las llanuras hasta la linde del bosque. Carter estaba allí para recibirlos, y lo cierto es que le sentó bien ver a aquellos gatos tan bien proporcionados e íntegros después de las cosas que había contemplado y las criaturas junto a las que había caminado en el abismo. Le alegró reencontrarse con su venerable amigo y salvador a la cabeza del destacamento de Ulthar, con sus galones en el cuello y los bigotes erizados en un ángulo marcial. Aún mejor, uno de los subtenientes del ejército era un dinámico joven que resultó ser nada más y nada menos que el mismo gatito de la posada al que le había puesto un plato de suculenta leche aquella lejana mañana en Ulthar. Ahora era un gato apuesto y prometedor, y ronroneó al estrecharle la mano a su amigo. Su abuelo dijo que le iba muy bien en el ejército y que lo más probable era que solo le faltara otra campaña para que lo ascendieran a capitán.

Carter explicó el peligro que corría la tribu felina y se vio recompensado por un coro de profundos ronroneos. Tras consultarlo con los generales, trazó un plan de acción inmediata que suponía marchar sobre el consejo de los zoogs y otros conocidos baluartes de las criaturas, anticiparse a sus ataques por sorpresa y obligarlos a claudicar antes de que movilizaran su ejército para la invasión. Así, sin perder ni un segundo, aquel inmenso mar gatuno inundó el bosque encantado y rodeó el árbol del consejo y el gran círculo de piedra. El aleteo se tornó frenético cuando el enemigo vio a los recién llegados, y los furtivos y extraños zoogs ofrecieron poca resistencia. Conscientes de que habían sido vencidos antes de empezar, pasaron de las ansias de venganza al instinto de supervivencia.

La mitad de los gatos se sentó en formación circular, con los zoogs capturados en el centro, y dejaron una abertura por la que introducir a los demás cautivos que traían de otras zonas del bosque. Los términos de la rendición se negociaron de manera exhaustiva, con Carter de intérprete, y se decidió que los zoogs seguirían siendo una tribu libre con la condición de que entregaran a los gatos un enorme tributo anual de urogallos, codornices y faisanes de las zonas menos míticas de su bosque. Doce jóvenes zoogs de familias nobles se trasladarían como rehenes al templo de los gatos, en Ulthar, y los vencedores dejaron claro que, si desaparecía alguno de sus congéneres en las fronteras con el dominio de los zoogs, las consecuencias serían catastróficas. Una vez resueltos esos asuntos, los gatos reunidos rompieron filas y permitieron a los zoogs escabullirse de uno en uno a sus respectivos hogares, cosa que se apresuraron a hacer, aunque volviendo de cuando en cuando la vista atrás con expresión huraña.

El viejo general de los gatos le ofreció a Carter una escolta para atravesar el bosque hasta donde deseara llegar, pues en su opinión era probable que los zoogs le guardaran rencor por frustrar sus planes bélicos. Agradeció la oferta, no solo por la seguridad que le proporcionaba, sino también porque le gustaba la elegante compañía felina. Así fue como, en medio de un regimiento agradable y juguetón, relajado tras llevar a cabo su labor con éxito, Randolph Carter atravesó con dignidad aquel bosque encantado y fosforescente de árboles titánicos, charlando sobre su búsqueda con el viejo general y su nieto mientras los demás miembros de la banda se entretenían con brincos fantásticos o perseguían las hojas caídas que el viento empujaba entre los hongos del suelo primigenio. El viejo gato le confió que había oído hablar en innumerables ocasiones de la ignota Kadath en el páramo helado, pero que no sabía dónde se encontraba. En cuanto a la maravillosa ciudad del ocaso, no sabía nada de ella, aunque le transmitiría de buen grado a Carter toda la información que llegara a sus oídos.

Puso al tanto al viajero de la existencia de algunos santos y señas muy valiosos entre los gatos del país de los sueños y le recomendó encarecidamente al viejo jefe de los gatos de Celephaïs, lugar adonde se dirigía. Aquel viejo gato, al que Carter ya conocía un poco, era un azul ruso muy digno, y su influencia sería muy valiosa en cualquier transacción. Ya amanecía cuando llegaron a la linde del bosque, y Carter se despidió con pesar de sus amigos. El joven subteniente al que había conocido de pequeño lo habría seguido de no habérselo prohibido el viejo general, pero el austero patriarca insistió en que su deber era para con la tribu y el ejército. Así pues, Carter se dispuso a recorrer en solitario los misteriosos campos dorados que se desplegaban junto a un río bordeado de sauces; los gatos, por su parte, regresaron al bosque.

El viajero conocía bien aquellas tierras ajardinadas que se extendían entre el bosque y el mar Cereneriano, y siguió con alegría el musical curso del río Ucranos que lo llevaría a su destino. El sol ascendía por encima de las suaves pendientes cubiertas de arboleda y de hierba, y al hacerlo resaltó los colores de las mil flores que adornaban como estrellas los valles angostos y los altozanos. Una agradable neblina flotaba sobre toda la región, bendecida más que otros lugares por el sol y por la alegre música estival de los pájaros y las abejas. Por todo esto, los hombres la atravesaban como si se tratara del país de las hadas, contentos y maravillados de poder recordarla después.

A mediodía, Carter llegó a las terrazas de jaspe de Kiran, que descienden hasta la orilla del río, donde se encuentra el encantador templo que el rey de Ilek-Vad visita una vez al año tras partir de su remoto reino en el mar del crepúsculo en un palanquín dorado para rezar al dios del Ucranos, que le cantaba en su juventud, cuando moraba en una granja a sus orillas. Aquel templo era por completo de jade y ocupaba media hectárea de terreno con sus muros y sus patios, sus siete torres con pináculos y su santuario interior, donde el río entra por canales ocultos y el dios canta por las noches con suavidad. En muchas ocasiones, la Luna oye una música extraña al iluminar esos patios, terrazas y pináculos, pero tan solo el rey de Ilek-Vad sabe si esa música es la canción del dios o el cántico de los enigmáticos sacerdotes. En pleno día adormecido, el delicado templo tallado guardaba silencio, y lo único que oía Carter era el murmullo del gran arroyo y el zumbido de los pájaros y las abejas mientras proseguía su camino bajo el sol encantado.

Durante toda la tarde caminó el peregrino por los prados perfumados, a sotavento de las suaves colinas que daban al río, con sus tranquilas granjas de paja y sus santuarios a los amistosos dioses esculpidos en jaspe o crisoberilo. Unas veces se acercaba a la orilla del Ucranos y silbaba a los vivarachos peces iridiscentes de aquel arroyo cristalino, y otras se detenía entre los juncos susurrantes y contemplaba el enorme bosque oscuro del otro lado, cuyos árboles bajaban hasta el agua. En sueños anteriores había visto a los pintorescos buopoths salir con timidez del bosque para beber, pero ahora no vislumbraba ninguno. De cuando en cuando hacía un alto en el camino para observar cómo un pez carnívoro atrapaba a un pájaro pescador tras atraerlo con el reflejo del sol en sus tentadoras escamas y después lo agarraba por el pico con su enorme boca cuando el cazador alado caía sobre él.

Entrada la tarde ascendió una verde colina baja y vio ante él, llameantes al ocaso, los mil chapiteles dorados de Thran. De una altura imposible son las murallas de alabastro de esa increíble ciudad, inclinadas hacia dentro en la parte superior y forjadas con una única pieza sólida de un modo desconocido para los hombres, puesto que son más antiguos que la memoria. Sin embargo, a pesar de su altura, con sus cientos de puertas y sus doscientas estructuras almenadas, las torres agrupadas en su interior, de blanco puro bajo sus chapiteles dorados, son todavía más altas, para que los habitantes de las llanuras que los rodean puedan verlas internarse en el cielo, ora relucientes en la claridad, ora atrapadas en sus cumbres por las nubes y la niebla, ora nubladas en sus niveles inferiores mientras las puntas de los pináculos brillan libres por encima de los vapores. Y donde las puertas de Thran se abren al río hay unos grandes muelles de mármol con ornamentados galeones de fragantes maderas de cedro y ébano de Coromandel que se balancean con suavidad sobre sus anclas, y unos extraños marineros barbudos sentados en toneles y pacas con jeroglíficos de lugares lejanos. Hacia el interior, más allá de las murallas, se encuentran los campos de cultivo, en los que las casitas blancas sueñan entre las pequeñas colinas, y las estrechas carreteras con sus múltiples puentes de piedra serpentean con elegancia a través de riachuelos y jardines.

Por esa tierra verde caminaba Carter por la tarde, y vio el crepúsculo subir flotando del río hasta los maravillosos chapiteles dorados de Thran. Y justo al anochecer llegó a la puerta meridional, donde un centinela de túnica roja lo detuvo hasta que le contó tres sueños increíbles y demostró ser digno de caminar por las empinadas calles de Thran y pasear por sus bazares, repletos de mercadería procedente de los ornamentados galeones. Acto seguido, entró en la asombrosa ciudad, una vez atravesado un muro tan grueso que su puerta era más bien un túnel, y se encontró después entre los callejones curvos y ondulantes que se internaban en la ciudad protegida por las torres que se perdían en el cielo. La luz brillaba a través de las ventanas con rejas y balcones, y el sonido de los laúdes y las flautas se filtraba con timidez procedente de los patios interiores, en los que borboteaban las fuentes de mármol. Carter conocía el camino, así que bajó por las calles más oscuras hasta el río y allí, en una vieja taberna portuaria, encontró a los capitanes y marineros a quienes había conocido en otros muchos sueños. Compró su pasaje para Celephaïs en un gran galeón verde y se dispuso a pasar la noche tras mantener una sobria charla con el venerable gato de la posada, que parpadeaba, amodorrado, frente a una enorme chimenea, y soñaba con antiguas guerras y dioses olvidados.

A la mañana siguiente, Carter embarcó en el galeón con destino a Celephaïs y se sentó en la proa mientras soltaban amarras y empezaba el largo viaje por el mar Cereneriano. Las orillas eran idénticas a las de Thran durante muchas millas, aunque de tanto en tanto aparecía un curioso templo sobre las colinas más lejanas, a la derecha, o una aldea soñolienta en la costa, con tejados rojos inclinados y redes tendidas al sol. Todavía consciente de su misión, Carter interrogó detenidamente a todos los marineros sobre la gente a la que habían conocido en las tabernas de Celephaïs. Preguntó por los nombres y costumbres de las extrañas gentes de ojos rasgados, orejas de largos lóbulos, narices estrechas y barbillas puntiagudas que viajaban en barcos oscuros procedentes del norte y cambiaban su ónice por el jade tallado, el oro hilado y las pequeñas aves cantoras rojas de Celephaïs. Los marineros no sabían gran cosa de aquellos hombres, salvo que hablaban poco y los envolvía un halo de asombro.

Su terruño, muy lejano, se llamaba Inganok, y no recibía a muchos viajeros porque era una fría tierra crepuscular que los rumores ubicaban cerca de la desagradable Leng, aunque unas enormes montañas intransitables se erguían allí, de modo que nadie podía confirmar si la malvada meseta con sus horrendas aldeas de piedra y su innombrable monasterio se encontraba allí de verdad o, por el contrario, cabía atribuir aquel rumor al temor que la noche despertaba en la gente pusilánime cuando la formidable barrera oscura formada por los picos se recortaba amenazadora contra la luna creciente. Sin duda, los hombres llegaban a Leng desde todos los océanos. Los marineros no conocían otras fronteras de Inganok, ni tampoco habían oído hablar del páramo helado o de la ignota Kadath, salvo por alguna que otra vaguedad carente de fundamento. Y no sabían nada en absoluto de la maravillosa ciudad del ocaso que Carter buscaba. Así pues, en vez de seguir preguntando sobre lugares remotos, el viajero esperó hasta poder hablar con las extrañas gentes de la fría y crepuscular Inganok, que son la semilla de los dioses que esculpieron sus rasgos en Ngranek.

Entrado el día, el galeón llegó a la zona en que el río tuerce hacia las perfumadas junglas de Kled. A Carter le habría gustado desembarcar porque, en aquellos enredos tropicales, dormían asombrosos palacios de marfil, solitarios e intactos, donde antaño moraban los fabulosos monarcas de una tierra cuyo nombre se ha olvidado. Los hechizos de los Antiguos protegían los palacios y evitaban su deterioro, puesto que está escrito que quizá lo necesiten de nuevo algún día, y las caravanas de elefantes los han vislumbrado de lejos a la luz de la luna, aunque nadie se atreve a acercarse a ellos por miedo a los guardianes a los que deben su integridad. Pero el barco continuó su camino, el anochecer apagó el zumbido del día y las primeras estrellas del firmamento respondieron con sus luces intermitentes a las luciérnagas que asomaban a las orillas, mientras la jungla quedaba atrás, dejando tan solo el recuerdo de su fragancia. Y a lo largo de toda la noche, el galeón pasó flotando junto a misterios invisibles e insospechados. En una ocasión, un vigía informó de la existencia de fuegos en las colinas del este, pero el adormilado capitán respondió que más valía no fijarse mucho, pues ignoraban qué o quién los habría encendido.

Por la mañana, el río se había ensanchado sobremanera y, a juzgar por las casas que bordeaban las orillas, Carter supo que se encontraban cerca de la inmensa ciudad comercial de Hlanith, en el mar Cereneriano. Allí las murallas eran de granito rugoso, y las casas, fantásticas construcciones con vigas y hastiales encalados. Los hombres de Hlanith se parecen más a los del mundo de la vigilia que el resto de los de la tierra de los sueños; por eso la gente solo acude a la ciudad para comerciar, aunque el trabajo de sus artesanos es muy apreciado. Los muelles de Hlanith son de roble, y en uno de ellos atracó el galeón mientras el capitán comerciaba en las tabernas. Carter también desembarcó y examinó con curiosidad las accidentadas calles por las que se arrastraban los carros de madera tirados por bueyes entre los gritos huecos de los mercaderes enfebrecidos que vendían sus productos en los bazares. Todas las tabernas portuarias estaban cerca de los muelles, en callejuelas adoquinadas y saladas por la espuma de la marea alta, y parecían antiquísimas con sus techos bajos de vigas negras y sus ventanas con ojos de buey verdosos. Los viejos marineros de esas tabernas hablaban mucho de puertos remotos y contaban historias sobre los insólitos hombres de la crepuscular Inganok, aunque poco tenían que añadir a lo que le habían contado los marinos del galeón. Entonces, por fin, tras mucho descargar y cargar, el barco zarpó de nuevo sobre las aguas del ocaso, y los altos muros y los hastiales de Hlanith fueron empequeñeciendo, mientras la última luz dorada del día les prestaba una belleza y una presencia superiores a las que pudiera haberles otorgado cualquier hombre.

Dos noches y dos días navegó el galeón por el mar Cereneriano sin avistar tierra, y solo se cruzó con otro navío. Al caer la noche del segundo día, se encontraron con el pico nevado de Aran, con sus ginkgos en las laderas inferiores, y Carter supo que habían llegado a la tierra de Ooth-Nargai y la maravillosa ciudad de Celephaïs. Pronto divisaron los relucientes minaretes de la fabulosa ciudad y los impolutos muros de mármol, con sus estatuas de bronce, además del enorme puente de piedra donde el Naraxa se unía al mar. Después surgieron las delicadas colinas verdes tras la ciudad, con sus arboledas y sus jardines de asfódelos, salpicadas de pequeños santuarios y granjas; a lo lejos, de fondo, la cresta morada de las colinas Tanarianas, imponente y mística. Detrás se hallaban los caminos prohibidos hacia el mundo de la vigilia y hacia las otras regiones oníricas.

El puerto estaba repleto de galeras pintadas, algunas procedentes de la ciudad marmórea de Serannian, que flota en el espacio etéreo entre las nubes, donde el mar se encuentra con el cielo, y otras de puertos más sustanciales de los océanos de la tierra de los sueños. Entre ellas se abrió paso el timonel hasta llegar a los muelles perfumados por las especias, y allí el galeón amarró al atardecer, cuando el millón de luces de la ciudad empezaba a titilar sobre el agua. Aquella inmortal ciudad de las maravillas siempre parecía nueva, puesto que allí el tiempo no tiene el poder de deslustrar ni destruir. El templo turquesa de Nath-Horthath sigue como siempre ha sido, y los ochenta sacerdotes coronados de orquídeas aún son los mismos que lo construyeron hace diez mil años. El bronce de las grandes puertas sigue reluciente, y las aceras de ónice no se gastan ni se rompen nunca. Y las enormes estatuas de bronce de las murallas contemplan desde su altura a los mercaderes y camelleros que, a pesar de ser más viejos que las leyendas, no presentan ni una sola cana en sus barbas hendidas.

En vez de dirigirse de inmediato al templo, al palacio o a la ciudadela, Carter se quedó en la muralla de cara al mar, entre los mercaderes y los marineros. Y cuando ya era demasiado tarde para oír rumores y leyendas, buscó una antigua taberna que conocía bien y allí descansó entre sueños de los dioses de la ignota Kadath a la que tanto ansiaba llegar. Al día siguiente buscó entre los muelles a alguno de los extraños marineros de Inganok, pero lo informaron de que no había ninguno en el puerto, pues no se esperaba a su galera, procedente del norte, hasta dos semanas más tarde. No obstante, sí que dio con un marinero thorabonio que había estado en

Inganok trabajando en las canteras de ónice de aquella tierra crepuscular. Este marinero le contó de la existencia de un desierto al norte de la región habitada que todo el mundo parecía temer y evitar. El thorabonio opinaba que el desierto rodeaba el extremo más alejado de los picos infranqueables y llegaba hasta la horrible meseta de Leng, y que por eso los hombres lo temían; aunque reconoció que otras historias hablaban en términos vagos de presencias malignas e indescriptibles centinelas. Lo que no sabía era si podía tratarse del mítico páramo en el que se encontraba la ignota Kadath, aunque parecía poco probable que alguien hubiera colocado allí tales presencias y centinelas para nada, si es que de verdad existían.

Al día siguiente, Carter recorrió la calle de los Pilares hasta el templo turquesa y habló con el sumo sacerdote. A pesar de que en Celephaïs se adoraba, sobre todo, a Nath-Horthath, también se mencionaba a todos los Grandes Seres en las plegarias diurnas, y el sacerdote estaba bastante versado en sus inclinaciones. Como Atal en la lejana Ulthar, le aconsejó encarecidamente que no tratara de verlos. En su opinión eran irritables y veleidosos, y disfrutaban de la extraña protección de los Dioses Exteriores, que carecían de mente, cuya alma y mensajero era el caos reptante Nyarlathotep. El celo con el que ocultaban la maravillosa ciudad del ocaso era indicio suficiente de que no deseaban que Carter la encontrara, y a saber cómo recibirían a un viajero que pretendía verlos y suplicarles. Ningún ser humano había encontrado Kadath hasta entonces, y quizá lo mejor fuera que ninguno la encontrara en el futuro. Los rumores que circulaban sobre el castillo de ónice de los Grandes Seres no eran en absoluto tranquilizadores.

Una vez le hubo dado las gracias al sumo sacerdote coronado de orquídeas, Carter salió del templo y se dirigió al bazar de los vendedores de carne de oveja, donde vivía, acicalado y satisfecho, el anciano jefe de los gatos de Celephaïs. Aquel ser gris y digno, que tomaba el sol en la acera de ónice, le extendió una lánguida pata al visitante cuando lo vio acercarse. Sin embargo, cuando Carter repitió los santos y señas y las presentaciones que le había suministrado el viejo general felino de Ulthar, el peludo patriarca se mostró de lo más cordial y comunicativo, y le impartió gran parte de los conocimientos secretos de los gatos sobre las laderas de Ooth-Nargai que dan al mar. Y, lo mejor de todo, le repitió algunos de los datos que los tímidos felinos de la costa de Celephaïs le habían contado furtivamente sobre los hombres de Inganok, en cuyos oscuros navíos no desea viajar gato alguno.

Al parecer, el aura que rodea a estos hombres no es de esta tierra, aunque eso no sea razón suficiente para que los gatos no quieran navegar en sus barcos. La razón de su renuencia es que Inganok alberga sombras que ningún gato es capaz de soportar, así que en todo aquel frío reino crepuscular no se oye ni un alentador ronroneo ni un hogareño maullido. Ya sea por lo que baja flotando de los impracticables picos de la hipotética Leng o por lo que desciende del desierto helado del norte, nadie sabe decirlo; pero es un hecho que, en aquella tierra remota, anida un indicio del espacio exterior que no es del gusto de los felinos, al ser más sensibles a él que los hombres. Por lo tanto, no suben a los barcos oscuros que parten hacia las canteras de basalto de Inganok.

El viejo jefe de los gatos también le indicó dónde encontrar a su viejo amigo, el rey Kuranes, que, en los últimos sueños de Carter, había reinado o bien en el palacio de las Setenta Delicias, una construcción de cristal rosado en Celephaïs, o bien en el almenado castillo erigido sobre las nubes, en la celestial ciudad flotante de Serannian. Al parecer ya no se sentía satisfecho en tales moradas y añoraba sobremanera los arrecifes y las colinas de piedra caliza de su infancia en Inglaterra, donde, en diminutas aldeas oníricas, las viejas canciones inglesas flotan en el aire nocturno detrás de las ventanas cubiertas por cortinas de encaje, y las torres grises de las iglesias se asoman como encantadores contrapuntos al verdor de los valles lejanos. No podía regresar allí en el mundo de la vigilia porque su cuerpo estaba muerto, pero había hecho lo siguiente que estaba a su alcance, que era soñar un pequeño trecho de ese paisaje en la región al este de la ciudad, donde los prados se alzaban, ondulantes, con suma elegancia desde los acantilados marítimos hasta el pie de las colinas Tanarianas. Allí moraba, en una mansión gótica de piedra gris con vistas al mar, intentando convencerse de que se trataba de las antiguas Torres de Trevor, lugar tanto de su nacimiento como del de trece generaciones de sus antepasados. Y en la costa cercana había construido una pequeña aldea pesquera córnica con empinados caminos de adoquines, que después había habitado con las personas de rostro más inglés que conocía, llegando al extremo de enseñarles, tal como lo recordaba, el querido acento de los viejos pescadores de Cornualles. Y en un valle cercano había erigido una abadía normanda, cuya torre podía ver desde su ventana, rodeada de un camposanto con lápidas grises cubiertas de un musgo similar al musgo de la vieja Inglaterra, en las que se leían los nombres de sus antepasados. Porque, a pesar de que Kuranes era un monarca en la tierra de los sueños, con toda la pompa y circunstancia imaginable, rodeado de esplendores y belleza, de éxtasis y delicias, de novedades y emociones al alcance de su mano, habría renunciado para siempre con gusto a todo su poder, sus lujos y su libertad por un volver a ser un niño, aunque solo fuera durante un día, en la pura y serena Inglaterra, aquella antigua tierra querida que lo había convertido en lo que era y de la que siempre formaría parte de una manera inmutable.

Así pues, cuando Carter se despidió del anciano jefe de los gatos no fue en busca del palacio de cristal rosado construido en distintas alturas, sino que salió por la puerta oriental y cruzó los campos de margaritas camino del hastial en pico que vislumbraba a través de los robles de un parque que descendía hasta los acantilados. Poco después llegó a un gran seto y a una cancela con una casetita de ladrillo; al llamar al timbre, quien salió a abrirle no fue uno de los lacayos de palacio, uniformados y pulcros, sino un viejecillo sin afeitar ataviado con un guardapolvo que hablaba lo mejor que podía con el pintoresco deje de la lejana Cornualles. Carter recorrió el sendero entre las sombras de unos árboles que pretendían asemejarse a los ingleses y subió por unas terrazas ajardinadas al estilo de los de la época de la reina Ana. En la puerta, flanqueada por gatos de piedra, a la antigua usanza, lo recibió un mayordomo con bigote que lucía una librea muy apropiada; después lo acompañaron a la biblioteca, donde Kuranes, el señor de Ooth-Nargai y del cielo que rodea Serannian, se sentaba pensativo en un sillón junto a la ventana, desde la que contemplaba su pueblecito costero mientras deseaba que su vieja niñera entrase por la puerta y lo regañara por no estar preparado para la odiosa fiesta al aire libre en la casa del párroco porque el carruaje esperaba y su madre comenzaba a perder la paciencia.

Kuranes, vestido con un batín a la moda de los sastres londinenses de su infancia, se levantó para recibir con entusiasmo a su visitante, ya que apreciaba mucho ver a un anglosajón del mundo de la vigilia, aunque se tratara de un sajón de Boston, en Massachusetts, en vez de uno de Cornualles. Hablaron largo y tendido acerca de los viejos tiempos. Como ambos eran expertos soñadores y estaban versados en las maravillas de lugares increíbles, tenían mucho que contarse. De hecho, Kuranes había estado más allá de las estrellas del vacío definitivo, y se decía que era la única persona que había regresado de tal viaje.

Carter sacó por fin a colación los pormenores de su búsqueda y le planteó a su anfitrión las preguntas que ya les había planteado a tantos otros. Kuranes no sabía dónde estaban ni Kadath ni la maravillosa ciudad del ocaso; sin embargo, sí sabía que los Grandes Seres eran criaturas muy peligrosas y que los Dioses Exteriores usaban extraños métodos para protegerlos de los curiosos impertinentes. Había aprendido mucho sobre los Dioses Exteriores en remotas zonas del espacio, sobre todo en la región en la que la forma no existe y unos gases de colores estudian los secretos más recónditos. El gas violeta S'ngac le había contado cosas horribles sobre el caos reptante Nyarlathotep y le había advertido que nunca se acercara al vacío central, en el que el sultán demoníaco Azathoth devora vorazmente la oscuridad. En definitiva, no era buena idea entrometerse en los asuntos de los Antiguos, y si insistían en negarle el acceso a la maravillosa ciudad del ocaso, lo más sensato era no buscarla.

Más aún, Kuranes dudaba incluso de que su invitado obtuviera beneficio alguno entrando en la ciudad, aun en el caso de que lograra encontrarla. Él mismo había soñado durante muchos años con la encantadora Celephaïs y la tierra de Ooth-Nargai, y había anhelado conocerla y disfrutar de la libertad, el color y las experiencias de la vida sin sus cadenas, convencionalismos y estupideces. Pero ahora que había llegado a esa ciudad y a esa tierra, sobre la que reinaba, había descubierto que el lustre de la libertad y la intensidad se pierde demasiado pronto y se torna monótono cuando falta un vínculo con algo tangible en sus sentimientos y recuerdos. Era un rey en Ooth-Nargai, pero no le veía razón de ser y languidecía por recuperar las familiares costumbres inglesas que habían moldeado su juventud. Habría dado todo su reino por oír repicar las campanas de las iglesias de Cornualles por encima de las colinas, y los miles de minaretes de Celephaïs a cambio de los sencillos tejados a dos aguas de la aldea cercana a su hogar. Por eso le dijo a su invitado que la ignota ciudad del ocaso tal vez no le ofreciera la satisfacción que buscaba y que quizá fuera mejor conservarla como el tenue recuerdo de un sueño glorioso. Porque había visitado a menudo a Carter en los viejos tiempos de la vigilia y conocía bien las encantadoras laderas de Nueva Inglaterra que lo habían visto nacer.

Estaba muy seguro de que, al final, el viajero solo anhelaría sus primeros recuerdos: el brillo de Beacon Hill por la noche; los altos chapiteles y las serpenteantes cuestas de la pintoresca Kingsport; los venerables tejados abuhardillados de la antigua y embrujada Arkham; y las maravillosas extensiones de prados y valles a los que asomaban las murallas de piedra y los hastiales blancos de las granjas entre las verdes enramadas. Todo esto le contó a Randolph Carter, pero el viajero no cejó en su empeño. Se despidieron, cada uno con su propia convicción, y Carter regresó a través de las puertas de bronce a Celephaïs, bajó por la calle de los Pilares hasta el viejo rompeolas, habló un poco más con los marineros procedentes de tierras lejanas, y esperó al oscuro barco de la fría y crepuscular Inganok, cuyos marineros y mercaderes de extraños rostros llevaban la sangre de los Grandes Seres.

El ansiado buque apareció una noche estrellada en la que el Faro de Leng brillaba en todo su esplendor sobre el puerto, y los marineros y los mercaderes de ónice recorrieron uno a uno y en grupos las antiguas tabernas que se pueden ver a lo largo del rompeolas. Era muy emocionante volver a ver aquellos rostros en movimiento, tan parecidos a los rasgos divinos de Ngranek, pero Carter no se apresuró a hablar con los silenciosos marinos. No sabía nada sobre el orgullo, la discreción y la tenue memoria celestial de los hijos de los Grandes Seres, y dudaba de la conveniencia de hablarles de su búsqueda o insistirles en exceso en que le hablaran del frío desierto que se extendía en los límites de aquella tierra crepuscular. Apenas conversaban con la clientela de las viejas tabernas; preferían formar sus propios grupos en las esquinas más apartadas y cantar entre ellos las evocadoras melodías de lugares ignotos o contarse largas historias en un acento desconocido para el resto de la tierra de los sueños. Y aquellas melodías e historias eran tan conmovedoras y únicas que su grandeza se reflejaba en los rostros de quienes las escuchaban, a pesar de que, para la mayoría de los presentes, sus palabras no fueran más que una música singular con una cadencia extraña.

Durante una semana descansaron los marineros en las tabernas y comerciaron en los bazares de Celephaïs, y, antes de su partida, Carter compró un pasaje para subir a su oscuro navío, con la excusa de que era un viejo minero del ónice que deseaba trabajar en sus canteras. Aquel barco era precioso, con una inteligente construcción de madera de teca con herrajes de ébano y tracerías de oro, y el camarote en el que se alojaba el viajero tenía cortinas de seda y terciopelo. Una mañana, al subir la marea, izaron las velas y levaron el ancla, y Carter, de pie en el castillo de proa, vio perderse en la distancia las murallas encendidas por el alba, las estatuas de bronce y los minaretes dorados de la eterna Celephaïs, y el pico nevado del monte Aran hacerse cada vez más pequeño. A mediodía ya no quedaba nada a la vista, salvo el suave azul del mar Cereneriano, con una galera pintada a lo lejos, rumbo a Serannian, el reino que flotaba sobre las nubes, donde el mar se encuentra con el cielo.

La noche trajo consigo unas estrellas bellísimas, y el oscuro navío viró hacia el Carro Mayor y la Osa Menor, rotando despacio en torno al mástil. Los marineros cantaron insólitas canciones de lugares desconocidos y después marcharon uno a uno al castillo de proa, mientras los melancólicos vigías murmuraban viejos cánticos y se apoyaban en la barandilla para observar los luminosos peces que jugaban en sus hogares bajo el mar. Carter se fue a dormir a medianoche y se levantó con las primeras luces de la mañana, momento en el que se percató de que el sol parecía más hacia el sur de lo acostumbrado. A lo largo de aquel segundo día ahondó en su relación con los hombres del barco, quienes poco a poco le contaron más detalles sobre su fría tierra crepuscular, su exquisita ciudad de ónice y su miedo a los altos e infranqueables picos más allá de los que, en teoría, se encontraba Leng. Aseguraron que sentían enormemente que los gatos no quisieran quedarse en la tierra de Inganok y que creían que toda la culpa era de la oculta cercanía de Leng. De lo único que no hablaban era del desierto glacial del norte. Aquel desierto encerraba algo perturbador, de modo que les parecía prudente no reconocer su existencia.

Con el transcurso de los días conversaron sobre las canteras en las que Carter afirmaba querer trabajar. Había muchas, puesto que toda la ciudad de Inganok estaba hecha de ónice, y grandes bloques pulidos de aquella piedra se cambiaban en Rinar, Ogrothan y Celephaïs, así como con los mercaderes de Thraa, Illarnek y Kadatheron que los visitaban en casa y se los llevaban a cambio de los preciados objetos de aquellos fabulosos puertos. Y, más al norte, casi en aquel frío desierto cuya existencia los hombres de Inganok se negaban a reconocer, había una cantera sin usar más grande que todas las demás; de ella se habían extraído en épocas largo tiempo olvidadas unas piedras y unos bloques tan prodigiosos que todo el que contemplaba aquellos huecos vacíos era presa del terror. Nadie sabía decir quién había explotado aquella mina de increíbles bloques ni cómo los habían transportado, pero se creía que lo mejor era no tocar aquella cantera a la que quizá se aferraran recuerdos tan inhumanos. Así pues, permanecía abandonada al amparo del crepúsculo, y en sus inmensidades solo anidaban los cuervos y los pájaros shantak de las leyendas. Cuando Carter supo de la existencia de la cantera se sumió en profundas meditaciones, ya que las antiguas historias afirmaban que el castillo de los Grandes Seres, el que se encontraba sobre la ignota Kadath, era de ónice.

Cada día el sol se hundía más en el cielo y la niebla se tornaba más densa. Al cabo de dos semanas no había luz solar alguna, sino un extraño crepúsculo gris que brillaba a través de una cúpula de nubes eternas durante el día y una fría fosforescencia sin estrellas por las noches, bajo aquella capa esponjosa. Al vigésimo día divisaron a lo lejos una enorme roca irregular que brotaba del océano, la primera tierra que veían desde que dejaran atrás el pico nevado de Aran. Carter le preguntó al capitán por el nombre de la roca, pero le dijeron que no tenía nombre y que ningún navío paraba en ella por los ruidos que la recorrían por las noches. Cuando, al anochecer, unos aullidos monótonos e incesantes brotaron de aquel lugar de abrupto granito, el viajero se alegró de no haberse detenido allí y de que la roca no tuviera nombre. Los marineros rezaron y cantaron hasta que el sonido quedó atrás, y, a altas horas de la madrugada, Carter tuvo sueños horribles dentro de otros sueños.

Dos mañanas después atisbaron en el horizonte oriental una hilera de grandes picos grises cuyas cimas se perdían en las inmutables nubes de aquel mundo crepuscular. Al verlas, los navegantes cantaron alegres tonadas y algunos se arrodillaron en cubierta para rezar; así supo Carter que habían llegado a la tierra de Inganok y que pronto atracarían en los muelles de basalto de la gran ciudad del mismo nombre. A mediodía apareció una costa oscura y, antes de las tres, ya se veían por el norte las bulbosas cúpulas y los fantásticos chapiteles de la ciudad de ónice. La arcaica ciudad, singular y peculiar, se erguía sobre sus muros y embarcaderos, todos de un delicado color negro y decorados con volutas, acanaladuras y arabescos de oro incrustado. Altas y de numerosas ventanas eran las casas, cubiertas de grabados de flores y dibujos cuyas oscuras simetrías deslumbraban con una belleza más cegadora que el sol. Algunas terminaban en abultadas cúpulas en punta, otras en pirámides a distintas alturas con minaretes arracimados que ejemplificaban todos los grados de extrañeza e imaginación concebibles. Las murallas eran bajas, atravesadas por muchas puertas, cada una con un gran arco que se alzaba por encima de la altura general y se coronaba con un dios cincelado con la misma habilidad patente en el rostro monstruoso de la lejana Ngranek. En una colina del centro de la ciudad se alzaba una torre de dieciséis caras que dominaba a las demás y que lucía un pináculo con campanario sobre una cúpula achatada. Los marineros lo informaron de que se trataba del templo de los Antiguos, regido por un viejo sumo sacerdote sobre el que pesaban íntimos secretos.

El tañido de una extraña campana estremecía la ciudad de ónice a intervalos regulares, y siempre le respondía el repiqueteo de una música mística compuesta por cuernos, violas y voces. Y desde la hilera de trípodes de la galería que rodeaba la alta cúpula del templo brotaban a veces las llamas, porque los sacerdotes y los habitantes de la ciudad habían estudiado los misterios primigenios y eran fieles a los ritmos de los Grandes Seres, tal como se explican en unos pergaminos más antiguos que los *Manuscritos pnakóticos.* Conforme el barco dejaba atrás el enorme rompeolas de basalto y entraba en el puerto, los ruidos menores de la ciudad llegaron a sus oídos, y Carter vio a los esclavos, marineros y mercaderes en los muelles. Los marineros y los mercaderes pertenecían a la raza que compartía el extraño rostro de los dioses, pero los esclavos eran gente achaparrada y de ojos rasgados. Según los rumores, habían cruzado o rodeado de algún modo los infranqueables picos desde los valles situados más allá de Leng. Los muelles, ubicados al otro lado de la muralla de la ciudad, eran amplios, y en ellos se descargaban todo tipo de mercancías de las galeras allí ancladas. En el otro extremo había grandes pilas de ónice, tanto tallado como en bruto, esperando su transporte a los distantes mercados de Rinar, Ogrothan y Celephaïs.

Aún no había anochecido cuando el oscuro navío ancló junto a un muelle de piedra, y todos los marineros y mercaderes bajaron a tierra y entraron en la ciudad por su puerta abovedada. El pavimento de las calles era de ónice, y algunas eran anchas y rectas, mientras que otras eran torcidas y estrechas. Las casas más cercanas al agua eran más bajas que las demás y, sobre sus umbrales de insólitos arcos, se veían detalles de oro que, según se decía, honraban a los respectivos diosecillos preferidos por cada una. El capitán del barco llevó a Carter a una vieja taberna portuaria a la que acudían los marineros de países pintorescos, y le prometió que al día siguiente le mostraría las maravillas de la ciudad crepuscular y lo acompañaría a las tabernas de los mineros del ónice, en la muralla septentrional. Y así cayó la noche y se encendieron las lamparitas de bronce, y los marineros de la taberna entonaron canciones de lugares distantes. Sin embargo, cuando la gran campana tembló en su torre sobre la ciudad y el misterioso repique de los cuernos, violas y voces se alzó en respuesta, todos cesaron sus cánticos y cuentos, y agacharon la cabeza en silencio hasta que murió el último eco. Porque la ciudad crepuscular de Inganok encerraba secretos extraños e insólitos, y sus habitantes temían descuidar sus ritos por si la condena y la venganza acechaban más cerca de lo debido.

En las sombras más profundas de aquella taberna, Carter vio una figura achaparrada que no le gustó, puesto que sin duda se trataba del viejo mercader de ojos rasgados que había visto tanto tiempo atrás en las tabernas de Dylath-Leen, del que se decía que comerciaba con las horrendas aldeas de piedra de Leng, esas que ninguna persona de bien visitaba, cuyas impías fogatas se divisan desde grandes distancias por la noche, e incluso que había tratado con el sumo sacerdote que no debe nombrarse, el cual cubre su rostro con una máscara de seda amarilla y habita en soledad en un prehistórico monasterio de piedra. Aquel hombre adoptó una expresión sospechosamente astuta cuando Carter preguntó a los mercaderes de Dylath-Leen por el páramo helado y Kadath. Por el motivo que fuera, su presencia en la oscura y embrujada Inganok, tan cerca de las maravillas del norte, no lo reconfortaba. Se perdió de vista antes de que Carter pudiera hablar con él, y después los marineros le contaron que había llegado con una caravana de yaks desde algún lugar indeterminado, cargado con los colosales y sabrosos huevos del legendario pájaro shantak, para cambiarlos por las delicadas copas de jade que los mercaderes traían de Ilarnek.

A la mañana siguiente, el capitán del barco condujo a Carter a través las calles de ónice de Inganok, oscuras bajo su cielo crepuscular. Las puertas con incrustaciones de oro, las figuras de las fachadas, los balcones tallados y los miradores acristalados..., todo relucía con melancólico y elegante encanto. De vez en cuando, la calle se abría a una plaza de pilares negros, columnatas y estatuas de curiosos seres, tanto humanos como míticos. Algunos de los paisajes que se divisaban al final de largas calles rectas o a través de callejones y por encima de cúpulas bulbosas, chapiteles y tejados con arabescos eran tan bellos y extraños que no había palabras para describirlos; y nada era más espléndido que el encumbrado templo central de los Antiguos, con sus dieciséis lados tallados, su cúpula achaparrada y el pináculo con campanario que destacaba por encima de todo lo demás y a todo lo demás ganaba en magnificencia. Y siempre hacia el este, más allá de las murallas de la ciudad y las leguas de pastos, se alzaban las grises laderas de los sombríos e infranqueables picos detrás de los cuales se decía que esperaba la espantosa Leng.

El capitán llevó a Carter hasta el imponente templo, que se encuentra dentro de su jardín amurallado, en una gran plaza redonda en la que convergen las calles, cual radios que parten del buje de una rueda. Los siete pórticos abovedados del jardín, todos ellos coronados por un rostro tallado como los de las puertas de la ciudad, siempre están abiertos, y la gente pasea a placer, con aire reverente, por los senderos embaldosados y a través de las callecitas bordeadas de grotescos términos y santuarios de humildes dioses. Y hay fuentes, estanques y lavamanos en los que se reflejan las frecuentes hogueras de los trípodes que brillan en el alto balcón, todos de ónice y repletos de pececitos luminosos que los buceadores sacaron de las profundidades del océano. Cuando resuena el profundo tañido del campanario del templo por encima del jardín y de la ciudad, y le responden los cuernos, violas y voces desde las siete casetas junto a las puertas del jardín, unas largas columnas de sacerdotes ataviados con máscaras, capuchas y negras vestiduras salen de las siete puertas del templo. Con los brazos extendidos, portan unos cuencos dorados de los que brota un vapor extraño. Y las siete columnas avanzan en fila, con andares pomposos, estirando mucho las piernas sin doblar las rodillas, por los caminos que conducen a las siete casetas, donde desaparecen y no vuelven a aparecer. Se dice que existen unos pasos subterráneos que conectan las casetas con el templo, y que las largas filas de sacerdotes regresan a través de ellos. También se murmura que unos largos tramos de escalones de ónice descienden hasta misterios inconcebibles. Sin embargo, solo unos pocos se atreven a insinuar que los sacerdotes enmascarados y encapuchados no son sacerdotes humanos.

Carter no entró en el templo porque nadie salvo el Rey Velado tiene permiso para ello. Pero, antes de abandonar el jardín, llegó la hora de la campana, y oyó el ensordecedor tañido, seguido del repicar de los cuernos, las violas y las voces que brotaban de las casetas junto a los pórticos. Las filas de sacerdotes recorrieron otra vez los siete grandes caminos, cuenco en mano, a su singular manera, infundiendo en el viajero un terror que no suelen infundir los sacerdotes humanos. Cuando el último de ellos desapareció, Carter salió del jardín, no sin fijarse en un punto del suelo por encima del que habían pasado los cuencos. Aquel punto no le gustaba ni siquiera al capitán, quien urgió al visitante a seguir hacia la colina sobre la que se alza el maravilloso palacio del Rey Velado, con sus numerosas cúpulas.

Los caminos hacia el palacio de ónice son empinados y estrechos, salvo uno en curva, por el que el rey y sus acompañantes subían montados en yaks o carros tirados por dichas criaturas. Carter y su guía subieron por un callejón de escalones, entre paredes con incrustaciones de oro en las que se veían extraños símbolos, y bajo balcones y miradores de los que a veces brotaban dulces compases musicales o fragancias exóticas. Por encima de ellos siempre se cernían las murallas ciclópeas, los imponentes contrafuertes y las cúpulas bulbosas arracimadas por las que era famoso el palacio del Rey Velado. Al cabo pasaron bajo un gran arco negro que daba a los jardines de recreo del monarca. Allí Carter se detuvo, desfallecido ante tanta belleza. Las terrazas de ónice y los senderos bordeados por columnas; los parterres grises y los delicados árboles en flor con sus espalderas doradas; los desvergonzados trípodes y urnas con astutos bajorrelieves; los pedestales con estatuas de mármol de vetas negras, que casi parecían respirar; las lagunas de fondo de basalto y las fuentes azulejadas llenas de peces luminosos; los templos diminutos de los iridiscentes pájaros cantores sobre las columnas talladas; las maravillosas filigranas de las grandes puertas de bronce, y las vides en flor que recorrían cada pulgada de los relucientes muros... Todo ello se unía para crear un espectáculo de una hermosura más allá de la realidad, que resultaba casi mítico incluso en la tierra de los sueños. Titilaba como una visión bajo el cielo gris crepuscular, contra el fondo de las grecas y cúpulas del magnífico palacio, y la fantástica silueta de los lejanos picos infranqueables a su derecha. Y los pequeños pájaros y las fuentes cantaban, mientras el perfume de las flores exóticas se extendía como un velo por encima de aquel increíble jardín. No había más presencia humana que la suya, lo que satisfacía a Carter. Después dieron media vuelta y descendieron de nuevo por el callejón de ónice escalonado, puesto que no se permitían visitantes en el palacio en sí; y tampoco era buena idea contemplar durante demasiado tiempo la gran cúpula central, donde en teoría se alojaba al arcaico padre de todos los legendarios pájaros shantak, que atormentaba con singulares sueños a los curiosos.

Después, el capitán condujo a Carter al barrio norte de la ciudad, cerca del Pórtico de las Caravanas, donde están las tabernas de los mercaderes de yaks y los mineros del ónice. Allí, en la posada de techo bajo, se despidieron; los negocios reclamaban al capitán, y Carter estaba deseando hablar con los mineros sobre el norte. En aquella posada había muchos hombres, y el viajero no tardó en conversar con algunos de ellos. Les contó que era un viejo minero del ónice y que necesitaba información sobre las canteras de Inganok. Pero no logró averiguar mucho más de lo que ya sabía porque los mineros eran tímidos y respondían con evasivas a las preguntas sobre el frío desierto del norte y la cantera que nadie visita. Temían a los quiméricos emisarios que bajaban de las montañas, donde se dice que se halla Leng, y a las presencias malignas y los indescriptibles centinelas que moraban entre las rocas del lejano norte. Y también hablaban entre susurros de que los misteriosos pájaros shantak no eran criaturas benévolas y que, de hecho, lo mejor para todos era que nadie las hubiese visto nunca, porque al mítico padre de los shantaks, el que vivía en la cúpula del rey, lo alimentaban a oscuras.

Al día siguiente, y so pretexto de que deseaba ver de primera mano las diferentes minas y visitar las granjas aisladas y las pintorescas aldeas de ónice de Inganok, Carter alquiló un yak y llenó unas grandes alforjas de cuero para el viaje. Más allá del Pórtico de las Caravanas, la carretera avanzaba en línea recta entre los campos arados, en los que se veían muchas granjas de curiosa construcción, acabadas en cúpulas bajas. El viajero se detuvo en algunas de esas casas para preguntar; en una ocasión se topó con un anfitrión tan adusto y reservado, a la par que rebosante de la desubicada majestad propia del monumental rostro del Ngranek, que Carter se convenció de haber dado al fin con uno de los Grandes Seres o, al menos, con alguien con nueve décimas partes de su sangre, que moraba entre los hombres. Al hablar con el adusto y reservado granjero procuró referirse en los mejores términos a los dioses y alabar todas las bendiciones con las que lo habían colmado.

Aquella noche, Carter acampó en un prado junto al camino, bajo un enorme lygath en cuyo tronco ató su yak y, por la mañana, reanudó su peregrinaje al norte. A eso de las diez llegó a la aldea de Urg, con sus casas de bajas cúpulas, donde los mercaderes descansaban y los mineros contaban sus historias y hacían una pausa en sus tabernas hasta el mediodía. Allí vira hacia el oeste la gran carretera de las caravanas, en dirección a Selarn, aunque Carter continuó hacia el norte por el camino de las canteras. Durante toda la tarde siguió aquella ruta, cada vez más empinada y un poco más estrecha que la de la carretera principal, que ahora lo llevaba a través de una región en la que se veían menos campos que rocas. Al caer la noche, las colinas bajas a su izquierda se habían alzado hasta alcanzar el tamaño de importantes barrancos negros, así que supo que estaba cerca de la zona minera. A lo lejos, a su derecha, seguían las sombrías laderas de las infranqueables montañas. Cuanto más avanzaba, más sombrías eran las historias que arrancaba a los pocos granjeros, mercaderes y conductores de pesados carros de ónice con los que se cruzaba.

La segunda noche acampó a la sombra de un enorme peñasco negro y ató su yak a una estaca clavada en el suelo. Observó que la fosforescencia de las nubes era mayor en aquella zona norteña, y más de una vez le pareció ver siluetas oscuras por encima de ellas. A la tercera mañana vio la primera cantera de ónice y saludó a los hombres que allí trabajaban con picos y cinceles. Antes de caer la noche ya había dejado atrás once canteras; aquellas tierras se habían rendido por completo a los riscos y rocas de ónice, sin vegetación alguna. Solo había grandes fragmentos rocosos esparcidos por un suelo de tierra negra, siempre con los infranqueables picos grises a su derecha, adustos y siniestros. Pasó esa tercera noche en un campamento minero, cuyas titilantes fogatas proyectaban extraños reflejos en los barrancos pulidos del oeste. Los hombres cantaban muchas canciones y referían multitud de historias que demostraban un conocimiento tan singular de los viejos tiempos y los hábitos de los dioses que Carter tuvo la certeza de que conservaban recuerdos latentes de sus padres, los Grandes Seres. Le preguntaron por su destino y le advirtieron que no se adentrara demasiado en el norte. Replicó que buscaba nuevas vetas de ónice y que no correría más riesgos que los habituales entre los prospectores. Por la mañana se despidió de ellos y cabalgó hacia la oscuridad creciente del norte, donde le habían avisado de que encontraría la temida y abandonada cantera en la que unas manos más antiguas que las de los hombres habían extraído los prodigiosos bloques. Sin embargo, cuando se volvió para darles un último adiós, se llevó un disgusto: le pareció ver que se acercaba al campamento el mercader achaparrado y esquivo de ojos rasgados, aquel que, según los rumores de la lejana Dylath-Leen, traficaba con Leng.

La parte habitada de Inganok llegó a su fin al cabo de otras dos canteras, y la ruta se estrechó hasta convertirse en un camino de yaks cada vez más escarpado entre unos intimidantes barrancos negros. Siempre a la derecha permanecían los picos adustos y lejanos, y, a medida que Carter subía y se internaba cada vez más en aquel reino jamás hollado, aumentó la oscuridad y el frío. No tardó en descubrir que no había huellas de pies ni de cascos en el negro sendero, y se percató de que, de hecho, había llegado a los extraños caminos abandonados de tiempos antiguos. De vez en cuando graznaba un cuervo en las alturas o se oía un aleteo detrás de una vasta roca que le recordaba, inquieto, al mítico pájaro shantak. No obstante, la mayor parte del tiempo estaba a solas con su desgreñada montura, y le preocupaba que aquel excelente yak cada vez fuera más reacio a avanzar y que aumentaran sus resoplidos de miedo ante cualquier ruido insignificante.

El sendero se estrechó, comprimido entre paredes de roca negra y reluciente, y empezó a presentar una inclinación incluso más pronunciada que antes. Era difícil asirse, y el yak resbalaba con frecuencia sobre los fragmentos pedregosos que cubrían el camino. Al cabo de dos horas, Carter vio delante de él una cresta definida más allá de la cual no había más que encapotado cielo gris y agradeció la perspectiva de una ruta más llana o descendente. Sin embargo, alcanzar la cresta no era tarea fácil, ya que el camino se había tornado perpendicular, con el peligro añadido de la grava negra suelta y los guijarros. Al final, Carter desmontó y condujo así a su desconfiado yak; tuvo que tirar con fuerza cuando el animal se resistía o tropezaba, a la vez que se mantenía en pie lo mejor que podía. Entonces, de repente, llegó a la cima, vio lo que se encontraba más allá de ella y ahogó un grito.

En efecto, el sendero conducía por un terreno llano y con una ligera cuesta de bajada, delimitado por las mismas paredes naturales que hasta entonces. Sin embargo, a mano izquierda se abría un espacio monstruoso, de muchas hectáreas de extensión, en el que algún poder arcaico había desgarrado y rajado los riscos de ónice para crear una cantera de gigantes. Al fondo del precipicio de roca se encontraba la grieta ciclópea y, en las entrañas de la tierra, se abrían sus excavaciones inferiores. No era cantera de hombres, y los lados cóncavos exhibían cicatrices de varios metros cuadrados, lo que decía mucho del tamaño de los bloques extraídos por manos y cinceles indescriptibles. Muy por encima de su borde dentado volaban y graznaban unos enormes cuervos, y los chirridos que brotaban de las invisibles profundidades sugerían la presencia de murciélagos, urhags o alguna presencia innombrable que acechaba en aquella oscuridad eterna. Allí permaneció Carter, en el estrecho sendero, bajo el crepúsculo, contemplando el camino rocoso de bajada: los altos riscos de ónice que tenía a su derecha, que continuaban hasta donde alcanzaba la vista, y los altos riscos a su izquierda, cortados de un tajo justo delante de él para abrir aquella horrible cantera sobrenatural.

De repente, el yak dejó escapar un chillido y se le escapó dando un salto hacia delante; el animal salió corriendo, presa del pánico, hasta que desapareció cuesta abajo, en dirección al norte. Las piedras que desprendían sus veloces pezuñas cayeron por el borde de la cantera y se perdieron en la oscuridad sin emitir sonido alguno que indicara su llegada al fondo; pero Carter, sin prestar atención a los peligros del exiguo camino, corrió sin aliento detrás de su montura. Pronto los riscos de la izquierda reanudaron su curso y volvieron a transformar el camino en un estrecho sendero. Aun así, el viajero siguió brincando detrás del yak, cuyas enormes huellas daban testimonio de lo desesperado de su huida.

En una ocasión le pareció oír los cascos de la bestia asustada, lo que lo animó a doblar su velocidad. Recorría kilómetros y kilómetros y, poco a poco, el camino que tenía delante se ensanchó hasta que supo que estaba a punto de salir al helado y temido desierto del norte. Las sombrías laderas grises de los lejanos picos infranqueables eran de nuevo visibles por encima de los riscos de la derecha, y más adelante se encontraban las rocas y los cantos rodados de un espacio abierto que sin duda solo era un anticipo de la llanura oscura e inabarcable. Y, de nuevo, el ruido de los cascos resonó en sus oídos, más cerca que antes, aunque en esta ocasión el buen ánimo se tornó en terror al reparar en que no se trataba de los pasos aterrados de su yak, sino de otras bestias implacables y decididas que estaban detrás de él.

La carrera tras el yak se convirtió en huida de una criatura invisible porque, aunque no se atrevía a volver la vista atrás, sentía que la presencia que lo perseguía no podía ser honesta ni susceptible de nombrarse. Su yak debía de haberla oído o percibido primero, y Carter prefería no preguntarse si los habría seguido desde los lugares habitados por los hombres o si habría subido desde el fondo del pozo oscuro de la cantera. Mientras tanto, los riscos habían quedado atrás, de modo que la noche caía sobre un gran páramo de arena y rocas espectrales en el que desaparecían todos los senderos. Aunque no veía las huellas del yak, seguía oyendo el detestable avance de sus perseguidores, que de vez en cuando se mezclaba con lo que suponía que eran titánicos aleteos y zumbidos. Por desgracia, era evidente que le ganaban terreno, y sabía que estaba perdido sin remedio en aquel desierto roto y maldito de rocas sin sentido y arenas nunca holladas. Solo podía orientarse un poco gracias a los remotos e infranqueables picos de la derecha, que se iban difuminando a medida que menguaba el crepúsculo gris, sustituido por la enfermiza fosforescencia de las nubes.

Entonces, entre las brumas de la creciente oscuridad del norte, entrevió algo horrible. Por un instante le había parecido divisar una cordillera de negras montañas, pero ahora veía que se trataba de algo más, puesto de manifiesto por la fosforescencia de los ominosos nubarrones, cuyas grávidas emanaciones resplandecían tras su figura silueteada. Aunque no habría sabido decir a qué distancia se hallaba, esta no debía de ser excesiva. Se alzaba centenares de metros, se extendía en un portentoso arco cóncavo desde las cumbres grises e infranqueables hasta los inabarcables confines de poniente, y en tiempos debió haber sido una cordillera de majestuosos montes de ónice. Pero ya no quedaba ni rastro de ellos, pues los había tocado algo más grande que la mano del hombre. Sedentes y en silencio acechaban ahora desde lo alto del mundo, como lobos o necrófagos, coronados de nubes y bruma, guardianes eternos de los secretos del norte. Aquellas montañas semejantes a canes formaban un enorme semicírculo, esculpidas en monstruosas estatuas vigía, con la mano derecha enarbolada como una amenaza contra la humanidad.

Aunque tan solo la claridad intermitente de las nubes propiciaba que sus biseladas dobles cabezas parecieran moverse, al persistir Carter en su fatigoso avance vio que de sus regazos umbríos se elevaban unas formas inmensas cuya actividad no cabía calificar de ilusoria. Rechinantes y aladas, aquellas formas aumentaban de tamaño por momentos, y el viajero supo que su periplo tocaba a su fin. Ni en la Tierra ni en el país de los sueños se conocían aves o murciélagos semejantes a esas criaturas, con cuerpo de paquidermo y cabezas equinas. Carter dedujo que aquellos debían de ser los infames pájaros shantak, y dejó de preguntarse qué viles guardianes y centinelas sin nombre se encargaban de evitar que los hombres pisaran el pedregoso desierto boreal. Se detuvo, resignado a su suerte, y osó por fin mirar a su espalda, donde encontró que trotaba a lomos de un yak el achaparrado mercader de ojos rasgados del que hablaban las leyendas, sonriendo de oreja a oreja mientras comandaba una pérfida horda de shantaks lascivos a cuyas alas se aferraban aún la escarcha y el azufre del inframundo.

Randolph Carter no perdió el conocimiento, pese a verse atrapado por aquellas fabulosas e hipocéfalas pesadillas aladas que lo rodeaban en círculos execrables y cada vez más estrechos. Aquellas gárgolas titánicas se erguían, altaneras y horrendas, por encima de él. Entonces, el mercader de ojos rasgados bajó del yak de un salto y se plantó sonriente ante su cautivo. El hombre le ordenó por señas que montara en uno de los repugnantes shantaks, y lo ayudó en la tarea mientras la sensatez de Carter se debatía con su rechazo. El ascenso fue arduo, puesto que el pájaro shantak no está cubierto de plumas, sino de escamas, y estas son sumamente resbaladizas. Cuando se hubo sentado, el hombre de ojos rasgados se encaramó de un salto a su espalda y dejó que una de aquellas aves increíbles y colosales condujera al magro yak hacia el norte, en dirección al anillo de montañas labradas.

A continuación sobrevino un horrendo revoloteo por el espacio glacial, que ascendía sin fin rumbo al este, hacia los enjutos y grises flancos de esas montañas infranqueables tras la que se dice que se alza Leng. Sobrevolaron las nubes a gran altura, hasta que por fin se extendieron a sus pies las fabulosas cumbres que el pueblo de Inganok no ha contemplado jamás, embozadas siempre en inmensos vórtices de bruma resplandeciente. Se mostraban diáfanas ante los ojos de Carter mientras se sucedían a una velocidad vertiginosa, y en lo alto de sus picos más altos vio extrañas cuevas que le hicieron pensar en las de Ngranek. No le preguntó por ellas a su captor una vez hubo reparado en que tanto este como el shantak de cabeza de caballo, que parecían profesarles un extraño temor, se apresuraban a dejarlas atrás, crispados por una enorme tensión que solo se alivió cuando ya las habían dejado muy atrás.

El shantak volaba ahora más bajo, revelando bajo el dosel de nubes un páramo ceniciento sobre el que unos fuegos tenues relucían a gran distancia. A medida que descendían aparecían, espaciadas, algunas solitarias chozas de granito y unas desoladoras aldeas de piedra en cuyas ventanas diminutas titilaba una luz macilenta. De esas chozas y aldeas surgió un estridente coro de flautas monótonas y un nauseabundo cascabeleo de crótalos, los cuales demostraron de inmediato que los rumores geográficos de los habitantes de Inganok no carecen de fundamento, pues los viajeros ya han están familiarizados con estos sonidos y saben que solo emanan del desértico altiplano helado que nadie en sus cabales visitaría nunca: el diabólico y misterioso lugar encantado que es Leng.

En torno a las endebles hogueras danzaban unas formas oscuras, y Carter sintió curiosidad por conocer el aspecto de aquellos seres, pues nadie en su sano juicio había estado nunca en Leng, lugar conocido tan solo por los fuegos y las chozas de piedra que se divisan en la lejanía. Aquellas figuras saltaban con suma parsimonia y torpeza, así como con demenciales giros y contorsiones que ofendían a la vista. Por eso a Carter no le extrañó que las enigmáticas leyendas les atribuyeran una vileza monstruosa, ni que su aberrante planicie helada inspirase temor en todas las Tierras del Sueño. Al descender el shantak aún más, la repugnante apariencia de los bailarines se tiñó de un remedo de averna familiaridad, y el prisionero siguió aguzando la vista y buscando en sus recuerdos cualquier posible indicio de dónde había visto antes semejantes criaturas.

Brincaban como si tuvieran cascos en vez de pies, tocados por lo que parecía ser una peluca o un gorro con cuernos. En eso consistía todo su atuendo, aunque la mayoría de ellos eran bastante peludos. Remataban la espalda unas colas enanas, y cuando volvieron el rostro hacia arriba vio Carter la excesiva amplitud de sus bocas. Supo entonces qué eran, como supo también que no iban tocados con pelucas ni gorros, pues los enigmáticos pobladores de Leng compartían raza con los inquietantes mercaderes que acudían a Dylath-Leen en negros trirremes para vender sus rubíes: ¡los mismos mercaderes, no humanos del todo, que son esclavos de las monstruosas criaturas lunares! Eran, en efecto, los mismos seres atezados que habían secuestrado a Carter en su bulliciosa galera hacía ya tanto tiempo, a cuyos congéneres había visto ser conducidos en manada por los impíos muelles de aquella maldita ciudad selenita: los más enjutos, entregados a trabajos físicos, y los más rollizos, transportados en jaulas para satisfacer otras necesidades de sus tumorosos y amorfos señores. En ese momento vio de dónde provenían tan ambiguas criaturas, y se estremeció ante la idea de que las informes abominaciones de la Luna seguramente conociesen la existencia de Leng.

Sin embargo, el shantak dejó atrás las hogueras, las chozas de piedra y los danzarines no exactamente humanos para proseguir su vuelo sobre estériles cerros grises de granito y apagados páramos de roca, hielo y nieve. Amaneció, y la fosforescencia de las nubes bajas dio paso a la bruma crepuscular de las regiones norteñas mientras el vil pájaro aún aleteaba sin vacilación en medio del silencio y el frío. El hombre de ojos rasgados se dirigía en ocasiones a su montura en un odioso lenguaje gutural al que el shantak respondía con trémolos sincopados que rechinaban como cristales molidos. El terreno seguía elevándose en todo momento, hasta que llegaron por fin a una meseta azotada por el viento que parecía ser el mismo tejado de un mundo despoblado e inhóspito. Allí, sin más compañía que la del ocaso, el silencio y el frío, se alzaban las rústicas piedras de un edificio achaparrado y carente de ventanas alrededor del cual se erguía un círculo de toscos monolitos. En aquella distribución no había el menor indicio de actividad humana, y Carter dedujo, a tenor de las antiguas historias, que había llegado al más temible y legendario de todos los lugares, el monasterio remoto y prehistórico en el que mora en solitario el sumo sacerdote que no debe nombrarse, el cual se cubre el rostro con una máscara de seda amarilla y reza a los Dioses Exteriores y su caos reptante, Nyarlathotep.

El grotesco pájaro se posó en el suelo, y el hombre de ojos rasgados desmontó de un salto y ayudó a bajar a su prisionero. Por fin Carter estaba seguro de conocer el motivo de su captura, pues el mercader era sin duda un agente de los poderes de la oscuridad, ansioso por arrastrar ante sus señores a aquel mortal presuntuoso que había aspirado a encontrar la ignota Kadath y elevar una plegaria ante las efigies de los Grandes Seres en su castillo de ónice. Cabía la posibilidad de que ese mercader hubiera sido el responsable de su anterior caída en manos de los lacayos de las criaturas lunares en Dylath-Leen y que ahora se propusiera llevar a cabo lo que los felinos rescatadores de Carter habían evitado: transportar a su víctima a una temible cita con Nyarlathotep y denunciar la osadía con la que se había arrojado a su búsqueda de la ignota Kadath. Leng y el páramo helado que se extendía al norte de Inganok debían de estar cerca de los Dioses Exteriores, y allí los accesos que llevaban hasta Kadath se hallarían bien protegidos.

Aunque el hombre de ojos rasgados era menudo, el enorme pájaro hipocéfalo lo acompañaba para garantizar que se acataran sus órdenes, por lo que Carter comenzó a seguirlo y atravesó el círculo de rocas erguidas para trasponer el arco bajo que servía de entrada a aquel monasterio de piedra carente de ventanas. Dentro reinaba la oscuridad, pero el diabólico mercader encendió una lamparita de arcilla, grabada con siniestros bajorrelieves, y azuzó a su prisionero por un dédalo de pasillos serpenteantes y angostos. Las paredes de los pasillos estaban pintadas con sobrecogedoras escenas, pertenecientes a un pasado tan remoto que ni siquiera la Historia lo recogía y ejecutadas con un estilo desconocido para los arqueólogos de la Tierra. Tras incontables eones brillaban aún sus pigmentos, pues el frío y la aridez de la odiosa Leng conservan numerosos atavismos con vida. Carter, que solo podía entreverlas a la claridad mortecina de aquella lámpara en movimiento, se estremeció ante los hechos que narraban.

Tras aquellos frescos arcaicos acechaban los anales de Leng, y en ciudades olvidadas danzaban los malévolos semihumanos con cuernos, pezuñas y bocas gigantes. Carter vio escenas de guerras antiguas en las que los semihumanos de Leng se enfrentaban a las abotargadas arañas moradas de los valles vecinos, intercaladas con otras de la llegada de la luna de los negros trirremes y de la sumisión del pueblo de Leng a las tumorosas y amorfas blasfemias que desembarcaban de ellos contoneándose, haciendo cabriolas y brincando. Adoraron a aquellas blasfemias blancas y grises como si fueran dioses, sin protestar siquiera cuando las siniestras galeras se llevaron a decenas de sus mejores y más robustos varones. Las monstruosas bestias lunares acamparon en una isla encrespada, y Carter descubrió por los frescos que no era otra que la roca solitaria y sin nombre que había divisado durante la travesía a Inganok, ese promontorio ceniciento y maldito que los marineros de Inganok rehúyen, y del que durante toda la noche emanan viles y reverberantes aullidos.

También en aquellos frescos se mostraba la majestuosa ciudad portuaria que servía de capital a los semihumanos, orgullosa y erizada de pilares entre los acantilados y los muelles de basalto, pródiga en templos elevados y esculturas ornamentales. De los acantilados salían bellos jardines y avenidas de columnatas que, tras cruzar seis puertas, coronada por una esfinge cada una de ellas, desembocaban en una inmensa plaza central donde una pareja de colosales leones alados custodiaba la boca de una escalera subterránea. Por doquier se veían aquellos enormes leones alados, relucientes sus portentosos flancos de diorita bajo la luz grisácea y crepuscular de la mañana, por la noche bajo una fosforescencia brumosa. Carter pasó con tanta frecuencia frente a sus numerosas representaciones que por fin logró comprender lo que eran, así como la naturaleza de aquella ciudad en la que otrora gobernaran los semihumanos, antes de la aparición de las negras galeras. No cabía error posible, pues las leyendas de las Tierras del Sueño son profusas y generosas. Esa ciudad primigenia debía de ser ni más ni menos que la fabulosa Sarkomand, cuyas ruinas ya llevaban un millón de años destiñéndose antes de que el primer ser humano de verdad viese la luz, y cuyos titánicos leones gemelos guardan eternamente la escalera que conduce al Gran Abismo desde la Tierra de los Sueños.

En otras imágenes se veían las enjutas cumbres grises que separaban Leng de Inganok, así como los monstruosos pájaros shantak que construyen sus nidos en las cornisas que les sirven de cinturón; se veían asimismo las insólitas cuevas próximas a los pináculos más inaccesibles, y cómo incluso los shantaks más intrépidos se alejaban de ellas volando y vociferando. Carter, que las había divisado al sobrevolarlas, no había pasado por alto su similitud con las de Ngranek. Supo entonces que el parecido no era casual, pues en aquellas pinturas se desvelaban sus temibles habitantes, cuyas alas membranosas, astas recurvadas, colas de pinchos, garras prensiles y escurridizos contornos no le resultaban extraños. Se había encontrado antes con esas criaturas mudas, constrictoras y revoloteantes, guardianes sin mente del Gran Abismo a las que incluso los Grandes Seres profesan temor, pues no rinden pleitesía ni siquiera a Nyarlathotep, sino exclusivamente a Nodens, el venerable. Se trataba de los ángeles descarnados de la noche, los cuales nunca ríen ni sonríen porque carecen de rostro, condenados a surcar por toda la eternidad la oscuridad que media entre el valle de Pnath y los pasos que conducen al mundo exterior.

El mercader de ojos rasgados había empujado a Carter hasta un vasto espacio abovedado, con perturbadores bajorrelieves grabados en las paredes, cuyo centro albergaba un pozo circular abierto y rodeado por seis altares de piedra, cubiertos de manchas malévolas, formando un anillo. No había luz alguna en esta cripta, hedionda e inmensa, y el resplandor de la lamparita del siniestro mercader era tan tenue que no cabía sino intuir los detalles. En el extremo más alejado había cinco escalones que conducían a un alto estrado de piedra, y allí, sentada en un trono dorado, aguardaba encorvada una figura embozada en seda amarilla con rojos bordados que ocultaba sus facciones tras una máscara del mismo material y color. A dicho ser dirigió el mercader de ojos rasgados una serie de gestos con las manos, a los que el que acecha en la oscuridad respondió levantando con sus zarpas

cubiertas de seda una flauta de marfil repugnantemente labrada en la que insufló ciertas notas horrendas desde debajo de su vaporosa máscara amarilla. El coloquio se prolongó durante unos instantes, y a Carter le pareció detectar algo de una familiaridad obscena en el sonido de aquella flauta y los efluvios de aquel lugar pestilente. Le hizo pensar en una sobrecogedora ciudad iluminada de rojo, así como en la repulsiva procesión que una vez había desfilado por ella; en eso y en un horrendo ascenso por el paisaje lunar que se extendía tras ella, antes de la rescatadora oleada de los amistosos gatos de la Tierra. Sabía que la criatura del estrado solo podía ser el sumo sacerdote que no debe nombrarse, sobre el que las leyendas murmuran abominables y avernas posibilidades, pero temía imaginarse siquiera cuál podría ser su auténtica y execrable naturaleza.

De súbito, la seda que cubría a la figura se deslizó ligeramente sobre una de sus zarpas blancas y grises, y Carter reconoció al alborotador sumo sacerdote por lo que era. El espantoso segundo de puro terror que sobrevino entonces lo empujó a hacer algo que la cordura jamás le habría permitido intentar, pues en los confines de su estremecida consciencia solo había sitio para la desesperada voluntad de escapar de lo que acechaba sobre aquel trono dorado. Sabía que entre él y la fría meseta se interponían unos imposibles laberintos de piedra, y que aun en el exterior lo estaría esperando el pernicioso shantak, pero a pesar de todos estos obstáculos solo podía pensar en la imperiosa necesidad de alejarse de aquella viscosa monstruosidad embozada de seda.

Tras dejar la curiosa lámpara en uno de los sucios altares de piedra, junto al pozo, el hombre de ojos rasgados se había adelantado ligeramente para conversar con el sumo sacerdote usando las manos. Carter, hasta entonces sumiso, le propinó entonces un tremendo empujón con toda la fuerza incontenible que nace del miedo, y su víctima cayó de inmediato al pozo abierto que, según los rumores, se extiende hasta las infernales criptas de Zin, donde los gugs dan caza a los ghasts en la oscuridad. Casi al mismo tiempo agarró Carter la lámpara del altar y se internó corriendo en el laberinto de frescos, girando a un lado o a otro, según dictara la suerte, procurando no pensar en el sigiloso pisar de unas zarpas informes sobre las piedras que dejaba a su espalda, ni en el silencioso contoneo y reptar que seguramente sucedía allí atrás, en los pasillos umbríos.

Transcurridos unos instantes, se arrepintió de su irreflexiva precipitación y deseó haber intentado desandar el rastro de pinturas frente a las que había pasado en el camino de ida. Cierto, eran tan confusas y duplicadas que no le habrían servido de mucho, pero deseó haber realizado el esfuerzo. Las que veía ahora eran aún más horribles que las de antes, y supo que no estaba recorriendo los pasillos que conducían al exterior. Un momento después, ya convencido de que no lo seguían, aflojó el paso, pero apenas había comenzado a respirar aliviado cuando se abatió sobre él una nueva amenaza. La lámpara se agotaba, y pronto estaría inmerso en una oscuridad impenetrable sin posibilidad de ver u orientarse.

Cuando la luz se hubo apagado por completo, tanteó con cautela en las sombras e imploró a los Grandes Seres que le proporcionasen cuanta ayuda pudieran. Notó en ocasiones que el suelo de piedra ascendía o bajaba, y una vez tropezó con un escalón que no parecía tener razón alguna de ser. Cuanto más avanzaba, más daba la impresión de ser la humedad, y cuando podía tantear alguna bifurcación o la boca de un pasadizo lateral siempre elegía el camino con menos inclinación descendente. No obstante, creía que se dirigía hacia abajo, y el olor a cripta y las incrustaciones tanto del suelo como de las paredes viscosas le advirtieron de que se internaba en la nociva meseta de Leng. Pero nada lo había preparado para lo que iba a ocurrir a continuación; tan solo experimentó el hecho en sí, consternado al extremo, caos arrebatador y terror, pues tanteaba precavido el suelo resbaladizo de un tramo casi horizontal cuando, de pronto, se vio propulsado hacia abajo a una velocidad vertiginosa, en la oscuridad, por el hueco de un túnel que debía de ser prácticamente vertical.

No habría sabido determinar la longitud exacta de aquel tobogán espantoso, pero la caída pareció durar horas de delirio nauseabundo y extático frenesí. Pronto reparó en que estaba inmóvil, con las nubes fosforescentes de la noche septentrional brillando sobre él de forma enfermiza. Lo rodeaban unos muros semiderruidos y pilares rotos, y el firme en el que yacía estaba asaeteado por brotes de hierba, agrietado por las raíces y la maleza. A su espalda se alzaba un acantilado de basalto, sin cima y perpendicular, con escenas repelentes cinceladas en su cara oscura, perforada además por una cavernosa entrada arqueada que conducía a la oscuridad de la que Carter había surgido. Frente a él se extendía una doble hilera de columnas, así como los fragmentos y pedestales de estas, vestigios de una amplia calzada desaparecida. Los tibores y arriates que jalonaban el camino denotaban que aquella había sido una calle flanqueada por magníficos jardines. Las columnas se abrían a lo lejos para señalar una inmensa plaza circular en la que una pareja de monstruosas criaturas se cernía gigantesca bajo las ominosas nubes nocturnas. Eran inmensos leones alados de diorita, separados por la oscuridad y las sombras. A unos seis metros de altura se alzaban sus grotescas e ilesas cabezas, gruñendo con desdén a las ruinas que los rodeaban. Carter supo con certeza lo que debían de ser, pues las leyendas solo mencionan una pareja como aquella. Se trataba de los guardianes imperecederos del Gran Abismo, y esas ruinas siniestras pertenecían en realidad a la antiquísima Sarkomand.

Lo primero que hizo Carter fue cerrar y bloquear la arcada del acantilado con los bloques derruidos y los escombros que sembraban los alrededores. No le apetecía que lo siguiera ningún ser surgido del odioso monasterio de Leng, pues en el camino que lo aguardaba acecharían suficientes nuevos peligros. Sin embargo, no sabía cómo llegar desde Sarkomand a las regiones habitadas del país de los sueños, y tampoco resolvería nada si descendía a las grutas de los necrófagos, que no sabían mucho más que él. Los tres necrófagos que lo habían ayudado a cruzar la ciudad de los gugs para alcanzar el mundo exterior ignoraban cómo llegar a Sarkomand, por lo que planeaban preguntar a los venerables mercaderes de Dylath-Leen. Aunque no le gustaba la idea de internarse de nuevo en el mundo subterráneo de los gugs y arrostrar otra vez la infernal torre de Koth, con su ciclópea escalera que bajaba al bosque encantado, sospechaba que tendría que decantarse por esa opción si todo lo demás fallaba. No se atrevía a enfrentarse sin ayuda a la meseta de Leng, más allá del monasterio solitario, pues el sumo sacerdote debía de tener numerosos sacerdotes, en tanto al final de ese viaje lo hostigarían sin duda los shantaks y tal vez incluso otros seres. Si lograba subir a un barco podría volver a Inganok, tras la recortada y horrenda roca que brotaba del mar, pues los primitivos frescos del dédalo del monasterio le habían mostrado que este lugar aterrador no queda lejos de las canteras de basalto de Sarkomand. Pero desde hacía eones era poco probable hallar una embarcación en esta ciudad desierta, y soñar siquiera con fabricarla por sí solo se le antojaba descabellado.

Randolph Carter se hallaba sumido en aquellos pensamientos cuando una nueva imagen comenzó a abrirse paso en su mente. Durante todo ese tiempo se había extendido ante él la majestuosa y cadavérica expansión de la mítica Sarkomand, con sus negros pilares rotos, sus desmoronados pórticos coronados por esfinges, sus piedras titánicas y sus monstruosos leones alados recortados contra el enfermizo fulgor de aquellas fosforescentes nubes nocturnas. Sin embargo, en ese momento divisó a lo lejos y hacia la derecha un resplandor que ninguna nube podría explicar y supo que no estaba solo en el silencio de aquella ciudad muerta. La intensidad del brillo aumentaba y se reducía a intervalos, parpadeando con un inquietante tinte verdoso. Al acercarse por la calle sembrada de cascotes, colándose entre las angostas aberturas de los muros desmoronados, distinguió que se trataba de una fogata de campamento, cercana a los muelles, alrededor de la cual se arracimaban varias siluetas imprecisas. Sobre el conjunto flotaba una pestilencia mortífera, y tras él se oía el chapoteo de las olas del puerto, donde se mecía anclado un enorme navío. Carter se detuvo, presa de un extraordinario pavor, al comprobar que el barco era, en efecto, uno de los temibles trirremes negros de la Luna.

De pronto, cuando ya se disponía a alejarse de aquellas llamas detestables, vio que algo se agitaba entre las vagas formas sombrías y oyó un sonido tan peculiar como inconfundible. Era el lamento atemorizado de un necrófago, que en apenas unos instantes se transformó en un verdadero coro de angustia. A salvo como estaba a la sombra de esas ruinas monstruosas, Carter permitió que la curiosidad se impusiera a su miedo y avanzó a hurtadillas en vez de retirarse. Se arrastró como una lombriz sobre el vientre para cruzar una calle y después tuvo que incorporarse para no hacer ruido entre los montones de mármol caído, pero así evitó que lo detectaran, por lo que no tardó en encontrar el parapeto de una columna titánica desde detrás de la cual podría contemplar toda la escena teñida de verde. Allí, en torno a una espantosa fogata alimentada por los grotescos tallos de hongos lunares, se congregaban hediondas y acuclilladas varias de aquellas bestias de la Luna, semejantes a sapos, y sus semihumanos esclavos. Algunos de ellos sostenían extrañas lanzas de hierro sobre las llamas danzarinas, y acercaban a intervalos sus puntas calentadas al rojo vivo a tres prisioneros maniatados que yacían, retorciéndose, ante los líderes del grupo. Por el movimiento de los tentáculos supo Carter que las bestias lunares de morro achatado disfrutaban lo indecible con el espectáculo; un inmenso horror lo embargó al reconocer de pronto aquellos lamentos desesperados y comprender que los necrófagos torturados no eran sino el leal trío que lo había guiado sano y salvo desde el abismo antes de partir en busca del bosque encantado, donde esperaban localizar Sarkomand y la puerta a sus profundidades natales.

Las pestilentes bestias lunares arracimadas alrededor de aquel fuego verduzco eran muy abundantes, y Carter vio que no podía hacer nada por salvar ahora a sus aliados. Aunque ignoraba cómo habían capturado a los necrófagos, dedujo que aquellas blasfemias cenicientas semejantes a sapos debían de haberlos oído preguntar en Dylath-Leen por el camino a Sarkomand, y seguramente se habrían propuesto impedir que se acercasen tanto a la odiosa meseta de Leng como al sumo sacerdote que no debe nombrarse. Reflexionó por un momento sobre cuáles debían ser sus siguientes pasos y recordó cuán cerca estaba de la puerta al negro reino de los necrófagos. Lo más aconsejable sería gatear hacia el este, hasta la plaza de los leones gemelos, y adentrarse sin más dilación en la sima, donde sin duda no encontraría peligros más horrendos que los de la superficie, sino tal vez necrófagos dispuestos a rescatar a sus congéneres y exterminar a las bestias lunares de los negros trirremes. Se le ocurrió que unas hordas de ángeles descarnados de la noche tal vez vigilasen el portal, pero ya no le daba miedo enfrentarse a esos seres sin rostro. Había descubierto que los ligan a los necrófagos solemnes tratados, y el llamado Pickman le había enseñado a farfullar un santo y seña comprensible para esas criaturas.

Así pues, Carter comenzó a arrastrarse con sigilo entre las ruinas, a acercarse muy despacio a la enorme plaza central y los leones alados. Pese a la dificultad de la tarea, las bestias lunares estaban plácidamente distraídas y no oyeron el pequeño ruido que hizo en dos ocasiones, por accidente, al perturbar los cascotes sueltos. Una vez ante el espacio abierto, tuvo que sortear la maleza y los árboles achaparrados que crecían allí. Los gigantescos leones se cernían temibles sobre su cabeza al enfermizo fulgor de las fosforescentes nubes nocturnas, mas hizo acopio de valor; se acercó y no tardó en rodear sus efigies, sabedor de que al otro lado encontraría la portentosa oscuridad que guardaban. Tres metros lo separaban de aquellas bestias de diorita, agazapadas y burlonas, sedentes sobre ciclópeos pedestales en cuyos costados se habían cincelado sobrecogedores bajorrelieves. Entre ambas se extendía un patio enlosado con un espacio central que otrora habían ceñido balaustradas de ónice. A medio camino se abría un pozo negro, y Carter no tardó en comprobar que había llegado a la sima bostezante cuyos mohosos y encostrados escalones de piedra conducían a las criptas de pesadilla.

Causa pavor recordar ese siniestro descenso, en el que las horas se desgranaban sin pausa mientras Carter trazaba una y otra vez las curvas de una espiral insondable de empinados y resbaladizos peldaños tan estrechos y desgastados, tan impregnados con las íntimas emanaciones de la tierra, que quien los pisaba no podía estar nunca seguro de cuándo esperar la inexorable caída que habría de arrojarlo a una garganta sin fondo. La misma incertidumbre respondía al cuándo o el cómo podrían abalanzarse sobre él los vigilantes ángeles descarnados de la noche si, como sospechaba, alguno se había detenido en ese primigenio pasaje. Todo cuanto lo rodeaba era el hedor asfixiante del inframundo, y lo único que lo acariciaba era el aliento de unas profundidades asfixiantes e inhóspitas para la humanidad. Con el paso del tiempo lo asaltaron el embotamiento y la somnolencia, y si continuó avanzando fue por un impulso automático más que por la razón o su fuerza de voluntad. Tampoco percibió cambio alguno al detenerse por completo antes de que algo lo agarrara por detrás sin hacer ruido. Surcaba ya el aire a gran velocidad cuando un malévolo cosquilleo

le indicó que los correosos ángeles descarnados de la noche habían cumplido con su deber.

Alertado de que se hallaba en las frías y húmedas garras de los alados seres sin rostro, Carter recordó el santo y seña de los necrófagos y lo entonó tan alto como le permitieron el viento y la caótica trayectoria del vuelo. A pesar de considerarse criaturas sin mente, surtió un efecto inmediato sobre los ángeles descarnados de la noche: aflojaron su presa de inmediato y se apresuraron a colocar a su prisionero en una postura más cómoda. Alentado, Carter intentó ofrecerles algunas explicaciones, hablándoles de la captura y tortura de tres necrófagos por parte de las bestias lunares, así como de la necesidad de reunir un equipo de rescate. Los ángeles descarnados de la noche, aun inarticulados, parecieron comprender lo que les decía y comenzaron a volar con mayores premura y decisión. La densa oscuridad dio paso de súbito al gris crepuscular del interior de la Tierra, y frente a ellos se abrió una de las estériles llanuras en las que a los necrófagos les encanta acuclillarse y roer. Unas lápidas dispersas y unos fragmentos óseos señalaban a los pobladores de ese lugar. Cuando Carter emitió un fuerte gañido para llamar la atención, de una veintena de madrigueras surgieron sus correosos ocupantes de aspecto canino. Los ángeles descarnados de la noche que volaban a baja altura depositaron a su prisionero de pie en el suelo, hicieron amago de retirarse y, encorvados, formaron un semicírculo mientras los necrófagos le daban la bienvenida al recién llegado.

Carter impartió su mensaje de manera rápida y explícita a la grotesca compañía, cuatro de cuyos componentes partieron de inmediato por otros tantos túneles para compartir la noticia con los demás y reunir las tropas necesarias para acometer el rescate. Tras una larga espera apareció un necrófago que debía de ostentar algún cargo importante; dirigió unos gestos elocuentes a los ángeles descarnados de la noche, y dos de ellos se alejaron volando en la oscuridad al verlos. La manada de encorvados ángeles descarnados de la noche recibió numerosas adhesiones después de aquello, hasta que cubrieron el suelo viscoso con un negro manto. Por otro lado, cada vez salían más necrófagos de sus madrigueras, todos ellos con un parloteo animado mientras adoptaban una burda formación de batalla a escasa distancia de los ángeles congregados. Más tarde apareció el orgulloso e influyente necrófago que había sido el artista Richard Pickman, de Boston, a quien Carter informó pormenorizadamente de lo ocurrido. El antiguo Pickman, sorprendido de poder saludar de nuevo a su viejo amigo, se mostró muy impresionado y se apartó un tanto de la creciente multitud para conferenciar con los demás líderes.

Al cabo, tras estudiar con detenimiento las filas, los jefes reunidos farfullaron al unísono y comenzaron a impartir órdenes a las hordas de necrófagos y ángeles descarnados de la noche. Al instante se elevó un nutrido destacamento de aquellos voladores astados, mientras los demás se agrupaban de dos en dos y se arrodillaban con las patas delanteras extendidas, esperando a que los necrófagos se acercaran uno por uno. Conforme llegaba a la pareja de ángeles descarnados de la noche que se le había asignado, cada necrófago era recogido y transportado a la oscuridad de las alturas. De ese modo se disolvió toda la multitud, hasta que solo quedaron Carter, Pickman y los otros líderes, además de unas pocas parejas de ángeles. Pickman explicó que los ángeles descarnados de la noche servirían de avanzadilla y montura de combate para los necrófagos, cuyo ejército se dirigía ya a Sarkomand para enfrentarse a las bestias lunares. A continuación, Carter y los líderes necrófagos se acercaron a sus alados porteadores, que los recogieron con sus zarpas húmedas y resbaladizas. Un instante después, todos volaban azotados por el viento y la oscuridad en un ascenso sin fin, rumbo a los leones gemelos y las ruinas espectrales de la primigenia Sarkomand.

Cuando, después de un lapso prolongado, Carter pudo ver algo de nuevo a la enfermiza luz del firmamento nocturno de Sarkomand, lo que contempló fue la gran plaza central invadida por ángeles descarnados de la noche y necrófagos airados. Estaba seguro de que no tardaría en amanecer, pero el ejército era tan fuerte que no necesitarían tomar por sorpresa a su enemigo. El fulgor verdoso seguía reluciendo tenuemente junto a los muelles, aunque la ausencia de lamentos indicaba que la tortura de los necrófagos prisioneros había acabado; al menos, de momento. Murmurando discretas indicaciones a sus monturas y a la horda de ángeles descarnados de la noche sin jinete que los precedía, los necrófagos se elevaron a toda velocidad en grandes columnas arremolinadas y sobrevolaron las lúgubres ruinas en dirección a esa llama malévola. Al acercarse, Carter, que encabezaba junto a Pickman la primera fila de necrófagos, vio que el bullicioso campamento de bestias lunares estaba por completo desprevenido. Los tres prisioneros yacían maniatados e inmóviles junto a la fogata, mientras que sus captores, semejantes a sapos, languidecían aletargados y sin orden ni concierto a su alrededor. Con los esclavos semihumanos dormidos, incluso los centinelas descuidaban una tarea que en ese reino debía de parecerles meramente simbólica.

La incursión final de los ángeles descarnados de la noche y los necrófagos que los montaban cayó de manera repentina. Sin emitir ni un solo sonido, capturaron a cada una de las grises blasfemias semejantes a sapos y sus semihumanos prisioneros. Por supuesto, las bestias lunares carecían de voz, pero ni siquiera los esclavos tuvieron la posibilidad de gritar antes de que unas zarpas correosas los amordazaran. Fueron terribles las contorsiones de aquellas inmensas aberraciones gelatinosas mientras los sardónicos ángeles descarnados de la noche las atenazaban, pero se debatían en vano contra la fuerza de aquellas negras garras prensiles. Cuando una de las bestias lunares se revolvía con demasiada violencia, un ángel descarnado atenazaba y tiraba de sus extremidades tentaculares, provocándole a la víctima tanto dolor que cesaba en sus forcejeos. Carter esperaba encontrarse con una matanza, pero descubrió que los necrófagos habían planeado algo más sutil. Tras impartir unas órdenes sencillas a las monturas que retenían a los prisioneros y confiar el resto a su instinto, transportaron en silencio a las indefensas criaturas hasta el Gran Abismo, donde habrían de repartirse equitativamente entre los bholes, los gugs, los ghasts y demás moradores de las tinieblas, cuyos hábitos alimenticios no están exentos de sufrimiento para las víctimas que eligen. Mientras tanto, a los tres necrófagos maniatados los habían liberado y consolado sus triunfales congéneres, y distintos equipos inspeccionaban la zona en busca de cualquier bestia lunar que pudiera quedar en los alrededores, abordando asimismo el negro y pestilente trirreme fondeado junto al muelle para cerciorarse de haber logrado una victoria total. En efecto, los habían capturado a todos, puesto que en ninguna parte detectaron más indicios de vida. Carter, ansioso por procurarse un medio de transporte que le permitiera acceder al resto de la Tierra de los Sueños, los instó a no hundir la galera. Dicha petición se le concedió de buen grado en agradecimiento por haber avisado del aprieto en el que se había encontrado a los tres prisioneros. Una vez a bordo descubrieron objetos y ornamentos muy curiosos, algunos de los cuales Carter se apresuró a verter al mar de inmediato.

Los necrófagos y los ángeles descarnados de la noche formaron a continuación en grupos distintos, y los primeros interrogaron a sus congéneres liberados por lo que había ocurrido. Al parecer, los tres habían seguido las indicaciones de Carter y salido del bosque encantado en dirección a Dylath-Leen, a través de Nir y el Skai, sustrayendo vestimentas humanas de una granja solitaria e imitando lo mejor posible el caminar de los hombres. Sus grotescas costumbres y caras habían suscitado numerosos comentarios en Dylath-Leen, pero insistieron en preguntar por el camino a Sarkomand hasta que, por fin, un anciano viajero les ofreció algo de información. Así descubrieron que solo los barcos que zarpaban con rumbo a Lelag-Leng servirían para sus fines, y se dispusieron a aguardar con paciencia a que llegase la embarcación pertinente.

Pero unos diabólicos espías debían de haber informado sobre sus pesquisas, pues no tardó en atracar en el puerto un negro trirreme, y los boquianchos comerciantes de rubíes invitaron a los necrófagos a beber con ellos en una taberna. Se sirvió vino de una de aquellas siniestras botellas, talladas a partir de un solo rubí, y poco después los necrófagos fueron aprisionados a bordo de la ominosa galera, con lo que se repitió la experiencia vivida por Carter. Pero en esta ocasión, los invisibles remeros no pusieron rumbo a la Luna, sino a la vetusta Sarkomand, sin duda para conducir a sus cautivos ante el sumo sacerdote que no debe nombrarse. Hicieron un alto en la roca aserrada del mar septentrional, evitada por los marineros de Inganok, y allí vieron los necrófagos por primera vez a los verdaderos amos del barco. A pesar de su condición bestial, semejantes extremos de maligna informidad y sobrecogedora pestilencia hicieron tambalearse su presencia de ánimo. También allí fueron testigo de los innombrables pasatiempos a los que se entregaba la guarnición residente de criaturas semejantes a sapos, pasatiempos cuyo fruto eran los aullidos nocturnos que tanto temen los hombres. Después de aquello, llegó otra escala, esta vez para acampar en las ruinas de Sarkomand, y comenzó su tortura, cuya prolongación se había truncado con el reciente rescate.

Se propusieron planes para el futuro inmediato, y los tres necrófagos rescatados sugirieron que se asaltase la roca aserrada y exterminase a la guarnición de criaturas semejantes a sapos. Los ángeles descarnados de la noche se opusieron a esta idea, ya que se resistían a volar sobre las aguas. Por su parte, los necrófagos, aunque se mostraron favorables, ignoraban cómo llevar a cabo algo así sin la ayuda de sus aliados aéreos. Al comprender que no iban a ser capaces de gobernar la galera anclada, Carter se ofreció a enseñarles el uso de los grandes bancos de remos, propuesta que aceptaron con entusiasmo. La mañana gris los había alcanzado, y bajo aquel plomizo cielo del norte un destacamento de necrófagos subió a bordo de la repugnante embarcación y ocuparon los asientos indicados. Carter descubrió que aprendían deprisa, y antes de que anocheciera se había atrevido a entrenarse con varias maniobras alrededor del puerto. Aún no habían transcurrido tres jornadas cuando juzgó factible plantearse una incursión. De este modo, adiestrados los remeros y acomodados a salvo los ángeles descarnados de la noche en el castillo de proa, la expedición zarpó al fin, con Pickman y los demás líderes deliberando en cubierta sobre la forma de proceder más segura.

La primera noche oyeron los alaridos procedentes de la roca. Su timbre era tan espeluznante que toda la tripulación de la galera se estremeció de manera visible, aunque los que más temblaban eran los tres necrófagos liberados, pues sabían con exactitud lo que significaban esos aullidos. Una vez desechado el ataque nocturno, la galera permaneció a la espera de un nuevo amanecer ceniciento bajo las nubes fosforescentes. Ya con más claridad y aquietados los aullidos, los remeros reanudaron su función y el trirreme siguió acercándose a aquella roca aserrada que elevaba hacia el firmamento grisáceo sus fantásticos pináculos de granito. Aunque las paredes del islote eran muy escarpadas, por aquí y por allá podían verse los protuberantes contornos de extrañas moradas carentes de ventanas, así como barandillas que discurrían en paralelo a carreteras bien transitadas. Ningún barco humano había recalado jamás tan cerca de allí, o al menos no había vuelto para contarlo; mas Carter y los necrófagos, inmunes al miedo, mantuvieron inflexibles su ruta, rodearon la cara oriental de la roca y buscaron los muelles que había en la costa meridional, según el trío rescatado, abrazado por una ensenada de cabos inhóspitos.

Las puntas, que eran prolongaciones de la isla propiamente dicha, convergían hasta obligar a las embarcaciones a pasar de una en una entre ellas. No parecía que hubiese vigías en el exterior, por lo que la galera efectuó maniobras arriesgadas por los canales de la ensenada hasta llegar a las fétidas y estancadas aguas del puerto. Pero allí todo era bullicio y actividad, con varios navíos anclados frente a un portentoso muelle de piedra y decenas de esclavos semihumanos y bestias lunares que acarreaban fardos y cajas o conducían fabulosos horrores sin nombre uncidos a bamboleantes carretas. Había una pequeña ciudad excavada en el acantilado vertical que se enseñoreaba sobre los embarcaderos, con el inicio de una sinuosa carretera que ascendía en espiral hasta perderse de vista entre las cornisas más altas. Nadie habría sabido decir qué los esperaba dentro de aquella prodigiosa cumbre de granito, pero las cosas que se dejaban ver en el exterior eran poco alentadoras.

La multitud de los muelles se animó de manera visible al aparecer la galera. Quienes tenían ojos la escudriñaban con atención, y quienes carecían de ellos agitaban expectantes sus tentáculos sonrosados. Ignoraban, por supuesto, que el trirreme había cambiado de manos, pues los necrófagos guardan un gran parecido con los semihumanos astados, y los ángeles descarnados de la noche aguardaban ocultos en la bodega. Los líderes habían trazado ya un plan, que consistía en soltar a los ángeles descarnados nada más tocar el puerto y alejarse de inmediato, confiándolo todo a los instintos de aquellas criaturas sin apenas mente. Varados en la roca, los voladores sin rostro apresarían en primer lugar a todas las criaturas vivientes que encontrasen allí, y luego, incapaces de pensar en todo lo que no fuese volver a su hogar, olvidarían su miedo al agua y regresarían a toda prisa al abismo, transportando a sus repugnantes presas al destino que considerasen pertinente en la oscuridad, de la que la mayoría no resurgiría con vida.

El necrófago que ahora era Pickman bajó al encuentro de los ángeles descarnados de la noche para impartirles sus sencillas instrucciones, mientras la galera continuaba acercándose a los ominosos y malolientes embarcaderos. De pronto se avivó la actividad en el puerto, y Carter vio que las maniobras de la galera habían empezado a levantar sospechas. Era evidente que el timonel no enfilaba al muelle correcto, y los observadores tal vez hubieran reparado ya en la diferencia entre aquellos horrendos necrófagos y los esclavos semihumanos cuyo lugar usurpaban. Debió de darse una silenciosa voz de alarma, pues casi al instante, de los pequeños pórticos negros de las casas sin ventanas comenzó a brotar una horda de mefíticas bestias lunares que se derramó por la sinuosa carretera de la derecha. Una lluvia de jabalinas insólitas asaeteó la galera mientras su proa tocaba el embarcadero, derribando a dos necrófagos e infligiéndole heridas leves a otro, pero llegado este punto se abrieron de golpe todas las escotillas para expulsar un negro enjambre de ángeles descarnados de la noche que se arremolinaron sobre la ciudad como una bandada de ciclópeos y astados murciélagos.

Las gelatinosas bestias lunares, pertrechadas con enormes pértigas, se esforzaron por repeler la nave invasora, pero cejaron en su empeño al comenzar los ángeles descarnados a caer sobre ellas. Aquellos correosos aguijoneadores sin rostro entregados a su actividad predilecta ofrecían un espectáculo horrendo, tan tremendo e impresionante como la densa nube de ellos que se propagaba por toda la roca y sobrevolaba la carretera serpenteante en dirección a los más altos confines de aquel promontorio. Algún grupo de siniestros voladores dejaba caer de tanto en tanto y por error a alguno de sus prisioneros, semejantes a sapos; el modo en que se aplastaba la víctima resultaba ofensivo tanto para la vista como para el olfato. Cuando el último ángel descarnado hubo abandonado el trirreme, los líderes necrófagos dieron la orden de retirada y los remeros se apartaron sigilosamente del puerto, sorteando los cabos cenicientos, mientras la ciudad sucumbía al caos de una batalla que solo podía saldarse con su conquista.

El necrófago llamado Pickman, que había decidido concederles unas cuantas horas a los ángeles descarnados de la noche para que estos pusieran en orden sus rudimentarios pensamientos y superasen su miedo a volar sobre el mar, ordenó echar el ancla más o menos a una milla de la roca aserrada mientras esperaban y atendían a sus heridos. Cayó la noche, la ceniciente claridad crepuscular dio paso a la enfermiza fosforescencia de las nubes bajas, y en todo momento los líderes observaron las altas cumbres de aquel risco maldito, atentos al menor indicio del regreso de los ángeles descarnados de la noche. Amanecía de nuevo cuando divisaron una negra mota que flotaba tímidamente sobre el pináculo más alto de todos; poco después, la mueca se transformó en un enjambre. Este pareció dispersarse antes de que terminara de hacerse de día, y en apenas un cuarto de hora se desvaneció por completo a lo lejos, hacia el nordeste. En un par de ocasiones pareció caer al mar algo que se desprendía de aquella mancha cada vez más borrosa, pero Carter no se preocupó, pues le constaba que las bestias lunares, semejantes a sapos, no sabían nadar. Cuando los necrófagos estuvieron seguros de que todos los ángeles descarnados volaban ya con su condenada carga hacia Sarkomand y el Gran Abismo, el trirreme volvió a acercarse al puerto, sorteando los cabos cenicientos, y la abigarrada compañía desembarcó y exploró con curiosidad la ínsula agreste, erizada de torres, atalayas y fortalezas cinceladas en la sólida roca.

En aquellas malévolas criptas sin ventanas descubrieron secretos temibles, pues abundaban los restos de festejos inconclusos, y en diversas fases de alejamiento de su estado original. Carter ahuyentó a su paso a algunas criaturas de las que podría decirse que estaban vivas, en cierto modo, y huyó precipitadamente de otras sobre las que no habría podido jurar si lo estaban o no. El mobiliario de aquellas residencias hediondas consistía en poco más que unos taburetes y bancos grotescos, tallados en la madera de los árboles selenitas, y decoraban sus paredes unas pinturas de febril e innombrable diseño. Innumerables armas, utensilios y ornamentos yacían desperdigados por todas partes, incluidos varios ídolos de rubí macizo y gran tamaño que describían a unos seres singulares que carecían de equivalente en la Tierra. Estos últimos, pese al material del que estaban hechos, no invitaban a apropiarse de ellos ni a inspeccionarlos con detenimiento siquiera. Antes bien, Carter se tomó la molestia de reducir a añicos cinco de ellos. Sí que recogió, en cambio, todas las lanzas y jabalinas que pudo encontrar y luego, con el beneplácito de Pickman, las distribuyó entre los necrófagos. Tales herramientas suponían una novedad para aquellas criaturas semejantes a canes, pero su relativa simplicidad posibilitó que dominaran su uso tras unas pocas recomendaciones concisas.

Las cotas más altas de la roca contenían más templos que hogares, y en numerosas cámaras excavadas se encontraron horrendos altares, fuentes salpicadas de manchas extrañas y santuarios para el culto de seres más monstruosos que las apacibles deidades que gobernaban sobre Kadath. Desde el fondo de la nave de uno de los templos se extendía un pasadizo bajo y umbrío que Carter, equipado con una antorcha, siguió hasta las entrañas de la roca, donde se abrió ante él una sala abovedada de proporciones inmensas. Unos relieves demoníacos cubrían sus paredes curvas, y en el centro bostezaba un pozo maloliente y sin fondo similar al del execrable monasterio de Leng, donde mora en solitario el sumo sacerdote que no debe nombrarse. En la cara más alejada y sombría, al otro lado de aquel pozo impío, le pareció discernir una puertecita de bronce extrañamente forjado. Sin embargo, por algún motivo, abrirla o incluso acercarse a ella le producía un temor insoportable, por lo que se apresuró a desandar sus pasos por la caverna para reunirse con sus poco agraciados aliados, los cuales se conducían con una despreocupación que él distaba de compartir. Los necrófagos, una vez localizados los pasatiempos inconclusos de las bestias lunares, les habían sacado el provecho que su naturaleza dictaba. También habían descubierto un tonel de potente vino lunar, el cual empujaban en dirección a los muelles para su requisición y posterior empleo en encuentros diplomáticos, aunque el trío liberado, al tanto del efecto que había surtido sobre ellos en Dylath-Leen, advirtió a sus congéneres para que no lo probaran. Había grandes reservas de los rubíes procedentes de las minas lunares, tanto en bruto como pulidos, en una de las criptas cercanas al agua, pero perdieron todo su atractivo para los necrófagos en cuanto estos vieron que no podían comérselos. Carter no intentó llevarse ninguno, pues lo que sabía sobre quienes los habían extraído pesaba en exceso sobre su conciencia.

Los centinelas apostados en los embarcaderos emitieron de pronto un gañido apremiante, y el abominable conjunto de saqueadores abandonó toda actividad para arracimarse en el puerto y fijar la mirada en las aguas. Entre los cabos cenicientos avanzaba a gran velocidad una nueva y negra galera, cuyos tripulantes semihumanos apenas tardarían unos instantes en percatarse de la invasión de la ciudad y alertar a las monstruosas criaturas del inframundo. Por suerte, los necrófagos empuñaban aún las lanzas y las jabalinas que Carter había repartido entre ellos, y a una orden suya, respaldada por Pickman, formaron un frente de batalla y se dispusieron a frenar el desembarco que ya era inminente. El estallido de agitación que no tardó en apoderarse de la cubierta del navío denotaba que su tripulación ya se había percatado del cambio producido en la ciudad, y la detención instantánea del trirreme sugería que también había detectado y valorado la superioridad numérica de los necrófagos. Tras unos instantes de vacilación, los visitantes dieron media vuelta en silencio y surcaron de nuevo el estrecho paso entre los cabos de la ensenada, pero ni por un instante se engañaron los necrófagos con la idea de que se había evitado el conflicto. Si el siniestro trirreme no buscaba refuerzos, su tripulación intentaría desembarcar en otra parte de la isla. Por consiguiente, se organizó de inmediato una expedición con la orden de subir al pináculo más alto para ver el rumbo que elegían sus adversarios.

En apenas unos minutos regresó uno de los necrófagos, sin aliento, para informar de que las bestias lunares y los semihumanos habían desembarcado frente al más oriental de aquellos agrestes cabos cenicientos y ahora ascendían por sendas y cornisas ocultas en las que una cabra a duras penas podría pisar sin peligro. Casi de inmediato avistaron de nuevo la nave, que surcaba los canales de la ensenada, aunque solo por un momento. Poco después, un segundo mensajero descendió jadeante para informar de que otro grupo estaba desembarcando en una segunda punta. Ambos daban la impresión de ser mucho más numerosos de lo que correspondía al tamaño de la galera. Esta, por su parte, avanzaba con parsimonia, impulsada por una sola fila de remos. No obstante, pronto se dejó ver entre los acantilados y entró en el fétido puerto como si quisiera presenciar la contienda que se avecinaba, preparada para intervenir en caso de necesidad.

Carter y Pickman ya habían dividido a los necrófagos en tres equipos, uno por cada una de las columnas invasoras y otro con órdenes de quedarse en la ciudad. Los dos primeros partieron en sus respectivas direcciones, escalando las rocas, mientras el tercero se subdividía en un grupo para tierra firme y otro para las aguas. Este último, comandado por Carter, subió a bordo de la galera que habían dejado amarrada y se acercó a la de los recién llegados que ahora, en inferioridad numérica, se replegaban por la ensenada hacia mar abierto. Carter no se lanzó en su persecución, pues sabía que podrían necesitarlo con más urgencia en la ciudad.

Entretanto, los temibles destacamentos de bestias lunares y semihumanos habían llegado a lo alto de los cabos y sus aberrantes contornos se recortaban a ambos lados contra el gris telón de fondo del firmamento crepuscular. Las avernas flautas de los invasores emitían ahora su lamento atiplado, y el efecto generalizado que surtían en el espectador aquellas procesiones híbridas y medio amorfas era tan nauseabundo como la pestilencia que se desprendía de las blasfemias lunares, semejantes a sapos. A continuación, las dos partidas de necrófagos se sumaron al panorama de siluetas y comenzaron a volar las jabalinas desde ambos lados, con los crecientes gañidos de los necrófagos y los aullidos bestiales de los semihumanos sumándose de forma gradual al lamento de aquellas flautas infernales, hasta formar un caos indescriptible de demoníaca cacofonía. De manera ocasional se precipitaban al vacío, desde las angostas crestas de los cabos, cuerpos que caían en el mar por un lado o en el puerto por otro, estos últimos arrastrados rápidamente bajo el oleaje por misteriosos depredadores submarinos cuya presencia delataban tan solo unas prodigiosas burbujas.

Durante media hora se prolongó la batalla, hasta que se exterminó por completo a los invasores en el acantilado oeste. Sin embargo, en el oriental, donde parecía estar presente el líder del grupo de bestias lunares, a los necrófagos no les había ido tan bien y ya comenzaban a replegarse lentamente hacia las faldas del pináculo. Pickman se había apresurado a pedir refuerzos para ese frente a la partida de la ciudad, con lo que se aseguró un apoyo de valor incalculable en los primeros compases de la contienda. Una vez finalizada la reyerta en el frente occidental, los victoriosos supervivientes acudieron a la carrera a socorrer a sus hostigados congéneres, lo que alteró el curso de la situación y obligó a los invasores a retroceder por la estrecha cresta del cabo. Aunque todos los semihumanos habían sucumbido ya, los últimos horrores semejantes a sapos bregaban a la desesperada con grandes lanzas aferradas entre sus poderosas y repugnantes zarpas. El momento de usar las jabalinas ya había pasado, por lo que el combate se convirtió en un mano a mano entre los contados lanceros que podían confluir sobre aquella angosta elevación.

Con el incremento de furia e imprudencia aumentó asimismo el número de cuerpos que se precipitaban al vacío. Quienes caían en las aguas del puerto fueron víctima de una extinción innombrable por parte de los burbujeantes depredadores invisibles, pero de los que se zambullían en mar abierto, algunos consiguieron nadar hasta el pie de los acantilados y agarrarse a las rocas expuestas por la marea, en tanto la galera enemiga rescataba a varias bestias lunares. Los acantilados eran inexpugnables salvo por donde habían desembarcado los monstruos, por lo que ninguno de los necrófagos aferrados a las rocas pudo reunirse con su línea de batalla. Algunos sucumbieron a las jabalinas del hostil trirreme o las bestias lunares de arriba, pero unos pocos sobrevivieron para ser rescatados. Cuando la seguridad de las fuerzas de tierra parecía garantizada, la galera de Carter avanzó entre los cabos, empujó al otro navío hacia mar abierto y se detuvo para recoger a los necrófagos que se abrazaban a las rocas o nadaban todavía en el océano. Varias bestias lunares varadas en los peñascos o los arrecifes fueron eliminadas sin demora.

Con la embarcación de las bestias lunares a una distancia segura y el ejército de tierra invasor concentrado en un solo lugar, Carter ordenó desembarcar a una fuerza considerable en el espolón oriental, en la retaguardia del enemigo, tras lo que la contienda tocó a su fin inmediato. Asaltados por ambos lados, a los repugnantes aguijoneadores los cortaron en pedazos o arrojaron al mar, hasta que, al anochecer, los líderes necrófagos convinieron que la isla volvía a estar libre de ellos. Mientras tanto, el trirreme hostil había desaparecido, y se decidió que convenía evacuar la malévola roca aserrada antes de que pudiera reunirse y cargar contra los vencedores una horda abrumadora de horrores lunares.

Pickman y Carter reagruparon a todos los necrófagos y, una vez efectuado un minucioso recuento, vieron que las batallas de la jornada se habían cobrado una cuarta parte de sus efectivos. Se ubicó a los heridos en catres a bordo de la galera, pues Pickman siempre había sido firme detractor de la antigua tradición necrófaga de rematar y devorar a sus propios heridos, y se asignó a los soldados ilesos a los remos y otros puestos en los que pudieran resultar de mayor utilidad. Zarparon bajo las grávidas nubes fosforescentes de la noche, y Carter no lamentó alejarse de aquella isla repleta de secretos malsanos, cuya sala abovedada con un pozo sin fondo y una repelente puertecita de bronce extrañamente forjado perduraban desasosegantes en su memoria. El amanecer encontró a la nave frente a los desoladores muelles de basalto de la vetusta Sarkomand, donde aún montaban guardia unos pocos ángeles descarnados de la noche, agazapados como negras gárgolas astadas sobre los pilares rotos y las esfinges desmoronadas de aquella ciudad temible cuya existencia antecedía a los orígenes de la humanidad.

Una vez hubieron acampado entre los cascotes, los necrófagos despacharon un mensajero en busca de ángeles descarnados suficientes para servirles de montura. Pickman y los demás líderes agradecieron efusivamente la ayuda prestada por Carter, y este pensó que sus planes por fin comenzaban a dar fruto, y que podría dirigir los esfuerzos de estos temibles aliados no solo para escapar de esta región del país de los sueños, sino también para alcanzar el objetivo último de encontrarse con los dioses en lo alto de la ignota Kadath y de ese modo contemplar de nuevo la prodigiosa ciudad crepuscular que de manera tan inexplicable ocultaban a sus durmientes. De todas esas cosas habló con los líderes necrófagos, a quienes informó no solo de que conocía el páramo helado sobre el que se yergue Kadath, sino también de que estaba al corriente de la existencia de los monstruosos pájaros shantak y de una caverna montañosa vigilada por efigies bicéfalas. Les habló del miedo que sentían los shantaks por los ángeles descarnados de la noche, y de cómo las gigantescas aves con cabeza de caballo surgen entre alaridos de siniestros cubiles abiertos en lo alto de las enjutas cumbres grises que separan a Inganok de la aborrecible Leng. Les habló asimismo de las cosas que había descubierto sobre los ángeles descarnados merced a los frescos del monasterio sin ventanas del sumo sacerdote que no se debe describir, de cómo incluso los Grandes Seres los temen, y de cómo su regente no es en absoluto el caos reptante Nyarlathotep, sino el venerable e inmemorial Nodens, Señor del Gran Abismo.

Carter compartió todos estos conocimientos con la asamblea de necrófagos, después de lo cual perfiló la propuesta que tenía en mente; nada extravagante, en su opinión, habida cuenta de los servicios que en los últimos tiempos había prestado a sus correosos aliados semejantes a canes. Nada le complacería más, dijo, que recibir la ayuda de cuantos ángeles descarnados de la noche fueran necesarios para transportarlo sano y salvo por los aires hasta dejar atrás las cavernosas montañas del reino de los shantaks y ascender al yermo glacial que se extiende más allá de las huellas de regreso de cualquier ser humano. Deseaba volar hasta el castillo de ónice que corona Kadath, en el páramo helado, para implorarles a los Grandes Seres que le permitiesen contemplar la fabulosa ciudad que ahora le negaban, y albergaba el convencimiento de que los ángeles descarnados podrían conducirlo allí sin dificultad, sobre los peligros de la planicie y las horrendas dobles cabezas de aquellas biseladas montañas centinelas que bajo un gris crepuscular se agazapan por toda la eternidad. Las astadas criaturas sin rostro no tendrían nada que temer, pues incluso los Grandes Seres las respetaban. Ni aunque se produjera una intervención de los Dioses Exteriores, tan dados a inmiscuirse en los asuntos de las débiles deidades terrestres, tendrían nada que temer los ángeles descarnados, pues los infiernos exteriores dejan indiferentes a estos correosos voladores silentes cuyo señor no es Nyarlathotep, sino que solo se inclinan ante el portentoso y arcaico Nodens.

Según adujo Carter, una bandada de diez o quince ángeles descarnados de la noche bastaría sin duda para mantener a raya a cualquier posible combinación de shantaks, aunque quizá fuera aconsejable contar con unos cuantos necrófagos en la expedición para repeler a esas criaturas, pues los primeros conocen las costumbres de las segundas mejor que los hombres. La partida podría posarse en el punto más conveniente que tuvieran que ofrecer las murallas de aquella fabulosa ciudadela de ónice y, en la sombra, aguardar su regreso o su señal mientras él se adentraba en el castillo para rezar a las deidades de la Tierra. Si algún necrófago decidía escoltarlo hasta la sala del trono de los Grandes Seres, él se lo agradecería, pues su presencia añadiría peso y relevancia a sus súplicas. Sin embargo, no insistiría en ello, sino que tan solo esperaría a que lo transportaran al castillo que corona la ignota Kadath; pues su siguiente viaje sería o bien a la prodigiosa ciudad crepuscular si los dioses se mostraban favorables, o bien de regreso al Portal del Profundo Sueño, en el terrestre bosque encantado, si sus plegarias resultaban infructuosas.

Los necrófagos escucharon con gran atención mientras Carter hablaba, y conforme se desgranaban los momentos el cielo se oscureció con las hordas de aquellos ángeles descarnados de la noche que habían sido convocados. Los horrores alados formaron un semicírculo alrededor del ejército de necrófagos, esperando respetuosamente a que sus líderes, semejantes a canes, considerasen el deseo del viajero terrestre. El necrófago que era Pickman conferenció solemnemente con sus congéneres, y al final Carter recibió una oferta que superaba todas sus expectativas. Del mismo modo que él había ayudado a los necrófagos a derrotar a las bestias lunares, también ellos lo asistirían ahora en su intrépida incursión en esos reinos de los que nadie había vuelto, prestándole para tal fin no solo a sus aliados voladores, sino también a todo el ejército que allí estaba acampado, compuesto a partes iguales por veteranos necrófagos curtidos en la batalla y ángeles descarnados recién congregados, con la única salvedad de una pequeña guarnición que vigilaría el negro trirreme y los despojos requisados en la roca aserrada del mar. Emprenderían el viaje cuando él deseara, y una vez en Kadath, un séquito de necrófagos lo asistiría para que pudiera emplazar su ruego a las deidades de la Tierra en su castillo de ónice.

Llevado por una gratitud y una satisfacción imposibles de expresar con palabras, Carter orquestó su audaz expedición con los líderes necrófagos. Decidieron que el ejército volaría a gran altura, sobre el monasterio innombrable y las perversas aldeas de piedra de Leng, y que solo se detendría en las extensas montañas cenicientas para conferenciar con los ángeles descarnados de la noche que tanto asustaban a los shantaks, cuyas guaridas apanalaban las cumbres. A continuación, según el consejo que pudieran recibir de esas criaturas, elegirían su ruta final y se aproximarían a la ignota Kadath, bien por el desierto de montañas biseladas al norte de Inganok, bien por los confines septentrionales de la repugnante Leng misma. Por semejantes a canes y carentes de alma que fueran, ni a los necrófagos ni a los ángeles descarnados les asustaba lo que pudieran ocultar esos páramos inexplorados, como tampoco les infundía ningún temor disuasorio la idea de una Kadath erguida en solitario, con su misterioso castillo de ónice.

Rayaba el mediodía cuando los necrófagos y los ángeles descarnados de la noche se prepararon para volar, seleccionando cada necrófago una pareja de monturas aladas que lo transportara. Emplazaron a Carter hacia el frente de la columna, junto a Pickman, en tanto una doble fila de ángeles descarnados sin jinete servía de vanguardia para el conjunto. A una brusca orden de Pickman, el impresionante ejército se elevó formando una nube de pesadilla sobre los rotos pilares y las esfinges desmoronadas de la vetusta Sarkomand; ascendieron cada vez más, hasta sortear incluso el gran acantilado de basalto que respaldaba la ciudad, y ante ellos se abrieron las glaciales y yermas estribaciones del altiplano de Leng. Aún más arriba voló aquella hueste sombría, hasta que incluso aquella meseta quedó relegada a una mota a sus pies, y mientras avanzaban hacia el norte sobre la horrible planicie barrida por el viento, Carter se estremeció al contemplar de nuevo el círculo de toscos monolitos y el achaparrado edificio sin ventanas en cuyo interior acechaba esa temible blasfemia enmascarada de seda de cuyas garras tan a duras penas había logrado evadirse. No se efectuó ningún descenso esta vez mientras el ejército avanzaba como una bandada de murciélagos sobre el estéril paisaje, pasando de largo, a una altura inimaginable, las débiles fogatas de las malsanas aldeas de piedra, sin detenerse en absoluto para admirar las siniestras contorsiones de los astados semihumanos con cascos en vez de pies que en ellas festejan y danzan por toda la eternidad. Divisaron en una ocasión un pájaro shantak que volaba bajo sobre la llanura, más cuando él los vio a ellos profirió un pernicioso alarido y se alejó hacia el norte batiendo las alas, presa de un pánico grotesco.

El ocaso los encontró en las aserradas cumbres grises que forman la barrera de Inganok, sobre cuyas extrañas cuevas se quedaron en suspensión, cerca de las cotas más altas, que en el recuerdo de Carter eran tan espantosas como los shantaks. Ante la apremiante llamada de los líderes necrófagos surgió de cada altanero cubil un torrente de negros voladores astados con los que los necrófagos y los ángeles descarnados de la noche de la expedición parlamentaron largo y tendido, valiéndose para ello de gestos perturbadores. Pronto se llegó a la conclusión de que lo más prudente sería surcar el páramo helado al norte de Inganok, pues los confines septentrionales de Leng están infestados de simas ocultas que incluso los ángeles descarnados rehúyen: influencias abisales que se concentran en ciertos edificios hemisféricos de color blanco que coronan unos túmulos singulares, desagradablemente asociados por la tradición popular con los Dioses Exteriores y su caos reptante Nyarlathotep.

Acerca de Kadath los alados moradores de las montañas no sabían apenas nada, salvo que debía de haber algún prodigio maravilloso hacia el norte, vigilado por los shantaks y las montañas labradas. Se rumoreaba que había, apuntaron, proporciones anómalas en aquellas leguas lejanas e inexploradas, y rememoraron vagos susurros concernientes a un reino en el que gobierna eterna la noche. Información concreta, sin embargo, no poseían ninguna. Agradecidos, Carter y su partida se despidieron de ellos y, tras cruzar los más altos pináculos de granito para llegar a los cielos de Inganok, se dejaron caer bajo el nivel de las fosforescentes nubes nocturnas y contemplaron a lo lejos aquellas horrendas gárgolas fosforescentes que habían sido montañas hasta que alguna mano titánica insufló temor en su roca virgen.

Allí estaban agazapadas, formando un semicírculo averno, asentadas sus plantas en la arena del desierto mientras con sus ingletes perforaban la nubosidad luminosa; siniestros lobos bicéfalos de fiero semblante que sostenían en alto la mano derecha, displicentes y malévolos en su vigía sobre la frontera del reino de la humanidad, horrendos guardianes de un frío mundo boreal que no pertenece a los hombres. De sus viles regazos surgieron unos shantaks de dimensiones mastodónticas, aunque todos huyeron entre alaridos demenciales al avistar a la vanguardia de ángeles descarnados de la noche en el firmamento brumoso. Hacia el norte continuó volando el ejército, primero sobre las montañas gargóleas y más tarde sobre leguas de apagado desierto, exento de elevaciones. Cada vez menos luminosas eran las nubes, hasta que Carter solo pudo ver tinieblas a su alrededor; pero en ningún momento flaquearon las monturas aladas, que, criadas en las criptas más oscuras de la tierra, no se guiaban por la mirada, sino con toda la lúbrica superficie de sus formas correosas. Volaron sin descanso, dejando atrás vientos de olor tan sospechoso como el origen de los sonidos que llegaban hasta sus oídos, siempre en la más densa negrura, cubriendo distancias tan prodigiosas que Carter se preguntó si no habrían abandonado ya los límites del país de los sueños.

De súbito, las nubes se despejaron y las estrellas rutilaron espectrales sobre sus cabezas. Aunque todo a sus pies era oscuridad todavía, las mortecinas balizas celestes parecían haber cobrado vida, imbuidas de un sentido y una inexorabilidad que no exhibían en ninguna otra parte. Lejos de ser distintas, las familiares figuras de constelaciones revelaban ahora una significancia elusiva hasta ese momento. Todo apuntaba hacia el norte, hasta la última curva y bisel de la reluciente bóveda celeste formaban parte de un inmenso diseño cuya función consistía en atraer la mirada, primero, y después al observador hacia un secreto y temible objetivo de convergencia más allá de aquel inabarcable páramo helado que se extendía sin fin. Carter volvió la mirada hacia el este, donde la gran barrera de picos dentados señoreaba paralela a Inganok, y distinguió contra las estrellas una silueta aserrada que delataba su continuada presencia. Se mostraba más irregular ahora, con grietas bostezantes y cimas fabulosamente erráticas, y Carter estudió con atención las sugerentes concavidades y los desniveles de aquel perfil tan grotesco, el cual daba la impresión de compartir con las estrellas una sutil inclinación por el norte.

Viajaban a una velocidad extraordinaria, tanto que el observador debía esforzarse por capturar los detalles, cuando sin previo aviso divisó sobre la línea de las cumbres más altas un objeto oscuro que se movía contra las estrellas, exactamente idéntica su trayectoria a la del abigarrado ejército de Carter. También los necrófagos se habían percatado, pues los oyó farfullar en voz baja a su alrededor, y por un momento pensó que el objeto debía de ser un shantak gigantesco, muy superior en tamaño a los especímenes convencionales. Pero no tardó en comprobar que su teoría era insostenible, dado que la forma de la cosa que sobrevolaba las montañas no se correspondía con la de las aves hipocéfalas. El perfil que se recortaba contra las estrellas, inevitablemente borroso, semejaba más bien una enorme cabeza biselada o un par de cabezas magnificadas hasta el infinito, en tanto su veloz y bamboleante trayectoria por el firmamento sugería obedecer a un insólito vuelo sin alas. Aunque Carter no habría sabido decir a qué lado de las montañas se encontraba, no tardó en percibir la existencia de más partes bajo las primeras que había visto, puesto que eclipsaban todas las estrellas allí donde las hendiduras de la cordillera eran más pronunciadas.

Se abrió entonces un hueco inmenso en el perfil aserrado, allí donde los aborrecibles confines de la tramontana Leng se fundían con el páramo helado mediante un paso bajo sobre el que las estrellas arrojaban su claridad mortecina. Carter observó esa abertura con intensa atención, sabedor de que perfiladas contra el cielo podría ver perfiladas ahora las partes inferiores del inmenso objeto que sobrevolaba ondulante los pináculos. El objeto volaba ahora ligeramente adelantado, y todas las miradas de la compañía estaban puestas en la grieta cuyos bordes pronto habrían de enmarcar íntegramente su silueta. La enorme cosa se acercaba de forma paulatina sobre los picos, aminorada en parte su velocidad, como si fuera consciente de estar dejando atrás al ejército de necrófagos. Hubo de transcurrir otro minuto de suspense antes de que se produjera el fugaz instante en que aquella silueta se reveló por entero, arrancando a las gargantas de los necrófagos un entrecortado gañido de horror cósmico y al alma del viajero un escalofrío que todavía no lo ha abandonado del todo. Pues el colosal contorno bamboleante que despuntaba sobre la cordillera era tan solo una cabeza, doble y biselada, bajo la cual se encorvaba la sobrecogedora mole abotargada que la sostenía, horrenda en su inmensidad. Una monstruosidad tan alta como una montaña que caminaba sigilosa y silente. La cánida distorsión de una gigantesca forma antropoide que trotaba negra contra el firmamento, extendiéndose casi hasta el cénit su repulsivo par de testas ahusadas.

Carter no perdió el conocimiento, ni tampoco gritó siquiera, pues era un soñador avezado, pero miró atrás, horrorizado, y se estremeció al ver más cabezas monstruosas silueteadas sobre el nivel de los picos, meciéndose sigilosas tras la primera. Y directamente en la retaguardia se divisaban íntegras tres gigantescas formas montañosas recortadas contra las estrellas meridionales, caminando con el sigilo de portentosos lobos al acecho, bamboleándose sus altas cabezas biseladas a miles de pies en el aire. Las montañas labradas, al parecer, no se habían quedado agazapadas y con la mano derecha en alto en aquel rígido semicírculo al norte de Inganok. Tenían un deber que cumplir, y no lo evitaban. Pero era horrible que no pronunciaran palabra, y ni siquiera hacían el menor ruido al andar.

Mientras tanto, a una orden impartida a los ángeles descarnados de la noche por el necrófago que era Pickman, el ejército entero se elevó más aún por los aires. Hacia las estrellas salió disparada la grotesca columna, hasta que ya no pudieron ver nada recortado contra el firmamento: ni la inmóvil y cenicienta cordillera de granito ni las biseladas y labradas montañas ambulantes. Todo era oscuridad a los pies de aquellas aleteantes legiones que volaban hacia el norte en medio de vientos ensordecedores y risas invisibles en el éter, sin que ningún shantak o alguna entidad aún más innombrable surgiera de los páramos encantados para perseguirlas. Cuanto más se alejaban, más deprisa viajaban, hasta que su vertiginosa rapidez pronto pareció superar a la de las balas de un rifle y aproximarse a la de un planeta en su órbita. Carter se preguntó cómo era posible que la tierra se extendiese ante ellos a semejante velocidad, pero sabía que las dimensiones poseen extrañas propiedades en el país de los sueños. No le cabía la menor duda de que se encontraban en un reino gobernado por la noche eterna, y pensó que las constelaciones sobre sus cabezas habían enfatizado sutilmente su orientación septentrional, arracimándose como si se dispusieran a arrojar

144

al ejército volador al vacío del polo boreal, del mismo modo que se juntan los extremos de una bolsa antes de expulsar los últimos restos de substancia contenidos en su interior.

Se dio cuenta entonces, aterrado, de que las alas de los ángeles descarnados de la noche habían dejado de batir. Las astadas monturas sin rostro habían plegado sus membranosos apéndices y planeaban con pasividad en medio del caótico vendaval que silbaba y reía mientras los transportaba. Una fuerza extraterrena se había apoderado del ejército, y ahora necrófagos y ángeles descarnados por igual se veían impotentes frente a una corriente que, enloquecedora e implacable, tiraba de ellos hacia el norte, de donde ningún mortal había regresado jamás. Transcurrió mucho tiempo antes de que una solitaria luz mortecina despuntara sobre la línea del cielo, ante ellos, y siguiera elevándose con firmeza mientras se acercaban, coronando una masa negra que eclipsaba las estrellas. Carter se imaginó que debía de tratarse de un faro construido sobre una montaña, pues solo una montaña podría erguirse con esa inmensidad que permitía verla desde tanta altura.

Cada vez más arriba ascendían tanto la luz como la oscuridad bajo ella, hasta que la mitad del firmamento septentrional quedó eclipsada por aquella masa cónica y escarpada. A pesar de lo alto que volaba el ejército, aquel faro mortecino y siniestro se elevaba por encima de él, enseñoreándose ominoso sobre todas las cimas y tribulaciones de la tierra, acariciando el éter sin átomos por el que ruedan la luna críptica y los locos planetas. No era ninguna montaña conocida por el hombre la que en aquel momento se cernía ante ellos. Las altas nubes, lejos a sus pies, no eran sino una correa para sus estribaciones. El vertiginoso desfallecimiento de las últimas capas de aire, una faja para su vientre. Soberbio y espectral trepaba ese puente entre el cielo y la tierra, negro en la noche eterna, coronado con un *pschent* de estrellas desconocidas cuyo espantoso y funesto contorno se volvía nítido por momentos. Los necrófagos gañeron asombrados al verlo, y Carter se estremeció de miedo ante la posibilidad de que todo el ejército fuera a hacerse pedazos contra el ónice inexpugnable de aquel acantilado ciclópeo.

La luz, que seguía ascendiendo, se mezcló con los orbes más altos del cénit y bañó a los viajeros con obsceno desdén. Por debajo de ella, el norte era ya oscuridad; temible y pétrea oscuridad desde el infinito de las profundidades al infinito de las alturas, con tan solo esa baliza parpadeante y mortecina inalcanzablemente posada en la cúspide de todo cuanto era visible. Carter estudió la luz con más atención y distinguió al fin las líneas que trazaba contra las estrellas su impenetrable contorno. Había torres en aquella cumbre titánica, horribles torres abovedadas ordenadas en nocivas e innumerables filas y ringleras que escapaban a la pericia concebible de cualquier mano humana; almenas y ajarafes que exudaban confusión y amenaza, recortado negro y diminuto el conjunto contra el *pschent* estrellado que con malevolencia rutilaba en los límites superiores de la percepción. Coronaba ésa, la más inmarcesible de las montañas, un castillo que escapaba a toda comprensión humana en el que relucía aquella luz demoníaca. Supo Carter entonces que la búsqueda había tocado a su fin, pues lo que veía sobre él era la meta última de todo paso prohibido y audaz pensamiento: el fabuloso e increíble hogar de los Grandes Seres, en lo alto de la ignota Kadath.

Al tiempo que comprendía este hecho, notó cómo se operaba un cambio en la trayectoria de la compañía, a merced sin remedio del viento. Se elevaban abruptamente ahora, y resultaba evidente que el objetivo de su vuelo era el castillo de ónice en el que relucía aquella luz mortecina. La inmensa montaña negra estaba tan cerca que sus paredes se sucedían vertiginosas ante ellos mientras ascendían como exhalaciones, sin que las tinieblas les permitieran discernir ninguno de sus detalles. Las lóbregas torres del castillo se cernían cada vez más extraordinarias sobre sus cabezas. Carter comprobó que aquella inmensidad rayaba en lo blasfemo. Innombrables canteros podrían haber extraído sus piedras de la aberrante sima que desgajaba la roca en el paso montañoso al norte de Inganok, pues su tamaño era tal que en su umbral una persona parecería una hormiga ante los escalones del más incomparable bastión de la Tierra. Sobre la miríada de torres abovedadas resplandecía con un débil brillo enfermizo el *pschent* de desconocidas estrellas, urdiendo un remedo de ocaso que envolvía las turbias murallas de ónice resbaladizo. El faro mortecino se revelaba ahora como una solitaria ventana encendida en la parte superior de una de las torres más altas, y al acercarse impotente el ejército a la cima de la montaña, a Carter le pareció detectar unas sombras desagradables que se perseguían por la extensión tenuemente iluminada. Un arco insólito trazaba aquella ventana, cuyo diseño se diría por completo extraño a cuanto había en la Tierra.

La roca maciza dio paso ahora a los gigantescos cimientos del monstruoso castillo, y la velocidad de la compañía pareció mitigarse. Unas murallas inmensas se elevaban hacia el firmamento, y se atisbaba una gran puerta a través de la cual los viajeros fueron barridos. Reinaba la noche en aquel patio titánico, y después llegó la oscuridad aún más intensa de los interiores cuando un enorme portal arqueado engulló a la columna. Vórtices de viento helado sembraban de humedad los ciegos laberintos de ónice, y Carter no habría sabido decir qué ciclópeas escaleras y pasadizos jalonaban silentes la ruta de su interminable y volátil periplo. Aquel terrible salto en la oscuridad conducía siempre hacia arriba, sin que ningún sonido, contacto o atisbo pudiera romper el denso halo de misterio. Por numeroso que fuese aquel ejército de necrófagos y ángeles descarnados de la noche, se perdía en los portentosos vacíos de aquel castillo extraterreno. Cuando arreció a su alrededor la espeluznante claridad de una habitación solitaria cuya altanera ventana había hecho de faro, Carter, que había tardado en discernir las paredes del fondo y el techo lejano, por fin se dio cuenta de que ya no surcaba el ilimitado exterior.

Randolph Carter esperaba entrar sereno y digno en la sala del trono de los Grandes Seres, flanqueado y seguido por las impresionantes filas de necrófagos en orden ceremonial, y elevar su plegaria en calidad de maestro libre y adepto entre los soñadores. Sabía que parlamentar con los Grandes Seres no es algo que escape a las facultades de un mero mortal, y confiaba en que la suerte quisiera que ni los Dioses Exteriores ni su caos reptante Nyarlathotep decidieran interponerse en el último momento, como tan a menudo había ocurrido antes cuando los humanos buscaban a las deidades de la Tierra en su hogar o en las montañas. Con su horripilante escolta confiaba en desafiar incluso a los Dioses Exteriores si era preciso, sabedor de que los necrófagos no son siervos de nadie y los ángeles descarnados de la noche no tienen por amo a Nyarlathotep, sino tan solo a Nodens el venerable. Ahora veía, sin embargo, que la divina Kadath en su páramo helado era en verdad un crisol de siniestros prodigios y centinelas sin nombre, y que los Dioses Exteriores exhibían una celosa vigilancia sobre las apacibles y débiles deidades de la Tierra. Aun despojadas de autoridad sobre los necrófagos y los ángeles descarnados de la noche, las informes blasfemias sin mente del espacio exterior aún pueden controlarlos si la ocasión lo requiere, por lo que no fue en calidad de maestro libre y adepto entre los soñadores que entró con su séquito Randolph Carter en la sala del trono de los Grandes Seres. Barrido e inmovilizado por tempestades estelares de pesadilla, hostigado por los horrores invisibles del páramo helado, el ejército en su totalidad flotaba indefenso y cautivo bajo aquella luz espeluznante, y se desplomó inmóvil sobre el suelo de ónice cuando una orden inarticulada disolvió las sobrecogedoras corrientes de aire que los sostenían.

No había llegado Randolph Carter ante ningún estrado dorado, ni lo esperaba círculo alguno de celestiales seres con corona y ojos rasgados, lóbulos estilizados, nariz recta y aguda barbilla cuya semejanza con la efigie esculpida en Ngranek pudiera señalarlos como aquellos a los que el soñador debía elevar sus plegarias. Si se exceptuaba la única habitación de aquella torre sobre el castillo de ónice, la oscuridad reinaba en Kadath y sus señores no estaban allí. Carter había llegado a Kadath, en el páramo helado, pero no había encontrado a los dioses. No obstante, resplandecía macilenta la luz en aquella sala solitaria cuyo tamaño rivalizaba con el de todo el exterior, cuyas distantes paredes y techo se perdían de vista entre vaporosos remolinos de niebla. Cierto era que los dioses de la Tierra no estaban allí, pero no estaba exenta de presencias más sutiles y menos visibles. Donde las apacibles deidades se muestran ausentes, los Dioses Exteriores no carecen de representación, y era indudable que aquel castillo de ónice, epítome de todos los castillos, distaba de estar deshabitado. Y Carter no acertaba a imaginar qué forma o formas adoptaría el terror cuando eligiera manifestarse. Presentía que algo aguardaba su visita, y se preguntó cuán estrechamente lo habría vigilado el caos reptante Nyarlathotep. Pues es Nyarlathotep, horror de formas infinitas y alma temible, mensajero de los Dioses Exteriores, al que sirven las fungosas bestias lunares, y Carter se acordó del negro trirreme que se había desvanecido cuando el curso de la batalla se volvió en contra de las anormalidades semejantes a sapos en la roca aserrada del mar.

En estas reflexiones andaba ocupado cuando, mientras se erguía con paso vacilante en el seno de su dantesca compañía, por toda la cámara tenuemente iluminada y sin límite resonó de pronto el toque de una demoníaca trompeta. Tres veces atronó aquella espantosa llamada de bronce, y cuando los ecos de la tercera ráfaga se hubieron apagado, burlones, Randolph Carter supo que no estaba solo. Cuándo, cómo y por qué había perdido de vista tanto a los necrófagos como a los ángeles descarnados de la noche era algo que no alcanzaría a saber. Lo único que le constaba era que de repente se hallaba a solas, y que los poderes invisibles que acechaban desdeñosos a su alrededor no pertenecían al amistoso país de los sueños terrestre. A continuación, de los confines más distantes de la cámara escapó un nuevo sonido. También lo emitían rítmicas trompetas, aunque su naturaleza contrastaba con la de los tres toques ensordecedores que habían dispersado a sus macabras cohortes, pues en esa grave fanfarria había ecos de toda la maravilla y la melodía del sueño etéreo, exóticas vistas de una dulzura inimaginable que emanaban de cada acorde y cadencia. Los fragantes inciensos se combinaban con aquellas notas doradas, y en lo alto se materializó un majestuoso resplandor cuyos colores cambiaban en ciclos desconocidos por el espectro de la Tierra, siguiendo el canto de la trompeta en insólitas armonías sinfónicas. A lo lejos llamearon antorchas, y el son de unos tambores palpitó, acercándose cada vez más, entre oleadas tensas de expectación.

De los jirones brumosos y la nube de extraños inciensos surgieron columnas gemelas de gigantescos esclavos negros que se cubrían con taparrabos de seda iridiscente. De las antorchas sujetas con correas en sus cabezas, como yelmos de metal reluciente, emanaban enigmáticos bálsamos perfumados que se propagaban en espirales fumosas. Sostenían con las manos derechas cetros de cristal cuyas cabezas talladas semejaban lúbricas quimeras, en tanto que con las izquierdas transportaban estilizadas trompetas de plata que soplaban por turnos. Unas bandas de oro les ceñían los brazos y los tobillos, unidos estos entre sí por una cadenita dorada que explicaba la sobriedad de sus pasos. A todas luces era evidente que se trataba de auténticos hombres negros del país de los sueños de la Tierra, aunque parecía menos probable que también lo fuesen sus ritos y costumbres. Las columnas se detuvieron a tres metros de Carter, momento en el que todas las trompetas volaron a los gruesos labios de su portador. El subsiguiente bramido fue extático y feral, y más aún el grito inmediatamente posterior que brotó a coro de las oscuras gargantas, atiplado por artificios extraños.

A continuación, por la espaciosa calzada que flanqueaban ambas columnas apareció caminando a largos pasos una figura solitaria, alta y esbelta cuyos núbiles rasgos evocaban a los faraones de tiempos remotos, ataviado con festivas telas prismáticas y coronado con un *pschent* dorado que resplandecía con una luz inherente. Hasta Carter se acercó la regia figura, de porte orgulloso y atezadas facciones que le conferían la fascinación de un dios oscuro o un arcángel caído, con una lánguida chispa de humor caprichoso larvada en los ojos. Cuando habló, en su meliflua entonación ondulaba la arrulladora balada de las aguas leteas.

—Randolph Carter —dijo esa voz—, has venido para ver a los Grandes Seres que los hombres, por ley, no pueden ver. Los vigías han alertado de ello, como han refunfuñado los Dioses Exteriores mientras hacían cabriolas y se revolcaban enajenados al son de flautas agudas en el negro vacío definitivo donde mora el sultán demoníaco cuyo nombre no osan pronunciar en voz alta los labios.

»Cuando Barzai el Sabio ascendió a la cumbre de Hatheg-Kla para ver a los Grandes Seres aullar y danzar sobre las nubes a la luz de la luna, jamás regresó. Pues allí lo esperaban los Dioses Exteriores, que actuaron como cabía esperar de ellos. También Zenig de Aphorat buscó alcanzar la ignota Kadath, en el páramo helado, y su osamenta engasta ahora un anillo en el meñique de aquel a quien no he de nombrar.

»Pero tú, Randolph Carter, te has impuesto a todos los obstáculos del país de los sueños de la Tierra, y la llama de la tenacidad te consume. Has venido, no como alguien movido por la curiosidad, sino como quien busca lo que a él le es debido, sin que en ningún momento flaqueara tu adoración por las apacibles deidades de la Tierra. Las mismas deidades que, sin embargo, te mantuvieron alejado de la prodigiosa ciudad crepuscular de tus sueños, sin más pretexto que sus mezquinas ambiciones. Pues en verdad codiciaban ellas el insólito primor de lo que tu imaginación había creado, y juraron que ningún otro lugar habría de ser su morada.

»Han abandonado su castillo en la ignota Kadath para instalarse en tu maravillosa ciudad. En sus palacios de mármol veteado festejan durante el día, y con la puesta de sol salen a los jardines fragantes y contemplan la gloria dorada de sus templos y columnatas, de sus puentes arqueados y fuentes de cuencas argénteas, de sus amplias avenidas jalonadas de tibores rebosantes de flores y sus estatuas de marfil ordenadas en resplandecientes hileras. Por la noche ascienden a altas terrazas perladas de rocío y se sientan en bancos de pórfido labrado para estudiar las estrellas, o se asoman a níveas balaustradas para admirar las empinadas faldas del norte de la ciudad, donde una por una se encienden las ventanas en arcaicos hastiales, cálidamente iluminadas por el plácido resplandor ambarino de velas prosaicas.

»Adoran tu prodigiosa ciudad, esas deidades, que ya no se conducen como hacen los dioses. Han enterrado en su memoria las regiones elevadas de la tierra, así como las montañas que conocieran en su juventud. La Tierra ya no posee divinidad alguna digna de tal nombre, y únicamente los Dioses Exteriores del espacio ejercen ahora alguna influencia sobre la olvidada Kadath. Lejos, en uno de los valles de tu niñez, Randolph Carter, los Grandes Seres juegan despreocupados. Has soñado demasiado bien, sabio archisoñador. Hasta tal punto que los dioses del sueño, seducidos por el encanto de tus quimeras, han decidido exiliarse del reino de las visiones forjadas por el conjunto de la humanidad. Así es la ciudad construida sobre los cimientos de tu imaginación infantil, más seductora que cualquier fantasía pretérita.

»Es una desgracia que las deidades de la Tierra hayan abandonado sus tronos para que las arañas las cubran de tela, su reino para que los Dioses Exteriores lo corrompan a su siniestra manera. El caos y el horror abatirían de buen grado sobre ti, Randolph Carter, las fuerzas sobrenaturales que te consideran causante de sus problemas, mas saben que nadie más que tú es la clave para que las divinidades vuelvan a su mundo. En esa onírica tierra de la semivigilia que te pertenece no puede entrar ninguna fuerza de la noche profunda, y solo a ti te es dado expulsar a los egoístas Grandes Seres de tu prodigiosa ciudad del ocaso, hacer que crucen el ocaso boreal y regresen a su acostumbrada morada en la cumbre de la ignota Kadath, en el páramo helado.

»Por tanto, Randolph Carter, en nombre de los Dioses Exteriores te perdono y ordeno acatar mi voluntad. Te encomiendo buscar la ciudad crepuscular que te pertenece y expulsar de allí a las aletargadas e infractoras deidades que el mundo de los sueños espera. No será difícil encontrar ese rosáceo delirio divino, esa fanfarria de trompetas sobrenaturales, ese entrechocar de címbalos inmortales, ese misterio cuya ubicación y significado te han perseguido por los corredores de la vigilia y las simas del sueño, atormentándote con atisbos de recuerdos desvanecidos y el dolor de portentos y asombros perdidos. No será difícil encontrar ese símbolo y reliquia de tus días de ensueño, pues en verdad para mostrarte el camino en la oscuridad ha cristalizado la estable y eterna gema que anidada en el corazón de semejante prodigio rutila. ¡Abre bien los ojos! La búsqueda que ahora se reanuda no habrá de llevarte sobre mares ignotos, sino por años bien conocidos, hasta desembocar en las maravillas radiantes de la niñez y los efímeros atisbos de magia bañados por el sol que unas arcaicas escenas grabaron en tu tierna y fascinada mirada.

»Pues has de saber que tu prodigiosa ciudad de mármol y oro no es más que la suma de todo cuanto viste y amaste en tu juventud. Es el esplendor de los tejados y las ventanas orientadas hacia el oeste, llameantes de ocaso, en las laderas de Boston; de la plaza pública, fragante de flores, la majestuosa cúpula de la loma y la madeja de chimeneas y aleros que arropan ese valle violeta por el que, bajo sus múltiples puentes, discurre plácido el Charles.

Todas estas cosas las viste, Randolph Carter, la primera vez que la niñera te sacó a pasear en carrito por primavera, y serán las últimas que veas con los ojos del afecto y la memoria. Allí está también la vetusta Salem, encorvada bajo el peso de los años, y la Marblehead que trepa espectral por el abrupto precipicio de los siglos, y la gloria de las torres y los chapiteles de Salem que se divisan al otro lado del puerto desde los lejanos pastos de Marblehead, recortándose contra el sol poniente.

»Allí está Providence, pintoresca y señorial sobre las siete colinas que miran al muelle celeste, cuyas verdes terrazas ascienden a campanarios y ciudadelas que respiran antigüedad; y Newport, encumbrándose airada sobre su rompeolas de ensueño. Allí está Arkham, con sus tejados abuhardillados cubiertos de musgo, respaldada por rocosas praderas; y Kingsport, venerable y antediluviana, erizada de chimeneas, canteras abandonadas y aleros colgantes, un prodigio de altos acantilados tras cuyo telón se abre un océano salpicado de boyas que doblan escarchadas por la bruma.

»Humedales en Concord, vías empedradas en Portsmouth, rústicas y sombrías calzadas de Nuevo Hampshire que serpentean donde los olmos gigantes disimulan granjas de blancas paredes y pozos en los que rechinan los cigoñales. Los saladeros de Gloucester y los sauces mecidos por la brisa de Truro. Vistas distantes de torres de aldea y colinas sin fin abrazadas a la Costa Norte, plácidas laderas de piedra y cabañas embozadas en hiedra al socaire de los grandes peñascos del interior de Rhode Island. El olor a mar y la fragancia de los cultivos, el hechizo de los bosques oscuros y la alegría de huertos y jardines al alba. Todo ello, Randolph Carter, es tu ciudad, y todo ello eres tú. Nueva Inglaterra te dio a luz y vertió en tu alma el vino de un amor inmortal. Un amor moldeado, cristalizado y pulido por años de sueño y recuerdo es tu aterrazado prodigio de elusivos ocasos, y para encontrar ese parapeto de mármol, insólitos vanos y balaustrada tallada, para descender por esa interminable escalinata que desemboca en la ciudad de vastas plazas y fuentes prismáticas, tan solo debes retornar a los pensamientos y las visiones de tu embelesada niñez.

»Abre bien los ojos y asómate a esa ventana en la que despuntan las estrellas de una noche eterna. En estos momentos alumbran las escenas que conoces y atesoras, embebiéndose de su encanto para titilar aún más bellas sobre los jardines del sueño. Ahí está Antares, que parpadea sobre los tejados de Tremont Street; podías verla desde tu ventana en Beacon Hill. Más allá de esos astros se abren los abismos desde los que mis amos sin mente me han enviado. También tú podrías surcarlos un día, aunque te abstendrás de semejante locura si en verdad eres sabio, pues de aquellos mortales que han ido y han vuelto tan solo uno conserva su mente sin fracturar por los horrores que martillean con garras del vacío. Los terrores y las blasfemias luchan a mordiscos por el espacio, con tanta mayor malevolencia cuanto menor es su tamaño. Ya conoces la obra de quienes planeaban dejarte en mis manos, aunque yo, por mi parte, no te deseara ningún daño. Antes bien, te habría ayudado hace mucho de no haber estado ocupado en otro lugar, ni seguro de que sabrías encontrar el camino tú solo. Evita, pues, los infiernos exteriores y atente al encanto y la calma de tu niñez. Busca tu prodigiosa ciudad y expulsa de ella a los Grandes Seres ociosos, que regresen sin rebelión a las escenas de su propia juventud, que ansiosas aguardan su vuelta.

»Más fácil incluso que el camino de los tenues recuerdos es el camino que habré de extender ante ti. ¡Abre bien los ojos! Por allí se acerca un monstruoso shantak, conducido por un esclavo que, a fin de preservar tu cordura, se mantiene invisible. ¡Monta y prepárate, aprisa! Yogash el negro te ayudará a subir a ese horror cubierto de escamas. Parte hacia la estrella más brillante al sur del cénit; se trata de Vega, que en dos horas estará sobrevolando la terraza de tu ciudad crepuscular. Avanza hacia ella hasta oír un canto lejano en el éter elevado. A más altura solo acecha la insania, de modo que frena tu shantak cuando resuene la primera nota. Mira abajo después, a la Tierra, y verás la llama ceremonial de Ired-Naa, que reluce inmortal sobre el techo sagrado de un templo. Ese templo se alza en la ciudad del ocaso que anhelas, por lo que habrás de dirigirte hacia él antes de que la música penetre en tus oídos y provoque que olvides tu rumbo.

»Cuando te acerques a la ciudad, busca el mismo parapeto elevado desde el que solías admirar esa gloriosa expansión y azuza al shantak hasta que chille. Los Grandes Seres oirán ese grito y sabrán lo que significa, sentados como estarán en sus terrazas perfumadas, y los poseerá una añoranza tal que ni todos los prodigios de tu ciudad bastarán para consolarlos por la ausencia del torvo castillo de Kadath y el *pschent* de estrellas eternas que lo corona.

»Deberás aterrizar entre ellos a lomos del shantak, y permitir que vean y toquen a la repugnante ave hipocéfala. Mientras tanto, habla con ellos de la ignota Kadath, que tendrás recién abandonada, y explícales que sus inabarcables salones están desiertos y a oscuras, cuando otrora vibraban desbordantes de esplendor preternatural. El shantak hablará con ellos a su vez, como hacen los shantaks, aunque su poder de persuasión no excederá los recuerdos de tiempos pasados.

»Háblales una y otra vez a los Grandes Seres errantes de su hogar y su juventud, hasta que se derramen sus lágrimas e imploren que les muestres el camino de regreso que han olvidado. En ese momento podrás despedirte del expectante shantak, y enviarlo hacia el firmamento con la orden vernácula de los de su especie, al oír la cual los Grandes Seres bailarán y saltarán con provecto alborozo y partirán en pos del ave execrable como acostumbran los dioses, sorteando los abismos insondables del paraíso hacia familiares domos y torres.

»La prodigiosa ciudad crepuscular será entonces tuya para que la mimes y habites en ella para toda la eternidad, y de nuevo los dioses de la Tierra regirán los sueños de la humanidad desde sus acostumbrados asientos. Parte ya, la ventana está abierta y las estrellas te esperan. Tu shantak grazna y resopla ya, impaciente. Busca Vega en la noche, pero aléjate cuando empiecen los cantos. No olvides esta advertencia, so pena de que unos horrores inimaginables te arrastren al pozo de la ensordecedora locura ululante. Acuérdate de los Dioses Exteriores, en los vacíos exteriores acechan poderosos, sin mente y temibles. Harás bien en rehuirlos.

»¡Ve! ¡Aa-shanta 'nygh! ¡Parte ya! Envía a los dioses de la Tierra de regreso a sus moradas en la ignota Kadath y reza al espacio para no verme nunca en cualquiera de mis otras mil formas. Adiós, Randolph Carter, y atiende a mi advertencia. ¡Pues yo soy el caos reptante, Nyarlathotep!

Y así, Randolph Carter, sin aliento y mareado a lomos del nauseabundo shantak, partió entre alaridos hacia el espacio con rumbo al frío resplandor azul de la Vega boreal. Tan solo miró una vez hacia atrás, a las arracimadas y caóticas torres de aquella pesadilla de ónice en cuyo interior aún brillaba la lúbrica luz solitaria de una ventana que se enseñorea sobre las más altas nubes del país de los sueños de la Tierra. Pasó de largo, en siniestra sucesión, inmensos horrores bulbosos y alas membranosas que batían, multitudinarias e invisibles, a su alrededor, aferrado en todo momento a la abyecta crin de su repugnante e hipocéfala ave cubierta de escamas. Las estrellas danzaban burlonas, fluctuando de manera ocasional para formar mortecinos signos funestos que uno podría imaginarse no haber visto ni temido hasta entonces, evocando en todo momento los vientos del éter con sus aullidos la negrura y la soledad que acechan tras los límites del cosmos.

Un ominoso silencio barrió de súbito la bóveda que se extendía rutilante ante él, y todos los vientos y horrores se disolvieron como acostumbran a disolverse los entes de la noche con la inminencia del amanecer. Estremeciéndose en oleadas que dorados jirones de nébula volvían visibles comenzó a insinuarse tímidamente una melodía lejana, vibrando en tenues acordes sobre los que nuestro universo de estrellas no sabe nada. Al intensificarse la música, el shantak atiesó las orejas y estiró el cuello para imprimirle más velocidad a su vuelo, y del mismo modo se agachó Carter para capturar hasta la última de aquellas seductoras cadencias. Era una canción, sí, mas no la entonaba ninguna voz. De la misma noche y las esferas brotaba su son, ya viejo cuando el mismo espacio, Nyarlathotep y los Dioses Exteriores aún no habían nacido.

Cada vez más veloz era el shantak y cada vez más se pegaba a él su jinete, ebrio con las maravillas de abismos extraños, atrapado en los cristalinos anillos de la magia exterior. Recordó demasiado tarde la advertencia del maligno, el sardónico aviso de aquel emisario demoníaco que le había aconsejado desoír la locura larvada en esa canción. Tan solo para mofarse le había mostrado Nyarlathotep el camino a la seguridad y la prodigiosa ciudad del ocaso; tan solo para mofarse le había revelado aquel negro mensajero el secreto de esos dioses rebeldes cuyos pasos podría haber reconducido de regreso sin esfuerzo y a voluntad, pues únicamente con la locura y la salvaje venganza del vacío obsequia Nyarlathotep a los presuntuosos. Pese a la desesperación con la que porfiaba el jinete por alterar el rumbo de su repugnante montura, el lúbrico y vociferante shantak seguía avanzando impetuoso y sin tregua, batiendo con malévolo júbilo sus gigantescas alas correosas, directo a las profundidades insondables donde no alcanzan los sueños: esa última plaga amorfa de confusión abisal donde borbotea y blasfema en el centro del infinito el sultán demoníaco y sin mente Azathoth, cuyo nombre los labios no osan pronunciar en voz alta.

Inexorable y obediente a las órdenes del impío legado volaba aquella ave infernal entre los bancos de observadores informes que hacían cabriolas en la oscuridad y los vacuos rebaños de entidades vaporosas que azotaban y ansiaban, ansiaban y manoteaban: las larvas sin nombre de los Dioses Exteriores, tan ciegas y sin mente como ellos, poseedores de aberrantes apetitos y una sed inefable.

Inexorable, implacable y profiriendo graznidos de hilaridad al ver las carcajadas histéricas en las que se había convertido el canto de sirena de la noche y las esferas, la arcana monstruosidad cubierta de escamas continuaba transportando a su desventurado jinete tan veloz como una exhalación, hendiendo las fronteras más recónditas y cubriendo los más lejanos abismos, alejándose cada vez más de las estrellas y los reinos de la materia, surcando la nada indescriptible como un meteoro en dirección a esas inconcebibles cámaras sin luz en las que más allá del tiempo Azathoth roe hambriento y sin forma al sordo y demencial son de viles tambores y el monótono lamento atiplado de flautas malditas.

Adelante... adelante... atravesando abismos poblados por negros graznidos y gritos... hasta que, desde una distancia dichosa e indeterminada, una imagen y un pensamiento llegaron hasta Randolph Carter, el condenado. Nyarlathotep había planeado demasiado bien sus provocadores señuelos, pues conjuraban aquello que ninguna ráfaga de terror helado podría profanar jamás por entero. Su hogar... Nueva Inglaterra... Beacon Hill... el mundo de la vigilia.

«Pues has de saber que tu prodigiosa ciudad de mármol y oro no es más que la suma de todo cuanto viste y amaste en tu juventud… El esplendor de los tejados y las ventanas orientadas hacia el oeste, llameantes de ocaso, en las laderas de Boston; de la plaza pública, fragante de flores, la majestuosa cúpula de la loma y la madeja de chimeneas y aleros que arropan ese valle violeta por el que, bajo sus múltiples puentes, discurre plácido el Charles… Un amor moldeado, cristalizado y pulido por años de sueño y recuerdo es tu aterrazado prodigio de elusivos ocasos, y para encontrar ese parapeto de mármol, insólitos vanos y balaustrada tallada, para descender por esa interminable escalinata que desemboca en la ciudad de vastas plazas y fuentes prismáticas, tan solo debes retornar a los pensamientos y las visiones de tu embelesada niñez.»

Adelante…, adelante…, vertiginosamente adelante, hacia la condena definitiva por la oscuridad en la que palpos ciegos manoteaban, morros viscosos hozaban y seres innombrables farfullaban y balbuceaban sin fin. Hasta él habían llegado la imagen y el pensamiento, no obstante, y Randolph Carter supo sin lugar a dudas que estaba soñando y nada más que soñando, y que en algún punto de aquel telón de fondo lo aguardaban aún el mundo de la vigilia y la ciudad de su infancia. Rememoró de nuevo esas palabras: «Tan solo debes retornar a los pensamientos y las visiones de tu embelesada niñez». Retornar…, retornar… Todo cuanto lo rodeaba era sombra, pero Randolph Carter se podía girar.

Por densa que fuera la mareante pesadilla que le atenazaba los sentidos, Randolph Carter se podía girar y mover. Podía moverse y, si así lo deseaba, podría desmontar de un salto del maligno shantak que lo transportaba vertiginoso siguiendo las órdenes de Nyarlathotep. Podría desmontar de un salto y afrontar esos abismos de noche que bostezaban, interminables, esas temibles gargantas cuyos terrores jamás serían superiores a la innombrable condena que acechaba, expectante, en el corazón del caos. Podía girarse, moverse y saltar… podía… y lo haría… lo haría…

El desesperado soñador condenado saltó de la abominación hipocéfala, arrojándose a interminables vacíos de negrura animada. Los eones temblaron, universos murieron para luego volver a nacer, las estrellas se convirtieron en nebulosas, y las nébulas en estrellas, y Randolph Carter caía aún por aquellos interminables vacíos de negrura animada.

Hasta que, en el lento arrastrarse de la eternidad, el ciclo último del cosmos se arremolinó en otra fútil compleción y todo volvió a ser tal y como había sido unas kalpas antes de entonces. La materia y la luz renacieron tal y como las había conocido el espacio; cometas, soles y mundos cobraron vida envueltos en llamas, sin que sobreviviera vestigio alguno de su anterior existencia y posterior extinción, existencia y extinción, siempre y por siempre jamás, hasta el no nacimiento final.

Allí estaba el firmamento otra vez, y el viento, y un destello de luz púrpura en los ojos del soñador que caía. Había dioses, presencias y voluntades, belleza y maldad, y el alarido de la noche nociva, despojada de su presa. Pues al ignoto ciclo definitivo habían sobrevivido una idea y una visión de la infancia de un soñador, y ahora estaban recreándose un mundo de la vigilia y una vieja ciudad añorada para encarnarlas y justificarlas. Desde el vacío, el gas violeta S'ngac le había indicado el camino, y el venerable Nodens bramaba sus señas desde abismos insondables.

De las estrellas nacieron amaneceres, los amaneceres estallaron en fuentes de oro, carmín y morado, y el soñador seguía cayendo. El éter se rasgó de alaridos con las bandas de luz que repelían a adversarios externos, y el venerable Nodens profirió un aullido triunfal cuando Nyarlathotep, tan cerca de su presa, se detuvo desconcertado por un resplandor que redujo a polvo gris sus informes horrores de caza. En verdad había descendido Randolph Carter por fin los amplios escalones de mármol de su maravillosa ciudad, pues se hallaba de nuevo en la bella Nueva Inglaterra que lo había engendrado.

Así, con los acordes de órgano de la miríada de flautas del alba, deslumbrante el fulgor del amanecer que se filtraba por la gran cúpula dorada de la mansión de la colina, Randolph Carter se despertó de un salto, gritando, entre las paredes de su habitación de Boston. Los pájaros cantaban en jardines ocultos, y el perfume de la hiedra emparrada provenía, con su dulce olor, de las frondas cultivadas por su abuelo. La belleza y la luz se fundían en clásicas repisas, cornisas labradas y paredes de grotescas figuras, en tanto que un esbelto gato negro se levantaba bostezando junto a la chimenea del sueño que el grito de su dueño había perturbado. Y a inmensos infinitos de distancia, más allá del Portal del Profundo Sueño, el bosque encantado, las tierras ajardinadas, el mar Cereneriano y los confines crepusculares de Inganok, el caos reptante Nyarlathotep se adentraba meditabundo en el castillo de ónice de lo alto de la ignota Kadath, en el páramo helado, y se mofaba insolente de las apacibles deidades de la Tierra que con tanta brusquedad había raptado de sus fragantes festejos en la prodigiosa ciudad del ocaso.

LA LLAVE DE PLATA

Cuando cumplió treinta años, Randolph Carter perdió la Llave de la puerta a los sueños. Antes de perderla, había compensado los aspectos más prosaicos de su vida con excursiones nocturnas a ciudades extrañas y antiguas ubicadas más allá del espacio, a encantadoras tierras ajardinadas al otro lado de mares etéreos. Sin embargo, en cuanto la mediana edad se abatió sobre él, sintió que dichas libertades se escapaban de entre sus manos poco a poco, hasta que por último perdió todo contacto con ese mundo. Sus galeones ya no podían navegar por el río Ucranos más allá de los capiteles de oropel de Thran. Sus caravanas de elefantes ya no atravesaban a pisotones las junglas de Kled, donde duermen palacios olvidados con pilares de venoso marfil, encantadores e intactos bajo la luz de la luna.

Mucho había leído sobre cómo son las cosas en realidad, y con mucha gente había discutido sobre lo que halló en los libros. Filósofos bienintencionados le habían enseñado cómo contemplar las relaciones lógicas de todas las cosas, y a analizar los procesos que formaban su pensamiento y su imaginación. El sentido de la maravilla lo había abandonado, y había olvidado que toda vida no es sino un conjunto de imágenes almacenadas en el cerebro, y que no existe diferencia alguna entre las imágenes nacidas de las experiencias reales y las nacidas de sueños interiores, como tampoco existe razón alguna para valorar un tipo por encima de otro. La costumbre había machado en sus oídos la supersticiosa reverencia de aquello que solo existe en términos tangibles y físicos, y había conseguido que se avergonzase en secreto por haber morado entre visiones. Los hombres sabios le dijeron que su simple imaginación era inane y pueril, y él se lo creyó porque podía entender tal posibilidad. Lo que no llegó a recordar fue que las hazañas de la realidad son igualmente inanes y pueriles, y quizás incluso más absurdas, porque sus actores insisten en dotarlas de significado y propósito mientras la rueda ciega del cosmos gira sin propósito alguno de la nada al todo y del todo a la nada, sin acatar ni conocer siquiera los deseos o la existencia de las mentes que parpadean por un segundo entre las tinieblas.

Lo habían encadenado a todas las cosas que lo son, y luego le habían explicado cómo funcionaban hasta que el misterio se desvaneció del mundo. Cuando se lamentó y empezó a anhelar escapar a reinos crepusculares donde la magia moldeaba cada pequeño fragmento y apreciaba las asociaciones de su mente que llevaban a paisajes de arrebatadora expectación e inextinguible delicia, lo obligaron a contemplar los recién estrenados prodigios de la ciencia, invitándolo a presenciar la maravilla del vórtice del átomo y el misterio de las dimensiones del cielo. Y cuando no consiguió encontrar bendición alguna en asuntos cuyas leyes son bien conocidas y medibles, le dijeron que le faltaba imaginación, que era muy inmaduro porque prefería las ilusiones oníricas a las de nuestra creación física.

Así pues, Carter intentó hacer lo que hacían otros, y fingió que los acontecimientos ordinarios y las emociones de las mentes terrenales eran más importantes que las fantasías de almas raras y delicadas. No manifestó disconformidad cuando le dijeron que el dolor animal de un cerdo atorado o el de un labrador con dispepsia en la vida real es mucho más importante que la belleza sin igual de Narath, con su centenar de puertas talladas y cúpulas de calcedonia, lugar del que Carter albergaba un sombrío recuerdo a partir de sus sueños. Bajo la guía de aquellos hombres, Carter empezó a cultivar un meticuloso sentido de la compasión y la tragedia.

De vez en cuando, sin embargo, no podía evitar darse cuenta de lo superficiales, veleidosas y carentes de sentido que son las aspiraciones humanas, y hasta qué punto nuestros impulsos reales suponen un vacío contraste con los pomposos ideales que aseguramos profesar. Entonces se veía obligado a recurrir a la risa educada que le habían enseñado a usar contra la extravagancia y artificiosidad de los sueños, consciente como era de que la vida cotidiana de nuestro mundo era exactamente igual de extravagante y artificiosa, y mucho menos digna de respeto a causa de su escasa belleza y su tonta reticencia a admitir su propia falta de razón y propósito. En este sentido, se convirtió en algo parecido a un humorista, pues no veía que incluso el humor resulta vacío en un universo acéfalo privado de asideros fiables, ya fuesen de consistencia o de inconsistencia.

En los primeros días de su esclavitud, había abrazado la gentil fe de la Iglesia que le había legado la inocente confianza de sus padres, pues en ella se desarrollaban místicas aventuras que parecían prometer algún tipo de huida de la vida. Solo tras un análisis más concienzudo comprendió lo escuetas que se presentaban aquella imaginación y belleza, la rancia y prosaica trivialidad, y la solemne gravedad y grotescas afirmaciones de sólida verdad que reinaban tediosa y abrumadoramente entre la mayoría de los maestros de aquella iglesia. Comprendió, en toda su plenitud, la torpeza con la que intentaba mantener con vida, en un sentido literal, los miedos y sospechas ya superados de una raza primitiva que se enfrenta a lo desconocido. A Carter lo hastiaba el mero hecho de ver la solemnidad con la que la gente intentaba convertir en realidades terrenas los viejos mitos refutados por cada paso de su presumida ciencia, y aquella seriedad extemporánea aniquiló el apego que podría sentido por los antiguos credos, si estos se hubiesen conformado con ofrecer sus sonoros ritos y sus desahogos emocionales escudándose en que se trataba de fantasías etéreas.

Sin embargo, cuando emprendió la tarea de estudiar a aquellos que habían rechazado los viejos mitos, encontró sus enseñanzas más feas aún que las de sus contrarios. Ellos ignoraban que la belleza reside en la armonía, y que los encantos de la vida carecen de patrón alguno y oscilan entre un cosmos sin más propósito que el de su armonía con los sueños y los sentimientos pasados y presentes y que han moldeado a ciegas nuestras pequeñas esferas de entre el resto del caos. No veían que el bien y el mal, la belleza y la fealdad no son más que meros adornos puestos al servicio de la perspectiva, cuyo único valor reside en el vínculo con lo que la fortuna hizo que nuestros padres sintieran o pensaran, y cuyos detalles más refinados varían entre culturas y razas. En cambio, dichos estudiosos preferían restarles todo valor a estas ideas o transferirlas a los crudos y vagos instintos que compartían con bestias y campesinos. Por todo ello, sus vidas se veían arrastradas a una espiral hedionda de dolor y fealdad desproporcionadas, y aun así impregnadas de un ridículo orgullo por haber escapado de algo casi tan enfermizo como aquello que los sujetaba. En resumidas cuentas, habían sustituido a los falsos dioses del miedo y la ciega piedad por los de la licencia y la anarquía.

Carter no profesaba el menor gusto por aquellas libertades modernas, pues le resultaban facilonas y mugrientas, capaces de enfermar a un espíritu que se limitase a buscar la belleza, mientras que su razón se rebelaba frente a la endeble lógica con arreglo a la cual sus campeones habían intentado dotar al bruto impulso de una sacralidad desprovista de los ídolos ya caídos en desgracia a sus ojos. Vio que la mayoría de ellos, al igual que el sacerdocio al que habían expulsado, no podían abstraerse al contrasentido de que la vida tenía algún significado más allá del que los hombres le otorgan en sueños. No podían apartar los crudos conceptos de la ética y las obligaciones más allá de dicha belleza, ni siquiera cuando toda la Naturaleza proclamaba a gritos su inconsciencia y su amoralidad impersonal a la luz de los descubrimientos científicos. Envueltos en ilusiones tan intolerantes como preconcebidas en cuanto a justicia, libertad y consistencia, renegaban de la sabiduría de antaño y de las viejas costumbres junto con las antiguas creencias; y ni siquiera se detenían a pensar que esa sabiduría y esas costumbres eran las únicas artífices de sus pensamientos y juicios actuales, y las solitarias guías y baremos por los que se rige un universo carente de sentido alguno y tanto de metas como de puntos de referencia perdurables. Al haber perdido estos escenarios artificiales, sus vidas quedaban desprovistas de dirección y de interés dramático, hasta esforzarse inútilmente por ahogar su tedio en algún tipo de ajetreo, ruido y emoción dotados de una fachada de utilidad, una muestra de modales bárbaros y de sensaciones animales. Cuando todo ello se agotaba entre decepciones y llegaba a extremos nauseabundos y repulsivos, se consagraban a la tarea de cultivar la ironía y la amargura, y le sacaban defectos al orden social establecido. Nunca reparaban en que sus toscos cimientos eran tan cambiantes y contradictorios como los propios dioses de sus ancestros, y que la satisfacción de un único momento suponía la ruina del siguiente. La belleza calmada y perdurable solo llega a través de los sueños, y el mundo había echado a perder dicho consuelo con su adoración por lo real, que había acabado por desechar los secretos de la infancia y la inocencia.

Entre semejante caos de vacío e inquietud, Carter trató de vivir de una manera tan solo al alcance de hombres de agudo ingenio y noble alcurnia. A medida que sus sueños se desvanecían bajo el ridículo de la edad, ya no era capaz de creer en nada, aunque su amor por la armonía lo mantuvo sujeto a las costumbres de su raza y posición. Caminaba impasible por las ciudades de los humanos, y suspiraba al comprobar que no había paisaje que se le antojase real, pues cada ráfaga de amarillenta luz solar sobre altos tejados y cada atisbo de plazas balaustradas ante las primeras luces del atardecer solo servían para recordarle aquellos sueños que conoció en su día, y para despertar en él una gran nostalgia por las etéreas tierras que ya no sabía cómo encontrar. Los viajes eran poco menos que una burla, y ni siquiera la Gran Guerra consiguió enmendarlo, aunque se alistó desde el principio en la Legión Extranjera de Francia. Durante algún tiempo buscó la compañía de amigos, pero tanto la crudeza de sus emociones como el carácter terrenal y monótono de sus visiones acabaron por hastiarlo. Se alegraba a su manera de que todos sus parientes estuviesen lejos y no mantuviesen mucho contacto con él, pues jamás habrían podido entender sus procesos mentales. Esto es, ninguno de sus parientes excepto su abuelo y tío abuelo Christopher, pero ambos llevaban muertos mucho tiempo.

Luego retomó la escritura, afición que habían abandonado cuando los sueños empezaron a fallarle. Sin embargo, esta tarea tampoco lo colmaba en absoluto, pues el toque terrenal ya dominaba su mente y no conseguía conjurar aquellas ideas encantadoras que había sido capaz de escribir antaño. El humor irónico hundía todos los minaretes crepusculares que conseguía coronar, y el miedo terrenal de la improbabilidad marchitaba todas las flores delicadas y maravillosas de sus jardines feéricos. La convención de la pena interiorizada contagió de sensiblería a sus personajes, mientras que el mito de una importante realidad y de emociones y acontecimientos humanos significativos degradó su alta fantasía hasta poco más que veladas alegorías y baratas sátiras sociales. Sus nuevas novelas fueron más exitosas de lo que jamás habían sido las antiguas y, como era consciente de cuán vacuas tenían que ser si le habían gustado de esa manera a ese rebaño acrítico que era su público, acabó por quemarlas todas y abandonó la escritura. Eran en verdad novelas muy gráciles, en las que Carter se reía de una manera muy sofisticada de los sueños que esbozaba con ligereza. Sin embargo, comprendía que toda esa sofisticación les había robado el alma.

Poco después empezó a cultivar una ilusión deliberada, y se aventuró en los conceptos de lo extraño y lo excéntrico como antídotos contra el lugar común. La mayoría de estos intentos, empero, no tardaron en demostrarse pobres y estériles. Carter vio que las doctrinas populares del ocultismo son tan secas e inflexibles como las de la ciencia, y carentes del menor atisbo de verdad capaz de redimirlas. No hay que confundir la burda estupidez, la falsedad y el pensamiento confuso con los sueños; y una mente entrenada a pleno rendimiento no es capaz de usarlos para escapar de la vida.

Así pues, Carter compró libros extraños y buscó la compañía de terribles y profundos hombres de fantástica erudición. Escarbó entre los saberes arcanos de la conciencia que pocos se han atrevido a explorar y aprendió lo indecible sobre los pozos secretos de la vida, las leyendas y la antigüedad inmemorial; tanto aprendió que su conocimiento acabaría por ser fuente de perturbaciones futuras. Decidió habitar en un plano algo más extraño, y sometió su hogar de Boston a sus nuevas costumbres: una habitación para cada una de ellas, con cortinas de colores apropiados, amuebladas con libros y objetos adecuados y provistas de la luz, el calor, el sonido, el sabor y el olor correctos.

En cierta ocasión oyó hablar de un hombre sureño a quien todos evitaban y temían por sus lecturas blasfemas de libros prehistóricos y tablas de arcilla que había adquirido de contrabando traficando con ellas desde la India y Arabia. Fue a visitarlo y compartió sus estudios durante siete años, hasta que el horror se cernió sobre ellos, cierta medianoche, en un cementerio arcaico y desconocido. De los dos que allí acudieron, solo uno salió. A continuación regresó a Arkham, la terrible y antigua ciudad embrujada en la que habían vivido sus ancestros de Nueva Inglaterra. Allí tuvo ciertas experiencias en la oscuridad, entre los ancestrales sauces y los tambaleantes gabletes holandeses. Dichas experiencias lo llevaron a sellar para siempre ciertas páginas del diario de uno de sus dementes ancestros. Sin embargo, aunque estos horrores lo llevaron a los límites de la realidad, no pertenecían al verdadero país de sueños que había conocido en su juventud. Así pues, al cumplir los cincuenta años la desesperación lo privó de cualquier descanso o alegría en un mundo en el que ya no había lugar para la belleza y que era demasiado astuto para los sueños.

Tras haber percibido por fin el vacío y la futilidad de todas las cosas reales, Carter se consagró a la vida retirada, entre nostálgicos recuerdos fragmentados de su juventud soñada. No le veía el menor sentido al hecho de mantenerse con vida y, de hecho, a través de un conocido oriundo de Sudamérica obtuvo un curioso elixir que lo sumía en el olvido sin sufrimiento alguno. Sin embargo, la inercia o tal vez la fuerza de la costumbre impidieron que lo usase, y prefirió languidecer, indeciso, entre recuerdos de tiempos pasados. Se desprendió de las extrañas decoraciones que cubrían sus paredes y reamuebló la casa tal y como lo había estado en su infancia: paneles de cristal púrpura, muebles victorianos y demás ornamentos de naturaleza similar.

Con el paso del tiempo, casi se alegró de no haber usado aquel elixir, pues sus reliquias de juventud y el hecho de haberse apartado del mundo consiguieron que la vida y la sofisticación le pareciesen cuestiones extrañas e irreales; hasta el punto de que un toque de magia e ilusiones vitales prendió de nuevo en sus profundos sueños nocturnos. Durante años, aquellos sueños no habían consistido más que en retorcidos reflejos de su día a día, tal y como sucede con los sueños más comunes. Sin embargo, en ese momento regresó un parpadeo de algo más extraño y salvaje, algo de una inmanencia vagamente asombrosa que adoptó la forma de imágenes tensamente claras de su infancia, y que lo llevó a recordar pequeños detalles intrascendentes que yacían sepultados en el más absoluto de los olvidos. A menudo se despertaba llamando a su madre o a su abuelo, a pesar de que ambos llevaban un cuarto de siglo en la tumba.

Una noche, su abuelo le habló de una llave. Aquel sabio viejo y gris, tan vivaz como lo fue en vida, le habló largo y tendido en tono sincero sobre su linaje, y sobre las extrañas visiones de los hombres delicados y sensibles que lo componían. Le habló del cruzado de ojos llameantes que aprendió los salvajes secretos de los sarracenos que lo tuvieron prisionero; y del primer sir Randolph Carter que estudió magia durante el reinado de Isabel I. Asimismo, le habló de Edmund Carter, que consiguió escapar de la horca durante las cazas de brujas en Salem, y que había guardado en una antigua caja la Llave de Plata que pasaba de mano en mano entre sus ancestros. Antes de que Carter despertase, su amable visitante le dijo dónde podía encontrar aquella caja, una maravillosa caja centenaria tallada en roble y cuya grotesca tapa llevaba dos siglos sin abrirse.

La encontró entre el polvo y las sombras del gran desván de la casa, olvidada en el fondo de un recóndito cajón de un enorme cofre. Medía unos treinta por treinta centímetros, y los símbolos góticos tallados en su superficie eran tan temibles que a Carter no le sorprendió en absoluto que nadie después de Edmund Carter se hubiese atrevido a abrirlo. Al sacudirlo, no se oyó sonido alguno desde el interior, pero de él manaba un místico aroma de especias olvidadas. Que albergase la llave en su interior no era más que una leyenda atávica, y de hecho al padre de Randolph Carter ni siquiera le constaba su existencia. Tenía un cierre de hierro oxidado, y no había herramienta alguna con la que abrir el formidable candado. Carter era vagamente consciente de que en su interior descansaba algún tipo de llave que abriría la puerta perdida a los sueños, pero su abuelo no le había revelado ni dónde ni cómo usarla.

Un viejo sirviente hizo saltar la tapa tallada. Mientras lo hacía, se estremeció al contemplar los repugnantes rostros que lo contemplaban con miradas lascivas desde la madera ennegrecida con cierta familiaridad que no

conseguía ubicar. En su interior, envuelta en pergamino descolorido, había una enorme llave de plata deslustrada y cubierta con crípticos arabescos. No había explicación legible alguna en ella. El pergamino era voluminoso, y tan solo contenía unos extraños jeroglíficos en una lengua desconocida escrita con antiguos cálamos.

Carter reconoció los caracteres, pues los había visto ya en cierto rollo de papiro que pertenecía a aquel terrible sabio del sur que desapareció una medianoche en un cementerio sin nombre. Aquel hombre siempre se estremecía al leer dicho papiro, y Carter se estremeció a su vez.

Sin embargo, limpió la llave y la colocó cerca de su cama por la noche, dentro de su aromática caja de antiguo roble. Al tiempo, sus sueños empezaban a volverse más vívidos, y aunque no le mostraban ninguna de las extrañas ciudades e increíbles jardines de antaño, empezaban a adoptar un cariz cuyo propósito era difícil de malinterpretar. Lo estaban llamando desde el pasado, y con la maraña de voluntades de todos sus antecesores tironeaban de él hacia algún tipo de fuente oculta y ancestral. Entonces Carter comprendió que tenía que regresar al pasado y confundirse con la antigüedad... Día tras día, pensó en las colinas situadas al norte del lugar donde se alzaba la embrujada Arkham entre los rápidos meandros del Miskatonic, donde descansaba la rústica mansión de su familia.

Al llegar el taciturno fuego del otoño, Carter descendió aquel viejo camino del recuerdo más allá de gráciles paisajes de colinas ondulantes y prados con murallas de piedra, de lejanos valles y bosques colgantes, senderos retorcidos y granjas recogidas entre los meandros del Miskatonic, y cruzó aquí y allá ciertos rústicos puentes de madera o piedra. En un recodo vio un grupo de olmos gigantescos entre los que uno de sus ancestros se había desaparecido en extrañas circunstancias hacía siglo y medio, y se estremeció ante el viento que sopló con toda intención desde ellos. A continuación llegó a la granja medio derruida de la vieja bruja Goody Fowler, con sus maliciosas ventanitas y su gran tejado inclinado casi hasta el suelo en la cara norte. Carter aceleró el coche al pasar a su lado, y no disminuyó la velocidad hasta que no empezó a subir la colina en la que había nacido su madre, y sus abuelos antes que ella, y en la que se alzaba el viejo caserón blanco, aún orgulloso sobre el camino frente al arrebatador encanto del paisaje desde la ladera rocosa y el verde valle, con los lejanos capiteles en la lejanía y los atisbos del arcaico y soñador mar al fondo.

Luego subió la cuesta más empinada que desembocaba en la vieja casa de los Carter, que no había visto desde hacía cuarenta años. Llegó a sus pies bien pasada la tarde, y en un recodo a medio camino se detuvo a contemplar la campiña que se desplegaba ante él, dorada y glorificada bajo las oblicuas ráfagas de pura magia que se derramaban desde el sol del ocaso. Toda la extrañeza y la expectación de sus sueños más recientes parecieron presentes en aquel paisaje susurrante y ultraterreno. Carter evocó las desconocidas soledades de otros planetas mientras sus ojos recorrían el terciopelo de aquellos pastos desiertos, resplandecientes y ondulantes entre muros medio derruidos, los racimos de bosques feéricos que se alzaban en el contorno de colinas tras colinas de tonos purpúreos, y el espectral valle boscoso que ahora se oscurecía entre las húmedas profundidades del río cuyas engañosas aguas cantaban y burbujeaban entre raíces hinchadas y retorcidas.

Algo le hizo pensar que un motor no tenía cabida en el reino que había ido a buscar, así que dejó el coche en la linde del bosque. Se metió la llave en el bolsillo del abrigo y ascendió a pie la colina. Ahora el bosque lo rodeaba por completo, aunque sabía que la casa se encontraba en una loma alta desprovista de árboles excepto en su cara norte. Se preguntó qué aspecto tendría ahora, pues llevaba vacía y sin inquilinos desde que Carter se había desentendido de ella tras la muerte de su extraño tío abuelo Christopher, hacía ya treinta años. En su juventud había disfrutado muchísimo de las largas visitas que hacían a aquella casa. En los muros más allá del huerto había encontrado las más estrambóticas maravillas.

Las sombras se espesaron a su alrededor, pues la noche era inminente. En un momento dado se abrió un hueco en los árboles a la derecha, y desde allí pudo contemplar legua tras legua de prados crepusculares, y espiar en la lejanía el viejo campanario de la iglesia congregacional de Central Hill, en Kingsport, al que las postrimerías de la luz del día habían pintado de un tono rosado al tiempo que sumido en llamas refractarias los cristales de sus ventanitas redondas. A continuación, al verse sumido en sombras una vez más, recordó con un sobresalto que aquel atisbo debía deberse a un recuerdo infantil y nada más, pues hacía tiempo que aquella vieja iglesia blanca había sido derruida para dejar sitio al Hospital Congregacional. Había leído acerca de su construcción con cierto interés, pues la noticia en el periódico mencionaba ciertas extrañas madrigueras o pasajes que se habían encontrado en la colina rocosa bajo sus cimientos.

En medio de su turbación oyó el chirrido de una voz, y su familiaridad a través de los años lo volvió a sobresaltar. El viejo Benijah Corey había sido el guardés de su tío Christopher, y ya en los lejanos tiempos de su juventud había sido viejo. Ahora debía de haber sobrepasado el centenar de años, pero aquella estridente voz no podía pertenecer a nadie más. Carter no distinguió palabra alguna, aunque el tono era tan embrujador como inconfundible. ¡Quién iba a decir que el «Viejo Benijy» seguía con vida!

—¡Señor Randy! ¡Señor Randy! ¿Ande está usted? ¡A su tía Marthy le va dar un soponcio! ¿No le ha dicho que se quede a la vera la casa esta tarde y que volviese na más se hiciera de noche? ¡Randy! ¡Ran... dy! En la vida he visto un zagal que le guste más perderse por el bosque, ¡a ver si se deja ya de quedarse embobado en el Nido de Serpientes bosque arriba! ¡Ran... dyyy!

Randolph Carter se detuvo en medio de la oscuridad total y se pasó la mano por los ojos. Allí había algo muy extraño. Acababa de estar en algún lugar donde no se suponía que tenía que estar; se había apartado muy lejos del camino, hasta sitios a los que no pertenecía, y ahora llegaba tarde sin remisión. No se había dado cuenta de la hora que se veía en el campanario de Kingsport, aunque podría haberla avistado sin problemas con su telescopio de bolsillo, más sabía que aquella tardanza suya era muy extraña y sin precedentes. Tampoco estaba seguro de si llevaba el telescopio encima; se llevó la mano al bolsillo para comprobarlo. No, no estaba allí; lo único que había era la gran llave de plata que había encontrado en una caja quién sabía dónde. Una vez el tío Chris le contó algo muy raro sobre una caja vieja que nadie había abierto, y que tenía una llave dentro, pero la tía Martha interrumpió el cuento con malas maneras y dijo que aquellas cosas no había que contárselas a los niños, en especial a uno que ya tenía la imaginación disparada. Carter intentó recordar dónde había encontrado la llave, pero por algún motivo se sentía muy confundido. Supuso que había sido en el desván de su casa en Boston. Guardaba el vago recuerdo de haber sobornado a Parks con la mitad de su asignación semanal para que abriese la caja y no se lo contase a nadie. Sin embargo, al acordarse de aquello, la cara de Parks se le antojó muy extraña, como si las arrugas de la edad hubiesen caído de golpe sobre la cara de aquel pequeño y brioso cockney.

—¡Ran... dy! ¡Ran... dy! ¡Hey! ¡Hey! ¡Randy!

Tras un recodo oscuro se iluminó una linterna bamboleante. El viejo Benijah apareció bamboleante ante el silencioso y asombrado peregrino.

—¡Mira el niño, ahí está! ¿Qué pasa, que no le queda a usted lengua pa contestar cuando le hablan? Lo llevo llamando media hora y vaya si se ha enterado usted. ¿No sabe usted que a su tía Marthy le entran los siete males si se entera de que está solo en lo oscuro? Verás tú como se lo cuente a su tío Chris cuando venga pa casa. No hay que andar enredando en el bosque a esta hora, niño. Por aquí hay cosas que traen ruina y na más que ruina, bien lo sabía mi abuelo. Venga, señorito Randy, a la casa, que Hannah le va a echar la cena a los perros como no lleguemos pronto.

Así pues, a Randolph Carter lo llevaron camino arriba bajo el destello de las maravillosas estrellas entre las ramas otoñales. Los perros ladraron en cuanto tuvieron a la vista la luz de las pequeñas ventanas al doblar el último recodo. Las Pléyades brillaban sobre la loma abierta en la que se alzaba la silueta negra de un tejado abuhardillado contra el sombrío cielo del oeste. La tía Martha esperaba en la puerta, mas no regañó a Randolph cuando Benijah lo metió dentro de un empujón. Conocía lo suficiente al tío Chris como para saber que aquellas cosas eran de esperar entre los que llevaban sangre de los Carter. Randolph no les enseñó la llave, se limitó a comer la cena en silencio y protestó solo cuando llegó la hora de irse a la cama. A veces soñaba mejor despierto, y además quería usar esa llave.

Por la mañana, Randolph se levantó temprano, y habría ido de buena gana bosque arriba si el tío Chris no lo hubiese pillado y lo hubiese obligado a sentarse a la mesa del desayuno. Carter miró con impaciencia alrededor de aquella estancia de tonos apagados, con su alfombra deshilachada, sus vigas al aire y sus postes esquineros. Sonrió al ver que las ramas del huerto

arañaban los cristales de la ventana trasera. Los árboles de las colinas estaban muy cerca y formaban portales para acceder a un reino atemporal que era su verdadero país nativo.

Luego, cuando por fin lo dejaron libre, rebuscó el bolsillo de la camisa en busca de la llave. Al comprobar que seguí allí, se escabulló por el huerto hasta el promontorio que había al otro lado, donde empezaban la ladera de la colina arbolada hasta alturas mucho más elevadas que la loma desnuda. El manto del bosque estaba lleno de musgo, misterioso, y por doquier se apreciaban vagas rocas cubiertas de liquen bajo la sombría luz, como monolitos druidas entre los troncos hinchados y retorcidos de un bosquecillo sagrado. En una única ocasión, Randolph se cruzó con un arroyo mientras ascendía, un riachuelo cuya corriente canturreaba encantamientos rúnicos a los faunos, egipanes y dríadas al acecho.

A continuación llegó a la extraña cueva en la ladera del bosque, aquel temible Nido de Serpientes que los del pueblo solían evitar y contra el que Benijah le había advertido innumerables veces. Era profundo, mucho más profundo de lo que nadie excepto el propio Randolph sospechaba, pues el chico había encontrado una grieta en el rincón más oscuro y profundo, una fisura que llevaba a una amplia gruta. Era un lugar sepulcral, embrujado, cuyos muros de granito daban la curiosa impresión de haber sido excavados por una mente consciente. En aquella ocasión, volvió a meterse a gatas, como siempre. Iluminó su camino con cerillas que había escamoteado de la cajita del salón. Se acercó a aquella grieta final con una ansiedad que incluso a él le costaba explicar. No alcanzaba a entender por qué se aproximaba a aquel muro al otro externo de modo tan confiado, ni por qué echó mano a la Llave de Plata por puro instinto. En cualquier caso, siguió adelante, y cuando aquella noche regresó a saltitos a casa, no dio la menor excusa por su tardanza, como tampoco prestó oídos a los reproches que le cayeron por haber ignorado por completo la llamada al almuerzo del mediodía.

Todos los parientes lejanos de Randolph Carter coinciden en que a la edad de diez años le sucedió algo que estimuló su imaginación. Su primo, Ernest B. Aspinwall, consultor jurídico en Chicago y diez años mayor que él, recuerda en concreto un cambio claro que se operó en el chico tras el otoño de 1883. Randolph había contemplado escenas fantásticas que pocos llegan a contemplar, y mostraba cualidades y comportamientos de lo más extraño en relación con las cosas más mundanas. En suma, parecía haber desarrollado cierto don para la profecía, y solía reaccionar de modo muy inusual ante cosas que, aunque parecían carecer de significado en el momento, al cabo se descubría que justificaban por completo aquellas impresiones singulares. En las décadas siguientes, a medida que aparecían nuevos inventos, nombres y eventos uno tras otro en los libros de historia, todos recordarían y se preguntarían cómo era posible que Carter hubiese dejado caer algún comentario casual de conexión tan indudable con lo que aparecería en el futuro años antes de que lo hiciese. Ni siquiera el propio Carter comprendía esos comentarios, como tampoco sabía por qué ciertas cosas le causaban determinadas emociones, aunque se imaginaba que la respuesta estaba en algún sueño que ya no alcanzaba a recordar. No mucho después de 1897, Carter empalideció cuando un viajante mencionó el pueblo francés de Belloy-en-Santerre. Sus amigos se acordaron de aquella ocasión en la que Carter sufrió unas heridas casi fatales en ese mismo pueblo en 1916, mientras luchaba en la Gran Guerra con la Legión Extranjera.

Los parientes de Carter no dejan de comentar anécdotas como estas, debido a su reciente desaparición. Su viejo y pequeño criado, Parks, que soportó con enorme paciencia sus caprichos durante años, lo vio por última vez una mañana en que se fue solo en su coche junto a una llave que había encontrado hacía poco. Parks lo había ayudado a sacar la llave de la vieja caja que la contenía, y había sentido una extraña conmoción ante los grotescos grabados de dicha caja, así como a causa de cierta cualidad inusual que no alcanzaba a identificar. Cuando Carter se marchó, le dijo que iba a visitar sus viejos y ancestrales terrenos cerca de Arkham.

En medio de Elm Mountain, en el sendero que lleva a las ruinas de la vieja mansión de los Carter, se encontró su automóvil aparcado en un arcén. En su interior había una cajita de aromática madera con grabados que asustaron en cierta medida a los campesinos que se tropezaron con el coche. La caja no contenía más que un extravagante pergamino que hasta ahora no ha podido ser descifrado o identificado por lingüista o paleógrafo alguno.

La lluvia había borrado hacía tiempo cualquier huella que pudiera haber, aunque los investigadores de Boston pudieron recabar algo a partir de los maderos caídos en la mansión Carter. Afirmaron que, al parecer, alguien se había encaramado a las ruinas hacía relativamente poco. Se encontró un anodino pañuelo blanco entre las rocas del bosque en la ladera más allá de la mansión, aunque no se ha podido demostrar que perteneciese al desaparecido.

Se comenta que la herencia de Randolph Carter no tardará en repartirse entre sus herederos, aunque tengo que hacerle serias objeciones a dicho reparto, pues no creo que haya muerto. Existen meandros en el tiempo y en el espacio, en las visiones y la realidad; meandros que solo un soñador es capaz de adivinar. Por lo que sé de Carter, creo que lo que ha pasado es que ha encontrado la manera de atravesar esos laberintos. Lo que no puedo afirmar con seguridad es si regresará o no. Carter quería regresar a aquellas Tierras del Sueño que había perdido y que tanto había anhelado en su infancia. Luego encontró una llave y, de alguna manera, consiguió darle el extraño uso que esperaba.

La próxima vez que lo vea le preguntaré, pues espero encontrarme pronto con él en cierta ciudad onírica por la que ambos solíamos internarnos. Se rumorea en Ulthar, más allá del río Skai, que ahora un nuevo rey se sienta en el trono de ópalo de Ilek-Vad, la fabulosa ciudad llena de torretas sobre los acantilados huecos de cristal que se elevan sobre el mar crepuscular, donde los gnorri de barbas y aletas construyen singulares laberintos. Creo que sé cómo interpretar dicho rumor. A buen seguro, me muero de ganas de contemplar dicha llave de plata, pues en sus crípticos arabescos podrían descansar los símbolos que dan sentido a todos los misterios de nuestro ciego e impersonal cosmos.

A TRAVÉS DE LAS PUERTAS
DE LA LLAVE DE PLATA

I

En una enorme estancia decorada con tapices de Arrás y alfombras de Bujará de impresionante antigüedad y factura, cuatro hombres se sentaban alrededor de una mesa repleta de documentos. De las esquinas, donde se alzaban teas de hierro que de vez en cuando rellenaba un anciano sirviente negro enfundado en una sobria librea, llegaba un hipnótico aroma a olíbano. Mientras tanto, en un profundo nicho en lateral se oía el tictac de un curioso reloj con forma de ataúd, cuya esfera estaba cubierta de pasmosos jeroglíficos y cuyas cuatro manecillas no se movían en consonancia con ningún sistema de medición de tiempo conocido en este planeta. Se trataba de una estancia singular y perturbadora y, aun así, adecuada para el asunto que se abordaba. En efecto, allí, en Nueva Orleans, en el hogar del místico, matemático y orientalista más destacado de este continente, se leía el testamento de otro místico, estudioso, autor y soñador no menos grande, un hombre que había desaparecido de la faz de la tierra hacía cuatro años.

Randolph Carter, que había consagrado la vida a tratar de escapar del tedio y de las limitaciones de la realidad más allá del despertar a través de los incitantes paisajes de sueños y avenidas fabulosas de otras dimensiones, había desaparecido, sin que nadie volviera a verlo, en octubre de 1928, a los cincuenta y cuatro años. Su carrera había sido extraña y solitaria, y había quien a partir de sus curiosas novelas infería que había vivido numerosos episodios mucho más extravagantes que cualquiera de los que se habían registrado en su vida. Había mantenido una estrecha asociación con un místico de Carolina del Sur llamado Harley Warren, de cuyos estudios sobre el lenguaje primitivo llamado naacal, que usaban los sacerdotes del Himalaya, había extraído atroces conclusiones. De hecho, había sido Carter quien, en una noche neblinosa y terrible en medio de un antiguo cementerio, había visto a Warren descender a unas grutas húmedas y salobres de las que jamás volvió a salir. Carter vivía en Boston, pero provenía de las colinas lujuriantes y encantadas situadas más allá de la ancestral y embrujada Arkham, la localidad natal de todos sus antepasados. Precisamente fue en aquellas colinas siniestras, crípticas y antiguas donde Carter desapareció para siempre.

Su viejo sirviente, Parks, fallecido a principios de 1930, había mencionado cierta caja que Carter había encontrado en el desván. Estaba surcada por espeluznantes grabados y despedía un extraño perfume. También se había referido a su contenido: un indescifrable pergamino y una llave de plata con arabescos de lo más extravagante. Carter ya había mencionado todos esos objetos en su correspondencia con otras personas. Según afirmó Parks, Carter le dijo que aquella llave formaba parte del legado de sus ancestros, y que lo ayudaría a abrir la puerta a su infancia perdida, a extrañas dimensiones y reinos fantásticos que hasta entonces solo había visitado en sueños vagos, breves y elusivos. Un día, Carter echó mano de la caja y de su contenido y se fue en su coche para no volver jamás.

Tiempo después se encontró el coche en un lateral de un viejo sendero cubierto de hierbajos en las colinas ubicadas tras la decadente Arkham. Eran las mismas colinas donde los antepasados de Carter habían vivido en su día, y donde el ruinoso sótano de la gran mansión de la familia Carter seguía abierto bajo el cielo, sin techo que lo cubriese. Otro de los miembros de la familia Carter había desaparecido misteriosamente en una arboleda de altos olmos en 1781, y no lejos de aquel lugar se alzaba la cabaña medio podrida en la que la bruja Goody Fowler había elaborado sus ominosas pociones mucho antes. Los primeros pobladores habían llegado a aquella región en 1692, fecha en la que unos fugitivos de los juicios de brujería de Salem se habían establecido allí. Incluso hoy en día se la seguía recordando por ciertos acontecimientos ominosos que nadie alcanzaba a concebir. Edmund Carter había huido de la sombra de Gallows Hill justo a tiempo, y corrían numerosas historias sobre sus hechicerías. Ahora, al parecer, su único descendiente había ido a su encuentro, dondequiera que se hallase.

En el coche se encontró la cajita de madera aromática y grabados espeluznantes, así como el pergamino que nadie conseguía interpretar. La Llave de Plata había desaparecido, presuntamente a manos de Carter. Por lo demás, no contaban con la menor pista. Unos detectives de Boston dijeron que los maderos caídos en el viejo caserón de los Carter parecían haber sido apartados de manera extraña, y alguien encontró también un pañuelo en la ladera siniestra cuajada de rocas y árboles tras las ruinas, cerca de la temible cueva llamada Nido de Serpientes. Aquello marcó el resurgir de las leyendas locales sobre el Nido de Serpientes. Los granjeros comentaban entre susurros los blasfemos usos que el viejo mago Edmund Carter le había dado a la gruta. También circulaban historias sobre el cariño que el propio Randolph Carter le dispensaba a dicha cueva cuando apenas era un muchacho. En la infancia de Carter, la venerable mansión de tejado abuhardillado seguía en pie; la ocupaba su tío abuelo Christopher. Randolph Carter lo había visitado a menudo, y se lo oía hablar de forma singular sobre el Nido de Serpientes. Había quien recordaba lo que el pequeño Carter decía sobre una profunda grieta que llevaba a una caverna interior desconocida, mucho más allá. Se especulaba sobre el cambio que se había operado en el chico después de pasarse un día entero en la caverna cuando contaba nueve años, un suceso que aún se recordaba. También había sucedido en octubre, y desde entonces el joven Carter pareció desarrollar una increíble habilidad para profetizar acontecimientos futuros.

Llovió entrada la noche en que desapareció Carter, y por desgracia el agua emborronó las huellas que empezaban junto al coche hasta el punto de que nadie fue capaz de seguirlas. El interior del Nido de Serpientes estaba cubierto de un lodo amorfo y líquido, producto de las filtraciones. Solo los ignorantes paletos cuchichearon acerca de las huellas que creyeron ver en el lugar donde los grandes olmos se ciernen sobre el camino, así como de la siniestra ladera que había cerca del Nido de Serpientes, donde se encontró el pañuelo. ¿Quién iba a prestar la menor atención a esos murmullos que hablaban de huellas pequeñas y gruesas, tan parecidas a las que dejaban las botas de punta cuadrada que solía llevar el propio Carter cuando era un niño? Aquella idea era tan demencial como ese otro cuchicheo, el que sostenía que dichas huellas pequeñas y gruesas se encontraban a mitad del camino con otras, características de los zapatos sin tacón del viejo Benijah Corey. El viejo Benijah había sido el guardés de la familia Carter cuando Randolph era joven..., pero llevaba muerto unos treinta años.

Esos cuchicheos, unidos a las confesiones que el propio Carter les hizo a Parks y a otros acerca de que aquella Llave de Plata de extravagantes arabescos le serviría para abrirle la puerta a su infancia perdida, bien pudieron llevar a que muchos estudiosos de lo místico afirmasen que el desaparecido había retrocedido cuarenta y cinco años en el tiempo, hasta aquel día de octubre de 1883 en el que había permanecido dentro del Nido de Serpientes siendo apenas un chaval. Se argumentó que antes de volver a salir, aquella noche, se las había arreglado para viajar a 1928 y regresar, pues ¿acaso no fue entonces cuando empezó a comportarse como si supiera cosas que terminarían por suceder después? Y, sin embargo, jamás se refirió a ningún acontecimiento posterior a 1928.

Uno de esos estudiosos, un anciano excéntrico de Providence, en Rhode Island, quien había mantenido una larga y cercana correspondencia con Carter, tenía una teoría aún más elaborada. En su opinión, Carter no solo había regresado a su infancia, sino que además había alcanzado una liberación aún mayor, pues había conseguido recorrer a voluntad los paisajes prismáticos de sus sueños infantiles. Tras una extraña visión, aquel hombre escribió una historia que relataba la desaparición de Carter, en la que sugería que el desaparecido ahora gobernaba como rey en el trono de ópalo de Ilek-Vad, la fabulosa ciudad llena de torretas sobre los acantilados de cristal huecos que se elevan sobre el mar crepuscular, donde los gnorri de barbas y aletas construyen singulares laberintos.

Fue aquel anciano, llamado Ward Phillips, quien insistió con más vehemencia para que no se ejecutase el reparto de la herencia de Carter a sus herederos, todos ellos primos lejanos, con la excusa de que Carter aún seguía vivo en otra dimensión y que quizá regresase algún día. Contra él chocó de lleno el talento legal de uno de dichos primos, Ernest B. Aspinwall, de Chicago, un hombre diez años mayor que Carter, aunque lozano como un muchacho cuando se trataba de batallas legales. El contencioso se había prolongado cuatro años, pero por fin había llegado el momento del reparto, y el escenario habría de ser aquella enorme y extraña habitación de Nueva Orleans.

Era el hogar del albacea literario y financiero de Carter, distinguido criollo y estudioso de misterios y antigüedades orientales, Etienne-Laurent de Marigny. Carter había conocido a De Marigny durante la Gran Guerra, mientras ambos estaban destinados a la Legión Extranjera Francesa, y se había apegado a él desde el principio debido a sus similitudes en gustos y opiniones. Durante un memorable permiso compartido, el leído y joven criollo llevó al melancólico soñador de Boston a Bayona, en el sur de Francia. Allí le enseñó ciertos secretos terribles que albergaban las criptas inmemoriales sobre las que se cierne una noche eterna y que se abren como madrigueras en los subterráneos de aquella ciudad siniestra bajo el yugo de los eones. A partir de entonces, su amistad quedó sellada. El testamento de Carter había nombrado a De Marigny como albacea, y ahora aquel vivaz estudioso presidía a regañadientes el reparto de la herencia. Le resultaba una tarea ingrata, pues, al igual que el viejo ciudadano de Rhode Island, creía que Carter no estaba muerto. Sin embargo, ¿qué peso han de tener los sueños de los místicos contra la dura sabiduría del mundo?

Alrededor de la mesa de aquella extraña habitación del Barrio Francés se sentaban varios hombres que alegaban algún tipo de interés en el reparto. Se habían entregado las acostumbradas notificaciones legales acerca de la lectura del testamento en aquellos lugares donde se pensaba que vivían los herederos de Carter, aunque ahora solo se sentaban allí cuatro de ellos, escuchando tanto el anormal tictac de aquel reloj con forma de ataúd que no se movía al compás de ningún sistema terrestre de medición del tiempo como el burbujeo de la fuente en el patio tras las ventanas medio cubiertas por las cortinas en abanico. A medida que pasaban las horas, los rostros de aquellos cuatro hombres se veían medio velados por la humareda retorcida que brotaba de las teas. Estas, repletas de combustible en todo momento, parecían necesitar cada vez menos las atenciones del cada vez más nervioso sirviente que se movía en silencio entre ellos.

Allí estaba el propio Etienne de Marigny: delgado, de piel oscura, guapo, bigotudo y aún joven. Aspinwall, representante de los herederos, tenía el pelo canoso, cara furibunda, enormes patillas y porte señorial. Phillips, el místico de Providence, era delgado, gris, de nariz larga, afeitado apurado y hombros caídos. El cuarto asistente tenía una edad indeterminada, también era delgado y dotado de un rostro oscuro, barbudo y singularmente estático cuyos contornos eran tremendamente regulares. Llevaba un turbante brahmaní de casta alta y tenía unos ojos negros como la noche, fieros y casi carentes de iris que parecían contemplar desde una larga distancia tras sus facciones. Se había presentado como el swami Chandraputra, un erudito de Benarés que acudía para revelar información importante. Tanto De Marigny como Phillips, que habían mantenido correspondencia con él, habían reconocido de inmediato la autenticidad de sus pretensiones místicas. Su acento tenía una cualidad extrañamente forzada, hueca y metálica, como si el uso de otro idioma le costase un esfuerzo adicional a sus cuerdas vocales. Sin embargo, dominaba la lengua con la facilidad, la corrección y los modismos de cualquier nativo anglosajón. En cuanto a su vestimenta, iba como cualquier civil europeo, aunque la ropa le quedaba peculiarmente holgada, al tiempo que la poblada barba negra, el turbante oriental y las manoplas grandes y blancas le conferían un aire de exótica excentricidad.

De Marigny jugueteó con el pergamino que había sido encontrado en el coche de Carter mientras hablaba:

—No, no he conseguido sacar nada en claro del pergamino. El señor Phillips, aquí presente, también se ha dado por vencido. El coronel Churchward afirma que no está escrito en naacal, y no se parece en nada a los jeroglíficos encontrados en la urna ceremonial de la isla de Pascua. Sin embargo, los grabados de esa caja sí evocan poderosamente a las imágenes de dicha isla. Lo más cercano que yo recuerdo a estos símbolos del pergamino, en los que, si se fijan, las letras parecen colgar de barras horizontales invisibles que sostienen las palabras, es la escritura de un libro que obró una vez en poder del pobre Harley Warren. Dicho libro llegó en un paquete desde la India durante una visita que Carter y yo le hicimos en 1919, aunque nunca nos contó nada al respecto. Nos dijo que sería mejor que no supiéramos nada, y sugirió que tal vez procediese de algún lugar que no estaba ubicado en esta tierra. Lo llevaba consigo en diciembre cuando descendió a aquella gruta en el viejo cementerio, pero ni él ni el libro volvieron a salir a la superficie. Hace algún tiempo le envié a nuestro amigo aquí presente, el swami Chandraputra, un esbozo hecho de memoria de algunas de las letras de ese libro, amén de una copia fotostática del pergamino de Carter. Comprobadas ciertas referencias y realizadas las consultas pertinentes, nuestro amigo cree poder arrojar algo de luz a este respecto.

»En cuanto a la llave... Carter me envió hace tiempo una fotografía del objeto. Sus curiosos arabescos no eran letras, aunque parecían pertenecer a la misma tradición cultural que los jeroglíficos del pergamino. Carter sostuvo en todo momento que estaba a punto de desvelar el misterio, aunque nunca entró en detalles. En cierta ocasión, su relato de los acontecimientos adquirió tintes casi poéticos. Aquella antigua Llave de Plata, dijo, abriría las sucesivas puertas que impiden nuestro libre tránsito entre los poderosos corredores del espacio y el tiempo hasta la mismísima Frontera que ningún hombre ha cruzado desde que Shaddad, con su terrible ingenio, construyese y ocultase en las arenas de Arabia Petraea las prodigiosas cúpulas e incontables minaretes de Irem, la de los mil pilares. Según me escribió Carter, algunos derviches medio muertos de inanición y nómadas enloquecidos por la sed han logrado regresar y hablar del monumental portal, y de la Mano esculpida sobre la piedra angular del arco que lo conforma. Sin embargo, nadie lo ha cruzado y ha regresado para afirmar que sus huellas en esa arena cubierta de granates desparramados atestiguan su visita. Esa llave, conjeturó Carter, es lo que esa ciclópea mano esculpida lleva tanto tiempo esperando en vano.

»Nos resulta imposible explicar por qué Carter no se llevó con él el pergamino junto con la llave. Quizá lo olvidó... o quizá se contuvo de llevárselo al recordar a aquel que se llevó un libro con caracteres similares a una gruta para no regresar jamás. O, quizá, resultaba irrelevante a efectos de lo que se traía entre manos.

De Marigny hizo una pausa, momento que aprovechó el señor Phillips para hablar con voz severa y estridente:

—Del viaje de Carter solo podemos saber lo que reside en nuestros sueños. En los míos he visitado muchos lugares extraños. He visto y oído muchas cosas extrañas en Ulthar, más allá del río Skai. No parece que necesitara el pergamino, pues lo cierto es que Carter ha regresado al mundo de sus sueños de juventud y ahora es rey en Ilek-Vad.

El señor Aspinwall se puso el doble de rojo y espetó:

—¿Podría alguien hacer callar al viejo idiota? Ya hemos oído demasiadas estupideces propias de lunáticos. Estamos aquí para dividir una herencia, y ya va siendo hora de que nos pongamos a ello.

Por primera vez, el swami Chandraputra habló con aquella extravagante voz extranjera:

—Caballeros, este asunto es más alambicado de lo que ustedes se creen. Mal hace el señor Aspinwall al mofarse de la evidencia que suponen los sueños. El señor Phillips tiene una visión incompleta de la situación..., quizá porque no ha soñado lo suficiente. En cuanto a mí, mucho he soñado... En India es práctica común, como parece serlo entre la familia Carter. Usted, señor Aspinwall, al ser primo hermano por parte de madre, no lleva sangre de Carter. Mis propios sueños, así como ciertas fuentes de información alternativas, me han revelado bastantes matices de un asunto que para ustedes aún tiene puntos oscuros. Por ejemplo, sé que Randolph Carter olvidó llevarse ese pergamino, que en aquel momento era incapaz de descifrar, aunque le habría venido bien acordarse de llevarlo consigo. Verán, me he enterado de buena parte de lo que le sucedió a Carter después de que abandonase su coche junto con la Llave de Plata durante el atardecer de aquel 7 de octubre de hace cuatro años.

Aspinwall soltó un bufido desdeñoso perfectamente audible, pero los otros dos se irguieron con renovado interés. El humo de las teas aumentó, y el tictac demencial de aquel reloj con forma de ataúd pareció adoptar cadencias extravagantes como los puntos y rayas de un mensaje alienígena telegrafiado e irresoluble venido del espacio exterior. El hindú se echó hacia atrás, entrecerró los ojos y prosiguió con aquella voz extrañamente trabajosa y aun así versada en los modismos del idioma, mientras ante su público empezaron a flotar las imágenes de lo que le había sucedido a Carter.

II

Las colinas situadas detrás de Arkham están repletas de una magia extraña..., quizá por algo que el viejo mago Edmund Carter invocó para que descendiese desde las estrellas o para que subiese desde las criptas más profundas de la tierra, cuando se refugió allí en 1692 tras su huida de Salem. En cuanto Randolph Carter regresó a aquellas colinas, supo que se hallaba cerca de una de las puertas que pocos hombres audaces, abominables y de alma extranjera han abierto a través de titánicos muros entre el mundo y el exterior definitivo. Carter sentía que en aquel lugar y aquel día del año sería capaz de ejecutar lo que decía el mensaje que había descifrado meses antes acerca de los arabescos de aquella Llave de Plata deslustrada e increíblemente antigua. Sabía cómo debía hacerla girar, cómo debía sujetarla contra el sol del atardecer y qué sílabas ceremoniales debía entonar al vacío tras completar el noveno y último giro. En un lugar tan cercano a una polaridad oscura y a una puerta inducida como aquel en el que se encontraba, no había la menor posibilidad de que fallase en su función primaria. A buen seguro, aquella noche descansaría en la infancia perdida cuya pérdida jamás había dejado de llorar.

Salió del coche con la llave en el bolsillo y ascendió la ladera. Se internó cada vez más en el núcleo sombrío de la campiña siniestra y embrujada. Caminos retorcidos, muros de piedra cubiertos por la hiedra, bosque negro, huertos desastrados y nudosos, granjas abandonadas y de ventanas abiertas y ruinas sin nombre. A la hora del ocaso, cuando los capiteles lejanos de Kingsport relucen con las llamaradas rojizas del cielo, Carter echó

mano de la llave y realizó los giros y las entonaciones requeridas. Poco tardaría en darse cuenta de lo rápido que había tenido efecto el ritual.

A continuación, en medio del crepúsculo cada vez más oscuro había oído una voz del pasado: el viejo Benijah Corey, el guardés de su tío abuelo. ¿No llevaba muerto treinta años? ¿Treinta años contando desde cuándo? ¿Qué era el tiempo? ¿Dónde había estado? ¿Qué tenía de extraño el hecho de que el viejo Benijah lo llamase en aquel día 7 de octubre de 1883? ¿Acaso no llevaba fuera más tiempo del que la tía Martha le permitía? ¿Qué era aquella llave que ocupaba en el bolsillo de su suéter el lugar del telescopio portátil, el mismo que le había regalado su padre hacía dos meses por su noveno cumpleaños? ¿La había encontrado en el desván de casa? ¿Quizás abriría el místico pilono que su aguzado ojo había visto entre las rocas escarpadas de la colina, en el fondo de aquella cueva interior que descansaba tras el Nido de Serpientes? Aquel era el sitio que todos asociaban siempre con el mago Edmund Carter. Nadie se acercaba por esos lares, y nadie excepto él se había percatado, ni mucho menos atravesado la grieta atestada de raíces que daba a la gran cueva interior donde se encontraba el pilono. ¿Qué manos había tallado aquella forma que recordaba a un pilono en la roca? ¿Habían sido las del viejo mago Edmund, o bien las de algún otro a quien él mismo hubiese conjurado para que lo hiciera? Aquella noche, el pequeño Randolph cenó con su tío Chris y con su tía Martha en la vieja granja de techo abuhardillado.

A la mañana siguiente, se levantó pronto y atravesó las ramas retorcidas del huerto de manzanas colina arriba, hacia la arboleda en la que acechaba el Nido de Serpientes, negro y amenazador, entre grotescos y sobrealimentados robles. Por encima de él se cernía una expectación sin nombre, y ni siquiera se dio cuenta de que había perdido el pañuelo después de hurgar en el bolsillo del suéter para comprobar que la Llave de Plata seguía a salvo. Entró a rastras por aquel orificio oscuro con una seguridad tensa y osada. Iluminó su camino con cerillas que había tomado del salón. Apenas un momento después, atravesó la grieta cuajada de raíces y se encontró en la enorme y desconocida gruta interior cuyo muro de roca al fondo parecía tener la forma monstruosa y consciente de un pilono. Pasmado y en silencio, encendió una cerilla tras otra mientras contemplaba aquel muro húmedo y goteante. ¿Aquella protuberancia pétrea que se apreciaba sobre la piedra angular de aquel arco medio imaginado era en realidad una gigantesca mano esculpida? Sacó la Llave de Plata y empezó a realizar ciertos movimientos y entonaciones cuyo origen apenas alcanzaba a recordar. ¿Había olvidado algo? Solo sabía que deseaba cruzar aquella frontera que daba a la tierra libre de sus sueños y a los abismos en los que todas las dimensiones se disuelven en lo absoluto.

III

Lo que sucedió a continuación apenas se puede describir con palabras. Todo el relato está plagado de esas paradojas, contradicciones y anomalías que no tienen cabida en la vida más allá del despertar, esas que pueblan nuestros sueños más fantásticos y que en ellos se entienden como normales y rutinarias hasta que regresamos a nuestro estrecho, rígido y objetivo mundo de causalidad limitada y lógica tridimensional. El hindú prosiguió con su relato, aunque le resultó difícil evitar lo que parecía una pueril extravagancia, más allá de la idea de que un hombre pudiese transferirse a través de los años hasta su propia infancia. El señor Aspinwall, asqueado, soltó un bufido furibundo y dejó de prestar atención.

El rito de la Llave de Plata, tal como lo ejecutó Randolph Carter en aquella cueva negra y embrujada que se hallaba dentro de otra cueva, no resultó infructuoso. Desde el primer gesto y la primera sílaba, fue evidente que se extendía un aura de extraña y asombrosa mutación. Percibía una incalculable perturbación y una gran confusión en el tiempo y el espacio, aunque desprovista de todo aquello que podríamos considerar movimiento o duración. De manera imperceptible, conceptos como la edad y la ubicación perdieron todo su significado. El día anterior, Randolph Carter había rebasado el abismo de los años de un milagroso salto. Ahora no había diferencia alguna entre niño y hombre, solo existía la entidad conocida como Randolph Carter, la cual almacenaba en su interior un conjunto de imágenes que habían perdido toda conexión con escenas terrestres y circunstancias por medio de las cuales las había adquirido. Apenas un momento antes había existido una cueva interior con la vaga impresión de un arco monstruoso y una gigantesca mano esculpida en el muro trasero. Ahora ya no existían ni la cueva ni la ausencia de esta, no había muro ni ausencia de este. No había más que un caudal de impresiones no tanto visuales como cerebrales, entre las cuales la entidad conocida como Randolph Carter experimentó percepciones o registros de todo lo que sucedía alrededor de su mente, aunque sin adquirir plena consciencia del camino que recorrían hasta él.

Para cuando el rito concluyó, Carter supo que ya no se hallaba en ninguna región que pudiese ser ubicada por los geógrafos de la Tierra, ni en ninguna época que pudiesen concretar los historiadores. La naturaleza de lo que estaba sucediendo no le resultaba del todo desconocida. Había leído ciertas alusiones en los crípticos *Manuscritos pnakóticos,* y de hecho un capítulo entero en el prohibido *Necronomicón* del árabe loco Abdul Alhazred adquirió un nuevo significado una vez descifró los signos tallados en la Llave de Plata. Se había abierto una puerta, aunque por supuesto no se trataba de la Puerta Definitiva, sino de la que lleva de la Tierra y su tiempo a la extensión de la Tierra que se encuentra más allá del tiempo, y en la cual se alza la Puerta Definitiva que lleva entre horrores y amenazas al Último Vacío que se halla fuera de todas las Tierras, todos los universos y toda la materia.

Allí habría un Guía de lo más terrible, un Guía que había sido una entidad de la Tierra hacía millones de años, cuando la humanidad no era sino un sueño que nadie había soñado aún, y cuando formas olvidadas poblaban un planeta humeante en el que se construían extrañas ciudades entre cuyas últimas ruinas desastradas llegarían a juguetear los primerísimos mamíferos del planeta. Carter recordó lo que el monstruoso *Necronomicón* bosquejaba en tonos vagos y desconcertantes acerca de aquel Guía.

«Y aunque hay quienes han osado atisbar más allá del Velo —había escrito el árabe loco—, y LO han aceptado como Guía, más les habría valido ser lo bastante prudentes como para evitar cualquier contacto con ÉL, pues está escrito en el Libro de Thoth que terrible ha de ser el precio a pagar por un mero atisbo de SU presencia. Asimismo, aquellos que consiguen pasar jamás regresan, pues en las Vastedades que trascienden nuestro mundo existen Formas de oscuridad capaces de agarrar, de atar. Aquel que se arrastrare por la noche, el Mal que desafiare el Símbolo Arcano, el Rebaño que custodia el portal secreto que se sabe que alberga cada tumba y que se alimenta de aquello que creciere del interior de sus ocupantes..., todo esto palidece ante AQUEL que custodiare el Portal, AQUEL que guía al temerario más allá de todos los mundos hasta el Abismo de innombrables devoradores. Pues ÉL es 'UMR AT-TAWIL, El Más Antiguo, a quien el escriba definió como EL DE PROLONGADA VIDA.»

La memoria y la imaginación dieron forma a imágenes medio entenebrecidas de contorno incierto entre aquel caos en ebullición, aunque Carter sabía que pertenecían al reino de la memoria y la imaginación, y nada más. Sin embargo, sintió que dichas imágenes no habían venido a su mente por casualidad, sino más bien por algún tipo de enorme e inefable realidad carente de dimensión, una realidad que lo rodeaba y que se esforzaba por traducirse a sí misma hasta adoptar los símbolos que Carter era capaz de aprehender, pues no hay mente terrestre alguna capaz de comprender las extensiones de forma que se entretejen en los oblicuos abismos más allá del tiempo y de las dimensiones conocidas.

Flotaba frente a Carter una sobria nebulosa de formas y escenas que, a su entender, tenían que ver con el pasado de eones olvidados de la tierra primitiva. Criaturas monstruosas se movían a voluntad a través de unos paisajes de fantástica factura que ningún sueño cuerdo podría albergar jamás. Dichos paisajes estaban preñados de una increíble vegetación, de acantilados y montañas y construcciones ajenas por completo a patrones humanos. Había ciudades bajo el mar, con sus habitantes, y torres que se alzaban en grandes desiertos de las que partían esferas, cilindros e innombrables criaturas aladas, bien hacia el espacio o más allá de él. El propio Carter no parecía dotado de forma o posición estable, y solo contaba con ápices cambiantes de forma y posición según lo disponía el remolino que era su imaginación.

Le habría gustado encontrar las regiones encantadas de los sueños de su infancia, en los que los galeones remontaban el río Ucranos más allá de los capiteles de oropel de Thran, y las caravanas de elefantes atravesaban a pisotones las junglas de Kled, donde duermen palacios olvidados con pilares de marfil veteado, encantadores e intactos bajo la luz de la luna. Ahora, embriagado por aquellas visiones mucho más amplias, apenas sabía ya qué buscaba. En su mente surgieron pensamientos de una osadía infinita y blasfema. Supo que se enfrentaría a aquel temible Guía sin miedo, y que podría formularle las más terribles y monstruosas preguntas.

De repente, aquel desfile de imágenes pareció alcanzar una cierta y vaga estabilidad. Carter atisbaba enormes moles de piedra esculpidas con dibujos tan extraños como incomprensibles, y dispuestas según las leyes de alguna geometría desconocida e inversa. La luz se filtraba desde un cielo de un color indeterminado en direcciones desconcertantes y contradictorias, y jugueteaba casi conscientemente sobre lo que parecía ser la línea curva de unos gigantescos pedestales cubiertos de jeroglíficos, más bien hexagonales y sobrepasados por Formas encapuchadas poco definidas.

Aparte había otra Forma que no ocupaba pedestal alguno y que parecía deslizarse o flotar sobre el nebuloso nivel inferior del suelo. Su contorno no era exactamente fijo, sino que sugería transiciones de algo remotamente precedente o paralelo a aquella forma humana, si bien de la mitad del tamaño de un humano normal. Al igual que las demás Formas de los pedestales, parecía llevar una pesada capucha de tela de color neutro. Carter no conseguía ubicar las aberturas para los ojos a través de las cuales debía de estar mirándolo. Probablemente no necesitaba mirar, pues parecía un tipo de criatura muy alejada de lo puramente físico en cuanto a organización y facultades.

No tardó Carter en constatar que estaba en lo cierto, pues aquella Forma se comunicó con su mente sin el menor sonido o lenguaje. Y aunque terrible y temible era el nombre que pronunció, Carter no se vio atenazado por el miedo. En lugar de eso, formuló una respuesta carente de sonido o lenguaje, con las debidas muestras de respeto según había leído en las páginas del horrible *Necronomicón,* pues aquella Forma no era sino aquel a quien todo el mundo ha temido desde que Lomar se alzó de los mares y los Seres Alados vinieron a la Tierra a enseñar el Saber Ancestral a los humanos. Era el pavoroso Guía y Guardián de la Puerta: 'Umr at-Tawil, el Antiguo, a quien el escriba definió como El de Prolongada Vida.

El Guía, que todas las cosas conocía, estaba al tanto de la búsqueda de Carter y de su inminente llegada. Sabía que aquel buscador de sueños había venido a él desprovisto de miedo. De él no manaba el menor horror ni malignidad; Carter se preguntó por un momento si las blasfemas insinuaciones del árabe loco y los fragmentos del Libro de Thoth no habrían sido inducidos por la envidia, si no constituirían un pasmoso deseo por realizar ellos mismos lo que Carter estaba a punto de hacer. Por otro lado, quizás aquel Guía reservaba su horror y malignidad para aquellos que se acercaban a él presos del miedo. Carter interpretó mentalmente en forma de palabras lo que manaba de él.

—Cierto es que soy El Más Antiguo —dijo el Guía— de todos los seres que conoces. Los Antiguos y yo aguardábamos tu llegada. Eres bienvenido, a pesar de tu tardanza. Tienes la Llave en tu poder, y con ella has abierto la Primera Puerta. Ahora la Puerta Definitiva está lista para que intentes atravesarla. Si albergas algún temor, no hace falta que prosigas. Aún puedes regresar ileso por el camino que hasta aquí te ha traído. Mas si eliges seguir adelante...

La pausa fue de lo más ominosa, pero lo que manaba de él seguía teniendo tintes amistosos. Carter no vaciló ni un momento, pues lo impulsaba una curiosidad que lo corroía.

—Proseguiré —contestó sin palabras—. Te acepto como Guía.

Ante su respuesta, el Guía pareció hacer algún tipo de señal, a juzgar por el movimiento de su túnica, que se podría haber producido, o no, al alzar un brazo o algún miembro homólogo. Hubo una segunda señal, y entonces el conocimiento bien aprendido de Carter le indicó que por fin se encontraba cerca de la Puerta Definitiva. Ahora la luz adoptó un color inexplicable, y las sombras de los pedestales semihexagonales se perfilaron con más claridad. Se irguieron en su posición, y su contorno adoptó una forma más parecida a la de los humanos, aunque bien sabía Carter que no tenían nada de humano. Sobre sus cabezas encapuchadas ahora parecían descansar unas mitras altas de color incierto, que se asemejaban a las de ciertas figuras innominadas talladas por las manos de un escultor olvidado en los acantilados de una alta y prohibida montaña de Tartaria. Sujetaban entre los pliegues de sus ropajes largos cetros cuyas cabezas esculpidas encarnaban algún tipo de misterio grotesco y arcaico.

Carter supuso lo que eran, de dónde venían y a Quién servían. Supuso también cuál era el precio que había que pagar por sus servicios. Sin embargo, aún se sentía satisfecho, pues por poderosa ventura habría de adquirir el conocimiento absoluto. La condenación, reflexionó, no es más que una palabra que puebla los chismorreos de aquellos a quienes la ceguera lleva a condenar a todos los que pueden ver, aunque sea con un solo ojo. Le maravillaba la ingente arrogancia de aquellos que tanto habían murmurado sobre los «malignos» Antiguos, como si Ellos pudiesen siquiera interrumpir sus sueños eternos para desencadenar cualquier tipo de ira sobre la humanidad. Pensó que sería algo parecido a que un mamut se detuviese a ejercer una colérica venganza contra una lombriz de tierra. Ahora todos los integrantes de aquella reunión sobre esos pilares ligeramente hexagonales le daban la bienvenida con un gesto de esos extravagantes cetros esculpidos, así como un mensaje radiado que comprendió al instante:

—Te saludamos, a ti que eres El Más Antiguo, y a ti, Randolph Carter; tu osadía te ha convertido en uno de los nuestros.

Carter vio entonces que uno de los pedestales estaba vacío, y un gesto del Más Antiguo le dejó claro que lo habían reservado para él. También vio otro pedestal, más alto que el resto, en el centro de aquella curiosa curva, que no era ni semicírculo ni elipse, ni parábola ni hipérbola, que formaban. Aquel, supuso, era el trono del Guía. Carter se alzó y se desplazó de una manera difícil de definir, y tomó asiento. Vio que el Guía hacía lo propio.

De forma gradual, mística, quedó claro que El Más Antiguo sostenía algo, algún objeto que aferraba entre los pliegues protuberantes de su túnica como si quisiera que quedara a la vista, o el equivalente a la vista, de sus compañeros encapuchados. Se trataba de una esfera, o lo que parecía una esfera, de gran tamaño, hecha de algún metal oscuro e iridiscente. El Guía

extendió la mano que la sujetaba y, en ese momento, una especie de sonido penetrante empezó a oírse a intervalos ascendentes y descendentes que parecían seguir algún ritmo, aunque dicho ritmo no tuviese nada que ver con los que se conocen en la Tierra. Dicho sonido sugería una suerte de canto, o lo que la imaginación humana podría interpretar como un canto. Al instante, la cuasi esfera empezó a brillar, y su brillo se convirtió en un fulgor frío y pulsátil de un color indefinido. Carter vio que el parpadeo del fulgor se acompasaba con el extraño ritmo de aquel canto. En ese momento todas las Formas, con sus mitras y sus cetros enarbolados, iniciaron un leve y curioso balanceo sobre sus pedestales, al compás de aquel inexplicable ritmo, mientras halos de una luz inclasificable, que recordaba a la que manaba de la cuasi esfera, coronaban sus cabezas cubiertas.

El hindú hizo una pausa en su relato y contempló con curiosidad aquel reloj alto y con forma de ataúd con cuatro manillas y una esfera cubierta de jeroglíficos, cuyo tictac enloquecido no seguía ningún ritmo conocido en la Tierra.

—A usted, señor De Marigny —interpeló de pronto a su docto anfitrión—, no hará falta contarle qué ritmo particular seguían aquellas Formas encapuchadas en sus pilares hexagonales al cantar y contonearse. En América nadie salvo usted ha desarrollado un gusto por la Prolongación Exterior. Ese reloj... Me imagino que se lo habrá enviado el yogui al que solía referirse el pobre Harley Warren..., el vidente que afirmaba ser el único hombre vivo que había estado en Yian-Ho, el legado escondido de la siniestra y antediluviana Leng, amén de haberse llevado consigo ciertas cosas de aquella aterradora ciudad prohibida. Me pregunto de cuántas de sus propiedades más sutiles está usted al tanto. Si mis sueños y mis lecturas están en lo cierto, sus creadores sabían mucho de la Primera Puerta. En todo caso, permítanme que continúe con mi relato.

Por fin, prosiguió el swami, aquellos bamboleos y la suerte de canto llegaron a su fin. Los halos centelleantes alrededor de aquellas cabezas que ahora colgaban inmóviles se desvanecieron, mientras que las Formas encapuchadas se desplomaron de manera curiosa sobre sus pedestales. Sin embargo, la cuasi esfera prosiguió con sus latidos de inexplicable luz.

Carter sintió que los Antiguos dormían, el mismo estado en que los había encontrado la primera vez que los vio. Se preguntó qué sueños cósmicos habrían tenido antes de que su llegada los despertase. Despacio, en su mente se filtró la certeza de que aquel extraño cántico ritual había tenido como objetivo instruirle, y que El Más Antiguo había canturreado hasta inducir a sus Compañeros aquel peculiar letargo, de manera que sus sueños abriesen la Puerta Definitiva para la que la Llave de Plata servía de salvoconducto. Carter sabía que, en las simas de aquel sueño profundo, aquellas criaturas contemplaban las insondables enormidades de la más absoluta y definitiva Exterioridad con las que la Tierra no tenía nada que ver, y que se disponían a conseguir lo que su presencia les había exigido.

El Guía no compartió su letargo, pues parecía seguir impartiendo instrucciones de algún modo sutil y sin sonido alguno. Era evidente que se dedicaba a implantar imágenes de aquello que deseaba que soñasen los Compañeros. Carter comprendió que, cuando cada uno de los Antiguos imaginase el pensamiento encomendado, entre ellos nacería el núcleo de una manifestación solo visible para sus ojos terrenales. Dicha manifestación tendría lugar cuando los sueños de todas las Formas se hubiesen hecho uno. Entonces todo lo que requería se haría materia por concentración. Había presenciado cosas parecidas en la Tierra: en la India, por ejemplo, donde la voluntad combinada y proyectada por un círculo de eruditos podía conseguir que un pensamiento adoptase sustancia tangible, o también en la ancestral Atlaanât, de la cual pocos se atreven siquiera a hablar.

Carter no tenía manera de saber qué era exactamente aquella Puerta Definitiva, ni cómo se suponía que había que cruzarla. Sin embargo, una sensación de tensa expectación se cernió sobre él. Era consciente de tener algún tipo de cuerpo, y de enarbolar la fatídica Llave de Plata en la mano. Las enormes masas de piedra frente a él parecían poseer la uniformidad de un muro, a cuyo centro se veía atraída sin remedio la vista de Carter. De pronto sintió que las corrientes mentales del Más Antiguo cesaban de fluir.

Por primera vez, Carter reparó en lo descomunal que aquel silencio absoluto, tanto mental como físico, podía llegar a ser. Hasta hacía pocos instantes aún era perceptible algún tipo de ritmo, aunque solo fuese el leve y críptico latido de la extensión dimensional de la Tierra. Sin embargo, ahora el susurro del abismo parecía haber caído sobre todas las cosas. A pesar de los indicios que le decían que tenía cuerpo, Carter carecía de respiración audible. El fulgor de la cuasi esfera de 'Umr at-Tawil se había quedado completamente fijo y sin latido alguno. Un potente halo, mucho más luminoso que aquellos que habían brillado alrededor de las cabezas de las Formas, se iluminó con una gélida llamarada sobre el cráneo cubierto del terrible Guía.

Carter se sintió mareado. La sensación de saberse desorientado se multiplicó por mil. Las extrañas luces parecían tener la cualidad de la más impenetrable negrura amontonada sobre más negrura, mientras que alrededor de los Antiguos, tan cercanos en sus tronos seudohexagonales, empezó a flotar un aire de la más asombrosa lejanía. Acto seguido, Carter sintió que flotaba hacia las inconmensurables profundidades entre olas de calor perfumado que empezaron a lamerle el rostro. Era como si flotase en un tórrido mar pintado de rosa; un mar de vino drogado cuyas olas rompían en estallidos de espuma contra orillas del más osado fuego. Un terrible miedo lo atenazó al entrever la enormidad de un mar embravecido cuyas olas estallaban contra una costa lejana. Sin embargo, el momento de silencio se rompió, pues aquellas olas le hablaron en un lenguaje que no constaba de sonido físico ni de palabras articuladas.

—El Hombre Veraz está más allá del bien y del mal —entonó una voz que no era una voz—. El Hombre Veraz es aquel que ha dominado el Todo-Es-Uno. El Hombre Veraz ha aprendido que la Ilusión es la única realidad, y que la sustancia siempre es impostura.

Y entonces, en aquella elevada construcción hacia la cual sus ojos no dejaban de escaparse sin control, se dibujó el contorno de un titánico arco no muy diferente de aquel que creyó haber entrevisto hacía tanto tiempo en una cueva dentro de una cueva, cuando aún se encontraba en la lejana e irreal superficie de la Tierra tridimensional. Se dio cuenta de que había estado usando la Llave de Plata, esto es, que la había movido siguiendo un ritual instintivo, jamás aprendido, muy similar al que había usado para abrir la Puerta Interior. Se dio cuenta asimismo de que aquel embriagador mar de tonos rosados que lamía sus mejillas no era ni más ni menos que la adamantina masa de sólida muralla que cedía ante su hechizo y el vórtice de pensamiento con el que los Antiguos lo habían impulsado. Aún guiado por el instinto y una ciega determinación, flotó hacia delante... y atravesó la Puerta Definitiva.

IV

Al atravesar aquella mole ciclópea de construcción aberrante, Randolph Carter sintió como si se precipitase en una vertiginosa caída a través de los abismos inconmensurables entre las estrellas. Desde una gran distancia percibió las ráfagas triunfantes y divinas de una dulzura letal, y justo a continuación un batir de enormes alas. Luego le llegaron impresiones de sonidos parecidos a canturreos y murmullos provenientes de entidades desconocidas para la Tierra y todo el sistema solar. Echó la mirada atrás y vio no solo una puerta, sino multitud de ellas; en algunas clamaban Formas que se esforzó por no recordar.

Y entonces, de repente, sintió un terror mucho más pronunciado del que habría podido inspirarle cualquiera de esas Formas, un terror del que no podía huir, porque estaba vinculado a sí mismo. Ya la Primera Puerta le había arrebatado algo de estabilidad y le había dejado una profunda inseguridad en cuanto a su forma corpórea y su relación con el contorno neblinoso de los objetos a su alrededor. Sin embargo, en su sentido de la unidad no se había producido perturbación alguna. En ese momento, al pasar la Puerta Definitiva, Carter se dio cuenta en un segundo de pavor incontenible que no era una persona, sino muchas.

Se hallaba en muchos lugares al mismo tiempo. En la Tierra, el 7 de octubre de 1883, un chico llamado Randolph Carter salía del Nido de Serpientes en medio de la susurrante luz del atardecer, bajaba corriendo por la rocosa ladera y atravesaba el huerto repleto de ramas entrecruzadas hacia la casa de su tío Christopher en las colinas más allá de Arkham... y, sin embargo, al mismo tiempo, aunque en realidad era el año terrestre de 1928, una leve sombra que no era menos Randolph Carter que el anterior se sentaba en un pedestal entre los Antiguos, en la extensión transdimensional de la Tierra. Aquí había también un tercer Randolph Carter, en el abismo cósmico, desconocido y carente de forma, que se abría tras la Puerta Definitiva. Y en otros lugares, en un caos de escenas cuya infinita multiplicidad y monstruosa diversidad lo arrastró hasta el mismísimo borde de la locura, existía una ilimitada confusión de seres que, bien lo sabía, eran tanto él mismo como la manifestación local que se hallaba ahora más allá de la Puerta Definitiva.

Había «Carters» en escenarios pertenecientes a cualquier edad conocida o sospechada de la historia de la Tierra, e incluso en eras más remotas de entidad terrestre que trascendían el conocimiento, la sospecha y la credibilidad. «Carters» de formas tanto humana como no humana, vertebrados e invertebrados, conscientes y carentes de mente, animales y vegetales. Y más aún, había «Carters» que nada tenían que ver con la vida terrestre y que transitaban de manera infame por otros planetas, sistemas y galaxias del continuo cósmico. Esporas de vida eterna que se desplazaban errantes de mundo a mundo, de universo a universo, y que sin embargo eran del mismo modo Carter. Algunos de los atisbos que entrevió conjuraron sueños pasados en su mente, débiles y vívidos al mismo tiempo, efímeros pero persistentes; sueños que había tenido durante los largos años transcurridos desde que empezó a soñar. Algunos de ellos poseían una embrujadora, fascinante y casi horrible familiaridad imposible de explicar por ninguna lógica terrestre.

Al enfrentarse a aquella verdad, Randolph Carter se tambaleó, atenazado por un horror supremo, un horror como jamás había llegado a atisbar siquiera durante el clímax de aquella horripilante noche en la que dos personas se adentraron en una antigua y abominable necrópolis bajo la luna menguante y solo una salió. No había muerte, condenación ni angustia capaces de superar la sobrecogedora desesperación que conlleva la pérdida de identidad. Unirse a la nada trae el más pacífico de los olvidos, pero ser consciente de la existencia y aun así saber que uno ya no es un ser definido y distinto de otros seres, que uno ya no es uno mismo: he ahí el culmen de la agonía y el pavor.

Sabía que había existido un Randolph Carter en Boston, aunque no podía estar seguro de si él, el fragmento o faceta de una entidad terrestre más allá de la Puerta Definitiva, había sido aquel Carter o algún otro. Su yo había sido aniquilado, y sin embargo él, suponiendo que aún existiera un concepto como «él» en vista de la absoluta nulidad de la existencia individual, comprendía igualmente que era de un modo inconcebible una legión entera de yoes. Parecía como si su cuerpo se hubiera transformado de pronto en una de esas efigies de muchas extremidades y cabezas que se esculpían en los templos indios, y contempló abrumado aquel conglomerado en un intento de discernir cuál era el original y cuáles eran las copias, en caso de que (idea monstruosa en extremo) existiera tal cosa como un original discernible de las demás encarnaciones.

Entonces, en medio de aquellas reflexiones devastadoras, el fragmento de Carter de más allá de la puerta se vio lanzado desde lo que parecía ser el nadir del horror a los pozos negros, asideros de un horror mucho más profundo. En esa ocasión fue un horror del todo externo, una fuerza o personalidad que lo confrontó, lo envolvió y lo penetró, todo a un tiempo. Además de una presencia local, también parecía formar parte de sí mismo, y por lo tanto coexistía con todos los tiempos y colindaba con todos los espacios. Carecía de imagen visual, aunque el sentido de entidad y la horrible combinación de conceptos de localismo, identidad e infinitud provocaron un terror paralizante más allá de todo lo que cualquier fragmento de Carter hubiese hasta ahora creído capaz de existir.

Frente a aquella horrible maravilla, el cuasi Carter olvidó el horror de la destrucción de la individualidad. Se trataba del Todo-En-Uno y el Uno-En-Todo del ilimitado ser y del yo... no era simplemente un ente perteneciente a un único continuo espaciotemporal, sino que se hallaba vinculado a la última esencia animada del discurrir desencadenado de toda la existencia. Aquel último y definitivo discurrir que carece de confines y que sobrepasa tanto la imaginación como la matemática. Quizá se trataba de aquello a lo que ciertos cultos secretos de la Tierra se han referido como YOG-SOTHOTH, y que ha sido una deidad conocida bajo muchos otros nombres. Aquello que los crustáceos de Yuggoth adoran como El-Que-Se-Encuentra-Más-Allá, y que los cerebros vaporosos de las nebulosas en espiral representan mediante un Signo intraducible..., aunque aquella faceta de Carter comprendiese en un único destello cuán débiles y fraccionarias eran aquellas concepciones.

Y ahora aquel SER se dirigía a la faceta de Carter mediante prodigiosas ondas que batían, quemaban y atronaban; una concentración de energía que chocaba contra su receptor con una violencia casi imposible de soportar, y que seguía, con ciertas variaciones definidas, el singular ritmo ultraterreno que había marcado también el cántico y los cimbreos de los Antiguos, y el parpadeo de las monstruosas luces de aquella pasmosa región más allá de la Primera Puerta. Era como si soles y mundos y universos hubieran convergido sobre un punto en una conspiración para aniquilar nada menos que su posición en el espacio con el impacto de una furia irresistible. Sin embargo, un pánico menor quedó descartado ante aquel pánico mayor, pues las ondas abrasadoras parecían aislar al Carter de más allá de la puerta de sus infinitos duplicados... hasta restaurar, por así decir, cierta cantidad de la ilusión de identidad. Al cabo, Carter empezó a traducir aquellas ondas en formas de discurso conocidas, y su sensación de horror y de opresión menguó. El terror pasó a ser puro asombro, y lo que había parecido anormal hasta lo blasfemo ahora parecía solo majestuoso hasta lo inefable.

—Randolph Carter —pareció decir el SER—, MIS manifestaciones en la extensión de tu planeta, los Antiguos, te han enviado en calidad de alguien que acaba de regresar hace poco a las pequeñas Tierras del Sueño que perdió en su día, y que, sin embargo, con una libertad mayor ha ascendido en pos de deseos e intereses mayores. Querías navegar corriente arriba por el dorado Ucranos; querías buscar ciudades olvidadas de marfil en Klen, esa tierra rica en orquídeas, y querías reinar en el trono de ópalo de Ilek-Vad, cuyas fabulosas torres e incontables cúpulas se alzan poderosas y señalan una única estrella roja en un firmamento ajeno a tu tierra y a toda la materia. Ahora, tras haber atravesado las dos Puertas, anhelas empresas aún más elevadas. Ante una escena desagradable no habrás de huir como un niño a un sueño querido, sino que te zambullirás como un hombre en el último y más íntimo de los secretos que yace tras todas las visiones y sueños.

»Me place eso que deseas; estoy listo para concederte lo mismo que ya he concedido once veces con anterioridad, solo a seres de tu planeta, cinco de las cuales tuvieron como beneficiarios a esos que tú denominas humanos, o que al menos tienen apariencia de humano. Estoy listo para mostrarte el Misterio Definitivo, cuya contemplación bastaría para hacer estallar un espíritu más débil. Sin embargo, antes de que contemples por completo ese secreto último y primero, aún puedes ejercer una vez más tu libre albedrío y volver, si así lo deseas, a través de las dos Puertas con el Velo ante tus ojos aún intacto.

V

Una repentina interrupción de las ondas dejó a Carter sumido en medio de un escalofriante y pasmoso silencio plagado por el espíritu de la desolación. A ambos flancos se extendía la infinita enormidad del vacío, aunque Carter supo que aquel SER seguía allí. Tras un pequeño lapso pensó unas palabras cuya sustancia mental lanzó al abismo:

—Acepto. No habré de retirarme.

Las ondas volvieron a fluir, y Carter supo que el SER lo había oído. Entonces empezó a manar de aquella MENTE ilimitada un caudal de conocimiento y explicación que abrió nuevos paisajes a la mente de Carter, y que lo preparó para enfrentarse al cosmos desde un enfoque que jamás habría podido albergar la esperanza de conseguir. Se le explicó lo pueril y limitada que era la idea de un mundo tridimensional, y que existe una infinidad de direcciones más allá de arriba-abajo, adelante-atrás, izquierda-derecha. Se le mostró la futilidad y el vacío artificial de los pequeños dioses de la Tierra, con sus insignificantes intereses y conexiones humanas, sus odios, rabias, amores y vanidades, con su antojo de adoración y sacrificios, con su exigencia de fe contraria a la razón y a la naturaleza.

Si bien la mayoría de aquellas impresiones llegaban a Carter en forma de palabras, había otras que eran interpretadas mediante otros de sus sentidos. Quizá con la vista o quizá con la imaginación, percibió que se encontraba en una región de dimensiones más allá de las concebibles para el ojo y el cerebro humanos. En ese momento vio, en medio de las sombras siniestras de aquello que en un principio fue un vórtice de poder y luego un ilimitable vacío, un brochazo de creación que le aturdió los sentidos. Desde alguna posición elevada consiguió atisbar prodigiosas formas cuyas múltiples extensiones trascendían cualquier idea de ser, tamaño y límites que su mente hubiese podido albergar hasta aquel punto, incluso a pesar de haber consagrado una vida entera al estudio de lo críptico. Empezó a entender vagamente por qué existían al mismo tiempo el pequeño y joven Randolph Carter en el caserío de Arkham de 1881, la neblinosa forma sobre el pilar ligeramente hexagonal situado más allá de la Primera Puerta, el fragmento que se encontraba ante la PRESENCIA en el abismo infinito y todos los demás «Carters» que su imaginación o percepción habían concebido.

Entonces las ondas aumentaron en fuerza y trataron de mejorar su comprensión, para reconciliarlo con la entidad multiforme de la cual el fragmento actual no era más que una parte infinitesimal. Le dijeron que cada figura del espacio no es sino el resultado de la intersección de un plano con otra figura correspondiente a una dimensión situada más allá, al igual que un cuadrado resulta del corte perpendicular de un cubo, o un círculo de una esfera. El cubo y la esfera, ambas figuras tridimensionales, son cortes correspondientes a formas de cuatro dimensiones que los humanos conocen solo mediante elucubraciones y sueños; y estas, por su parte, son cortes de formas de cinco dimensiones, y así sucesivamente hasta llegar a las vertiginosas e inalcanzables alturas de la infinitud arquetípica. El mundo de los hombres y de los dioses no es sino una fase infinitesimal de una realidad infinitesimal, la fase tridimensional de una pequeña completitud a la que se llega a través de la Primera Puerta, desde donde 'Umr at-Tawil dicta sueños a los Antiguos. Aunque los hombres lo saludan como la única realidad y tildan ideas sobre su original multidimensional como poco más que irrealidad, la realidad es justo la contraria. Aquello que llamamos sustancia y realidad es sombra e ilusión, y aquello que llamamos sombra e ilusión es sustancia y realidad.

El tiempo, prosiguieron las ondas, es tan inamovible como carente de principio o final. El hecho de que parezca desplazarse es una ilusión a la que le atribuimos la causa del cambio. De hecho, el tiempo es en sí mismo una ilusión, pues, excepto para la estrechez de miras de los seres de dimensiones limitadas, no existen conceptos como el pasado, el presente y el futuro. Los humanos piensan en términos temporales debido tan solo a lo que ellos denominan cambio, aunque también se trata de una ilusión. Todo lo que fue, todo lo que es y todo lo que será existen de manera simultánea.

Estas revelaciones lo alcanzaron con una divina solemnidad que le impidió a Carter albergar la menor duda. Aunque dichas revelaciones quedaban más allá de su comprensión, sintió que debían de ser ciertas a la luz de aquella definitiva realidad cósmica que oculta todas las perspectivas locales y las estrechas visiones parciales. A fin de cuentas, Carter estaba lo bastante familiarizado con aquellas especulaciones tan profundas como para verse libre de las ataduras de las concepciones locales y parciales. ¿Acaso toda su búsqueda no se había basado en una fe en la irrealidad de todo lo local y parcial?

Tras una impresionante pausa, las ondas prosiguieron; dijeron que aquello a lo que los habitantes de las zonas de pocas dimensiones se refieren como cambio es una mera función de sus propias conciencias, que observan el mundo externo desde varios ángulos cósmicos. Del mismo modo que las formas que produce el corte de un cono varían según el ángulo de corte —y genera círculos, elipses, parábolas o hipérbolas en función del ángulo, sin alteración alguna en el cono mismo—, también los aspectos locales de una realidad inalterable e infinita parecen cambiar según el ángulo cósmico de observación. Los débiles seres de los mundos interiores son esclavos de esta variedad de ángulos de conciencia, pues, si se exceptúan algunos raros casos, son incapaces de aprender a controlarlos. Solo unos pocos estudiosos de lo prohibido han obtenido alguna noción de dicho control, y la han usado para conquistar el tiempo y el cambio. Sin embargo, las entidades que se hallan fuera de las Puertas controlan todos los ángulos, y ven la miríada de partes del cosmos en términos de perspectiva fragmentaria y sujeta a cambios, o de la inmutable totalidad más allá de la perspectiva, según se les antoje.

Las ondas se detuvieron una vez más, y Carter empezó a comprender de forma vaga y aterradora cuál era el trasfondo último de aquel enigma de individualidad perdida que tanto lo había horrorizado en un primer momento. Su intuición ensambló todos los fragmentos de aquella revelación, lo cual lo acercó más y más a la posibilidad de aprehender el secreto. Comprendió que buena parte de la escalofriante revelación le habría llegado, rompiendo en el proceso su ego en miríadas de contrapartidas terrestres, dentro de la Primera Puerta, de no haber sido porque 'Umr at-Tawil le ocultó dicha revelación para que pudiese usar la Llave de Plata con precisión a la hora de abrir la Puerta Definitiva. Ansioso por amasar un conocimiento aún más claro, envió ondas de pensamiento en las que solicitó más información sobre la relación exacta que existía entre sus varias facetas: el fragmento que ahora se hallaba más allá de la Puerta Definitiva, el fragmento que seguía en el pedestal cuasi hexagonal situado tras la Primera Puerta, el niño de 1883, el hombre de 1928, los diversos seres ancestrales que habían formado su herencia y el baluarte de su ego, y los incontables habitantes de otros eones y mundos que aquella primera ráfaga de percepción última había identificado como versiones de sí mismo. Poco a poco, las ondas que emitía el SER le llegaron a modo de réplica e intentaron aclarar aquellos conceptos situados prácticamente más allá del alcance de una mente terrestre.

Todas las líneas descendientes de seres de las dimensiones infinitas, prosiguieron las ondas, y todos los estadios de crecimiento de cada uno de esos seres, no son más que meras manifestaciones de un ser arquetípico y eterno que habita el espacio fuera de todas las dimensiones. Los seres locales (hijo, padre, abuelo, etcétera) y los estadios que conforman al ser individual (bebé, niño, muchacho, joven, adulto, viejo) no son más que una de las infinitas fases de ese mismo ser arquetípico y eterno, y deben su razón de ser a la variación en el ángulo del plano de conciencia que lo corta. Randolph Carter en todas las edades; Randolph Carter y todos sus ancestros, tanto humanos como prehumanos, tanto terrestres como preterrestres... Ninguno de ellos era otra cosa que alguna de las fases de un «Carter» definitivo y eterno, ubicado fuera del tiempo y del espacio; proyecciones fantasmales diferenciadas solo por el ángulo en el que el plano de conciencia cortaba el arquetipo eterno en cada caso.

Un ligero cambio de ángulo podía convertir al estudioso del hoy en el niño del ayer; podría convertir a Randolph Carter en el mago Edmund Carter, que huyó de Salem a las colinas detrás de Arkham en 1692, o en el Pickman Carter que, en el año 2169, usaría extrañas artimañas para repeler las hordas mongoles que trataban de invadir Australia. El ángulo podía convertir un Carter humano en una de aquellas entidades pretéritas que habían poblado la primitiva Hiperbórea y adorado al negro y plástico Tsathoggua después de llegar volando desde Kythanil, el planeta doble que en su día orbitó alrededor de la estrella Arturo. Podía convertir al Carter terrestre en un remoto habitante ancestral e informe de la propia Kythanil, o en una criatura aún más remota de la transgaláctica Shonhi, o bien en una conciencia gaseosa tetradimensional en un continuo espacio-tiempo antiguo, o en un cerebro vegetal de un oscuro cometa futuro, radiactivo y de órbita inconcebible..., y así sucesivamente, en un círculo cósmico sin fin.

Los arquetipos, zumbaron las ondas, son los pobladores del abismo definitivo. Seres inefables carentes de forma y que solo escasos soñadores de los mundos de bajas dimensiones han conseguido atisbar. El señor de dichas criaturas era el mismo SER que informaba a Carter... y que en realidad era el propio arquetipo de Carter. El fervor ilimitado que Carter y todos sus antepasados profesaban hacia los secretos cósmicos prohibidos era la consecuencia natural del hecho de ser derivaciones del ARQUETIPO SUPREMO. En todos los mundos, los grandes magos, grandes pensadores y grandes artistas son facetas de este SER.

Casi paralizado por el asombro, así como por cierto deleite aterrador, la conciencia de Randolph Carter se postró ante aquella ENTIDAD trascendente de la que derivaba. Las ondas volvieron a detenerse una vez más. En medio del imponente silencio Carter empezó a reflexionar, a pensar en tributos extraños, preguntas extrañas y peticiones aún más extrañas. Conceptos de lo más curioso fluyeron y chocaron en un cerebro aturdido a causa de paisajes desacostumbrados de revelaciones imprevistas. Se le ocurrió que, si aquellas revelaciones eran literalmente veraces, tal vez pudiera visitar de forma corpórea aquellas eras infinitamente lejanas, aquellas partes del universo que hasta el momento solo había conocido en sueños, en caso de que fuese capaz de controlar la magia que operaba el cambio del ángulo de su plano de conciencia. Además, ¿acaso la Llave de Plata no era lo que suministraba dicha magia? ¿No lo había ayudado a hacer la transición de un hombre de 1928 a un niño de 1883, y luego a otra entidad fuera del tiempo? Curiosamente, a pesar de su aparente ausencia de cuerpo presente, supo que la Llave seguía en su poder.

Mientras el silencio duraba, Randolph Carter emitió los pensamientos y preguntas que lo afligían. Sabía que en aquel abismo definitivo se encontraba equidistante de cada una de las facetas de su arquetipo, tanto humanas como no humanas, tanto terrestres como extraterrestres, tanto galácticas como transgalácticas. Su curiosidad respecto a otros estadios de su ser aumentó de manera desmesurada, en especial hacia aquellos estadios que se encontraban más alejados del Carter terrenal de 1928, tanto en tiempo como en espacio, o bien aquellos que con más persistencia se habían aparecido en sus sueños a lo largo de toda su vida. Sintió que su ENTIDAD arquetípica podía enviarle su corporeidad de manera arbitraria a cualquiera de aquellos estadios de vida pasada y lejana. Para ello bastaba con cambiar su plano de conciencia. A pesar de las maravillas que ya había experimentado, ardía en deseos de experimentar las nuevas maravillas que comportaría caminar en carne y hueso entre aquellas grotescas e increíbles escenas que las visiones nocturnas le habían enseñado de manera fragmentaria.

Sin ninguna intención definida, le pidió a la PRESENCIA que le otorgase acceso a un sombrío y fantástico mundo cuyos cinco soles multicolores, constelaciones alienígenas, vertiginosas grietas negras, habitantes con garras y hocico de tapir, estrambóticas torres de metal, inexplicables túneles y crípticos cilindros flotantes habían irrumpido una y otra vez en sus sueños. Tenía la vaga sensación de que aquel mundo era, entre todo el cosmos concebible, el que más libre contacto tenía con otros. Ansiaba explorar aquellos paisajes cuyos orígenes había vislumbrado, ansiaba embarcarse a través del espacio hasta aquellos mundos aún más lejanos con los que comerciaban los moradores de garras y hocico. El tiempo del miedo había pasado. Como en todas las demás crisis de la extraña vida que había vivido Carter, la pura curiosidad cósmica derrotó a todos los demás sentimientos posibles.

Cuando las ondas reanudaron sus asombrosas emanaciones, Carter comprendió que su terrible petición había sido concedida. El SER le hablaba de los abismos anochecidos que tendría que atravesar, de la desconocida estrella quíntuple en aquella galaxia insospechada alrededor de la cual orbitaba aquel mundo alienígena, y de los horrores subterráneos contra los que los habitantes de garras y hocico de aquel mundo mantenían una guerra perpetua. Además, el SER le dijo que el ángulo de su propio plano de conciencia y el ángulo del plano de conciencia que tenían los elementos espaciotemporales del mundo al que pretendía viajar debían inclinarse al mismo tiempo para que regresase a aquel mundo la faceta de Carter que allí había habitado.

La PRESENCIA le advirtió de que se asegurase de conocer los símbolos correctos si quería regresar de aquel mundo remoto y extraño que había elegido. Carter asintió con impaciencia. Estaba convencido de que la Llave de Plata, que aún sentía en su poder y que seguramente inclinase tanto su plano personal como el de destino al llevarlo a 1883, contenía los símbolos necesarios. En ese momento, el SER, que comprendió su impaciencia, hizo una seña para indicarle que se disponía a realizar aquella monstruosa traslación. Las ondas cesaron de forma abrupta, y sobrevino una quietud momentánea preñada de una tensión sin nombre y de una pavorosa expectación.

Entonces, sin previo aviso, se oyeron un zumbido y un repiqueteo que aumentaron hasta convertirse en un estruendo atronador. Una vez más, Carter se sintió el punto focal de una intensa concentración de energía que

batía, quemaba y atronaba de manera insoportable en el ahora familiar ritmo extraño del espacio exterior, y que no era capaz de discernir si era el calor explosivo de una estrella llameante o el absoluto frío helador del abismo
definitivo. Unas bandas y unos rayos de colores del todo ajenos a cualquier
espectro conocido en nuestro universo se extendieron, se ondularon y se
trenzaron ante él. Fue consciente de moverse a una velocidad escalofriante.
Captó un fugaz atisbo de una figura solitaria sentada en un trono nuboso
más bien hexagonal...

VI

El hindú hizo una pausa en su historia y vio que De Marigny y Phillips lo observaban, absortos por sus palabras. Aspinwall fingía no prestar atención
a su relato, y clavaba de modo ostentoso la mirada en los documentos ante
él. El tictac extraño del reloj con forma de ataúd adoptó un significado nuevo y portentoso, mientras que la humareda de las teas olvidadas y medio
ahogadas tomó formas fantásticas e inexplicables y produjo combinaciones perturbadoras junto a las grotescas figuras de los tapices que mecía la
corriente.

El viejo negro que estaba al cuidado de ellas había desaparecido. Acaso
algún tipo de tensión en aumento lo hubiese asustado hasta el punto de hacerlo abandonar la casa. Una vacilación casi en tono en disculpa impregnó
el relato del hindú al retomar su discurso con aquella voz trabajosa aunque
conocedora de los modismos de la lengua:

—Resulta difícil creer la veracidad de estos hechos abismales —dijo—,
pero aún más difíciles de creer resultan los aspectos tangibles y materiales
de mi historia. Así funcionan nuestras mentes. Las maravillas son doblemente increíbles cuando se encarnan en tres dimensiones desde las vagas
regiones de los sueños posibles. No añadiré gran cosa..., pues esa sería otra
historia, una historia muy diferente. Solo les revelaré todo aquello que tienen que saber de manera inexcusable.

Después de transitar por aquel último vórtice polícromo de ritmo extraño, Carter se encontró en lo que por un instante pensó que era su viejo sueño recurrente. Como en muchas noches anteriores, caminaba entre una multitud de seres con garras y hocico a través de las calles de un laberinto de metal cuya factura le resultaba inexplicable, bajo una llamarada de diversas tonalidades solares. Al bajar la vista advirtió que su cuerpo era idéntico al de aquellos seres: rugoso, en parte escamoso y dotado de unas curiosas articulaciones cuya estructura era sobre todo insectoide, si bien guardaba cierta similitud caricaturesca con el contorno de un ser humano. Aún aferraba la Llave de Plata, sostenida por una garra de aspecto nauseabundo.

Un instante después, aquella sensación onírica se desvaneció y Carter se sintió como si acabase de despertar de un sueño. Aquel abismo definitivo, el SER, una entidad de una raza estrafalaria y absurda que recibía el nombre de Randolph Carter en un mundo del futuro que aún no había nacido... Algunas de aquellas cosas formaban parte de los sueños recurrentes del hechicero Zkauba, nativo del planeta Yaddith. Eran demasiado persistentes, pues interferían con su deber de realizar encantamientos para mantener a los escalofriantes bholes en sus madrigueras, y de hecho se mezclaban en ocasiones con sus recuerdos de la miríada de mundos reales que había visitado ataviado como un rayo de luz. Había experimentado unos sueños como nunca antes los había tenido, lo que había soñado era cuasi real. La pesada y sólida Llave de Plata que tenía en la garra superior, reflejo exacto del objeto con el que había soñado, no podía traerle nada bueno. Debía descansar y reflexionar, quizá consultar las Tablas de Nhing en busca de algún consejo sobre cómo actuar al respecto. Trepó por un muro de metal que se apartaba del vestíbulo principal y entró en su apartamento. Una vez allí, se acercó al anaquel donde descansaban las tablas.

Siete fracciones de día después, Zkauba estaba agachado sobre su prisma, presa del pasmo y de un principio de desesperación, pues la verdad había abierto una nueva y conflictiva serie de recuerdos. Ya nunca más conocería la paz de sentirse una única entidad aislada. En lo sucesivo, y para todo el tiempo y el espacio, sería dos entidades: Zkauba, el mago de Yaddith, asqueado ante la mera idea de Carter, el repelente mamífero terrestre que había sido y que volvería a ser, y Randolph Carter, de Boston, una ciudad de la Tierra, que se estremecía de terror ante el ser de garras y hocico que volvería a ser y que ya había sido.

Mención aparte merecían las unidades de tiempo que Carter pasó en Yaddith —explicó el swami trabajosamente en un tono de voz que empezaba a dar muestras de cansancio—, pero para referirlas no bastaban unas pocas palabras. Hubo viajes a Shonhi, a Mthura y a Kath, así como a otros mundos de las veintiocho galaxias accesibles a través de las envolturas de rayo de luz que usaban las criaturas de Yaddith. Hubo viajes de ida y vuelta a través de los eones con la ayuda de la Llave de Plata y otros símbolos que conocían los hechiceros de Yaddith. Hubo repugnantes escaramuzas con los blanquecinos y viscosos bholes en los túneles primitivos del planeta agujereado. Hubo periodos cuajados de sorpresas en bibliotecas, entre el masivo conocimiento de diez mil mundos vivos y muertos. Hubo tensas conferencias con otras mentes de Yaddith, entre ellas la del Archiantiguo Buo. Zkauba no le contó a nadie lo que le había ocurrido a su personalidad, pero, cuando la faceta de Randolph Carter ganaba protagonismo, estudiaba con furia todos los medios posibles de regresar a la Tierra y a su forma humana, al tiempo que efectuaba intentos desesperados de poner en práctica el habla humana con aquel extraño aparato fonador del que estaba dotado y que tan poco preparado estaba para ella.

La faceta de Carter no tardó en enterarse, horrorizada, de que la Llave de Plata no era capaz de culminar el ansiado regreso a su forma humana. Según dedujo demasiado tarde a raíz de recuerdos, sueños y conocimientos adquiridos en Yaddith, la Llave había sido hecha en Hiperbórea, en la Tierra, y solo tenía poder sobre los ángulos de conciencia personales de los seres humanos. Sin embargo, sí que era capaz de cambiar el ángulo planetario y enviar al usuario a voluntad a través del tiempo dentro del mismo cuerpo inalterado. Había otro hechizo añadido que le otorgaba poderes ilimitados de los que de otro modo habría carecido. Pero dicho hechizo también era un descubrimiento humano, en concreto de una región espacial inalcanzable, y los hechiceros de Yaddith no podían imitarlo. Lo habían escrito en el pergamino indescifrable que contenía la cajita de espeluznantes grabados junto a la Llave de Plata. Carter lamentó con amargura haberlo dejado en el coche. El ahora inaccesible SER del abismo le había advertido de la necesidad de estar seguro de conocer los símbolos correctos. En aquel momento Carter estaba seguro de ello, y de que tenía todo lo necesario para emprender su viaje.

A medida que pasaba el tiempo, se esforzó más y más para aprovechar la inconmensurable sapiencia de Yaddith y encontrar por medio de ella una manera de regresar al abismo y a la ENTIDAD omnipotente. Con sus nuevos conocimientos, podría haber hecho grandes avances en la lectura del pergamino. Sin embargo, en las presentes condiciones, disponer de aquel poder resultaba de lo más irónico. No obstante, hubo momentos en los que la faceta de Zkauba era más prominente y se esforzaba por borrar los recuerdos conflictivos de Carter que tanto lo afligían.

De ese modo transcurrieron enormes lapsos de tiempo, eras más largas de lo que el cerebro humano podría llegar a entender, pues los seres de Yaddith solo mueren tras muchísimos ciclos. Después de muchos cientos de traslaciones, la faceta Carter pareció empezar a ganarle terreno a la faceta Zkauba. Pasaba largas temporadas calculando la distancia que había en términos de tiempo y de espacio entre Yaddith y la Tierra humana que aún estaba por formarse. Las cifras eran abrumadoras, muchos eones y gigaparsecs más allá de toda cuenta posible, pero la sapiencia inmemorial de Yaddith le proporcionó a Carter todo aquello que necesitaba para entender semejantes cantidades. Cultivó el poder de lanzarse por un momento a sí mismo en sueños hacia la Tierra, y aprendió sobre nuestro planeta mucho más de lo que había sabido hasta entonces. Sin embargo, no alcanzaba a soñar la fórmula necesaria del pergamino perdido.

Al cabo, consiguió urdir un osado plan para escapar de Yaddith. Todo comenzó cuando dio con una droga que podía mantener en perpetuo estado durmiente a la faceta Zkauba, pero sin llegar a disolver ni sus conocimientos ni sus recuerdos. Carter pensó que sus cálculos le permitirían utilizar una de aquellas envolturas de rayo de luz para realizar con ella un viaje que ningún habitante de Yaddith había culminado jamás. Sería un viaje corpóreo a través de innombrables eones, a través de increíbles extensiones galácticas, hasta llegar al sistema solar y al propio planeta Tierra. Una vez sobre la Tierra, aunque estaría dentro de aquella criatura dotada de garras y hocico, quizá pudiese encontrar de alguna manera aquel pergamino de extraños jeroglíficos que había dejado en el coche en Arkham. Una vez este obrase en su poder, esperaba ser capaz de descifrarlo y, con su ayuda y la de la Llave, recuperar la apariencia terrestre normal.

Los peligros de aquel intento no le eran ajenos. Sabía que cuando lograse inclinar el ángulo planetario hacia el eón correcto (algo imposible de hacer mientras se precipitaba a través del espacio), Yaddith sería un mundo muerto y dominado por los triunfantes bholes, y su huida en la envoltura de rayo de luz correría grave peligro. Asimismo, era consciente de la necesidad de someterse a un estado de animación suspendida, tal como haría un experto en la materia, para soportar aquel vuelo de eones de duración a través de abismos insondables. También sabía que, en caso de que su viaje tuviese éxito, debía inmunizarse contra las bacterias y otras condiciones terrestres, que resultarían hostiles para un cuerpo venido de Yaddith. Es más, debía encontrar la manera de adoptar algo parecido a una forma humana en la Tierra hasta que lograra recuperarse y descifrar el pergamino que le permitiría adoptar dicha forma de verdad. De lo contrario, lo más seguro sería que la gente, horrorizada ante la visión de una criatura que no debería existir, lo encontrara y luego lo destruyese. Si tenía algo de suerte, en Yaddith debería encontrar también algo de oro para capear el temporal por un tiempo.

Los planes de Carter avanzaron poco a poco. Se hizo con una envoltura de rayo de luz de una dureza extraordinaria, que sería capaz de aguantar tanto la prodigiosa transición temporal como aquel vuelo sin precedentes a través del espacio. Realizó innumerables pruebas de todos sus cálculos y envió sus sueños hacia la Tierra una y otra vez, hasta acercarlos lo más posible a 1928. Practicó la animación suspendida con éxito indiscutible. Descubrió el agente antibacteriano que necesitaba y descifró la variante gravitatoria a la que debía acostumbrarse. Con notable ingenio, diseñó una máscara de cera y unos ropajes holgados que le permitirían moverse entre los humanos como si fuera uno de ellos. Asimismo, elaboró un hechizo de doble potencia con el que contener a los bholes en el mismo momento en que partiese del oscuro y muerto Yaddith del futuro inconcebible. Además, se ocupó de almacenar un enorme suministro de aquellas sustancias, imposibles de obtener en la Tierra, que mantendrían la faceta Zkauba en suspensión hasta que fuese capaz de mudar la piel del cuerpo de Yaddith. Por último, se aseguró de hacerse con una pequeña reserva de oro para uso en la Tierra.

El día escogido para realizar el viaje empezó plagado de dudas e inquietudes. Carter subió a la plataforma de la envoltura con el pretexto de viajar a la triple estrella Nython. Se introdujo a rastras en la vaina de metal brillante. Tenía el tiempo justo para ejecutar el ritual de la Llave de Plata. Mientras lo hacía, empezó a elevar su envoltura con suma lentitud. El día se agitó y oscureció de forma terrorífica. Lo recorrió un dolor espantoso. El cosmos entero pareció tambalearse de manera insensata, y el resto de constelaciones empezó a bailar en el negro cielo.

De pronto, Carter sintió un nuevo equilibrio. El frío de los abismos interestelares mordisqueaba el exterior de su envoltura. Carter vio que en ese momento flotaba en el espacio. El tiempo había desgastado hacía eones el edificio de metal del que había despegado. A sus pies, todo el terreno estaba plagado de gigantescos bholes. Mientras los contemplaba, uno se alzó varios cientos de metros y lo señaló con uno de sus viscosos y blanquecinos extremos. Sin embargo, sus hechizos resultaron efectivos, y apenas un instante después se alejó de Yaddith, ileso.

VII

En aquella estrambótica habitación de Nueva Orleans de la cual había huido el criado de piel oscura siguiendo sus instintos, la extraña voz del swami Chandraputra adoptó un tono aún más ronco.

—Caballeros —prosiguió—, no les pediré que crean nada de esto hasta que les haya mostrado una prueba muy concreta. Así pues, acepten mi relato como una mera leyenda, si les digo que Randolph Carter avanzó durante miles de años de nuestro tiempo, a través de miles de años luz en el espacio bajo la forma de una entidad innombrable y extraterrestre dentro de una delgada envoltura de metal electroactivo. Planeó su periodo de animación suspendida de la manera más cuidadosa posible. Debía interrumpirse pocos años antes de su aterrizaje en la Tierra en 1928... o lo más cerca posible de dicho año.

»Carter no olvidará jamás aquel despertar. Recuerden, caballeros, que, antes de aquel sueño de eones, Carter había llevado una vida consciente durante miles de años terrestres entre las maravillas horribles y extrañas de Yaddith. Sintió el nauseabundo mordisco del frío, la interrupción de sueños por lo demás amenazadores, y miró a través de las ventanillas oculares de la envoltura. Estrellas, cúmulos, nebulosas por doquier..., aunque por fin su configuración guardaba cierto parentesco con las constelaciones terrestres que conocía.

»Algún día quizá pueda contarse su descenso hasta el sistema solar. Divisó Kynarth y Yuggoth más allá de sus bordes, pasó cerca de Neptuno y vislumbró los infernales hongos blancos que salpican su superficie. Descubrió un secreto inconfesable al contemplar de cerca las nieblas de Júpiter y vio el horror que habita en uno de sus satélites. Vio las ciclópeas ruinas que hay desparramadas por el rojizo globo de Marte. Cuando la Tierra se acercó, la vio como un gajo que empezó a crecer y crecer de tamaño de forma alarmante. Redujo la velocidad, aunque no tenía tiempo que perder, debido a la emoción del regreso a casa. No entraré en más detalles acerca de esas sensaciones de las que me hizo partícipe el propio Carter.

»Bien, por último, Carter flotó sobre las capas superiores de la atmósfera terrestre a la espera de que amaneciese en el hemisferio occidental. Quería aterrizar justo en el lugar del que había partido, cerca del Nido de Serpientes situado en las colinas de detrás de Arkham. Si alguno de ustedes ha pasado alguna vez una larga temporada fuera de casa, y sé bien que ese es el caso concreto de uno de ustedes, me ahorraré las explicaciones acerca de cómo debió de afectar a Carter la visión de las verdes colinas, los grandes olmos, los huertos nudosos y los viejos muros de piedra.

»Descendió al amanecer y se posó en el prado bajo el viejo caserón de los Carter. El silencio y la soledad de aquel paraje se le antojó una bendición que recibió agradecido. Era otoño, al igual que cuando se había marchado, y el olor de las colinas fue un bálsamo para su alma. Se las arregló para arrastrar la envoltura de metal ladera arriba hasta la arboleda, para meterla a continuación en el Nido de Serpientes. Sin embargo, no pasaba por aquella grieta cuajada de hierbajos que daba a la cueva interior. En aquel lugar cubrió su cuerpo extraterrestre con el atuendo humano que llevaba, y se colocó la máscara de cera que tan necesaria iba a serle. Mantuvo la envoltura allí durante un año entero, hasta que las circunstancias lo obligaron a esconderla en otro lugar.

»Caminó hasta Arkham, y aprovechó para practicar los movimientos de su cuerpo en postura humana y bajo la gravedad terrestre. Entró en un banco y cambió el oro que llevaba por dinero en efectivo. Asimismo, hizo ciertas averiguaciones bajo la identidad de un extranjero que no dominaba bien el idioma. Se enteró de que estaba en 1930, apenas dos años más tarde del objetivo al que había apuntado.

»Huelga decir que se hallaba en una posición lamentable: incapaz de certificar su identidad, obligado a vivir alerta en todo momento, pasando ciertas dificultades en cuanto a comida y con la necesidad de conservar la particular sustancia que mantenía su faceta Zkauba en estado durmiente. Sentía que debía actuar tan rápido como fuera posible. Se mudó a Boston y alquiló una habitación en el decadente barrio del West End, donde podía vivir sin grandes gastos y pasar desapercibido. Empezó a indagar sobre la herencia y las pertenencias de Randolph Carter. Entonces se enteró de lo ansioso que estaba el señor Aspinwall, aquí presente, por que se efectuase el reparto de la herencia. Asimismo, se enteró de los valientes esfuerzos del señor De Marigny y del señor Phillips por evitar dicho reparto.

El hindú hizo una reverencia, aunque no mostró expresión alguna en su rostro oscuro, calmado y de profusa barba.

—De forma indirecta —continuó—, Carter se hizo con una buena copia del pergamino perdido y empezó a intentar descifrarlo. Me alegra decir que pude ayudarlo en su empresa, pues se puso en contacto conmigo bastante pronto, y gracias a mi concurso trabó contacto con otros místicos de todo el mundo. Me mudé con él a Boston, en un desastrado apartamento en la calle Chambers. En cuanto al pergamino..., me alegro de poder disipar todas las dudas que siente el señor De Marigny en estos momentos, y que tanta perplejidad ocasionan en él. Déjeme decirle que el lenguaje de esos jeroglíficos no es el naacal, sino el r'lyehiano, idioma que las semillas estelares de Cthulhu trajeron a la Tierra hace incontables ciclos. Se trata, por supuesto, de una traducción. El original hiperbóreo se escribió hace millones de años en la primitiva lengua de Tsath-yo.

»Había muchísimo material que descifrar, y lo que Carter buscaba estaba en alguna de sus líneas. Sin embargo, no cejó en su empresa en ningún momento. A principio de este año efectuó grandes avances por medio de un libro que adquirió de importación desde Nepal. No cabe duda de que acabará por dar con lo que busca. No falta mucho para que llegue ese momento. Por desgracia, se ha presentado un nuevo problema: apenas le queda suministro de la sustancia extraterrestre que mantiene en estado durmiente a Zkauba. Sin embargo, esto no supone una calamidad tan grande como se temía. La personalidad de Carter se ha asentado en el cuerpo, y cuando Zkauba resurge, por periodos cada vez más cortos y en general a causa de algún estallido infrecuente de emoción, suele encontrarse tan aturdido que no es capaz de deshacer nada del trabajo de Carter. No ha podido encontrar la envoltura de metal que lo llevaría de vuelta a Yaddith, pues, aunque en una ocasión estuvo a punto de dar con ella, Carter la escondió de nuevo aprovechando un momento en que la faceta de Zkauba se encontraba en estado del todo latente. Su mayor logro hasta el momento ha sido asustar a unas cuantas personas y crear ciertos rumores truculentos entre los polacos y lituanos del barrio del West End de Boston. De momento, no ha conseguido dañar el cuidadoso disfraz bajo el que se oculta la faceta de Carter, aunque a veces se desprende de alguna u otra parte que más adelante hay que reemplazar. Yo he visto lo que hay debajo del disfraz... y no es una visión agradable.

»Hace un mes, Carter vio el anuncio de esta reunión y supo que debía actuar con celeridad para preservar su herencia. No podía aguardar hasta haber descifrado por completo el pergamino y poder asumir de nuevo su forma humana. Por ello, me pidió que actuase en su nombre. Y es en calidad de representante de Randolph Carter como me encuentro hoy aquí.

»Caballeros, les aseguro que Randolph Carter no está muerto, sino que se encuentra en una condición anómala temporal. Sin embargo, en cuestión de dos o tres meses a lo sumo podrá volver a aparecer bajo la forma adecuada y reclamar la custodia de su propia herencia. He venido preparado para ofrecerles las pruebas necesarias de la veracidad de mis afirmaciones. Por lo tanto, les pido que den por concluida esta reunión por un periodo de tiempo indefinido.

VIII

De Marigny y Phillips contemplaron al hindú como si este los hubiera hipnotizado. Aspinwall, por su parte, emitió una serie de bufidos y gruñidos. La repugnancia del viejo abogado había dado paso a una rabia evidente. Propinó un puñetazo encima de la mesa con un iracundo puño en el que se marcaban las venas. Cuando habló, lo que salió de sus labios fue una especie de ladrido:

—¿Cuánto tiempo más tendremos que aguantar semejantes sandeces? Llevo una hora entera escuchando los desvaríos de este loco..., de este farsante..., ¡y ahora tiene la desfachatez de asegurar que Randolph Carter está vivo y que debemos posponer el reparto sin razón alguna! ¿Por qué no echa usted a patadas a este sinvergüenza, De Marigny? ¿Va a permitir que este tipo, ya sea un charlatán o un idiota, nos tome por el pito del sereno?

Despacio, De Marigny alzó las manos y habló en tono quedo:

—Vamos a pensar con calma y claridad. Este relato ha sido de lo más singular, y en él hay elementos que yo, como místico no del todo ignorante en estos temas, reconozco como del todo plausibles. Es más..., desde 1930 he estado manteniendo correspondencia con el swami, aquí presente, y lo que dice en sus cartas va acorde con su relato.

Hizo una pausa, que el señor Phillips aprovechó para tomar la palabra:

—El swami Chandraputra ha mencionado que tiene pruebas. Yo también reconozco muchos elementos significativos en su historia. Además, también he recibido varias cartas del swami en los últimos dos años cuyo contenido corrobora extrañamente su historia. Empero, algunas de sus afirmaciones son de lo más chocante. ¿No habría algo tangible que pudiese usted enseñarnos?

Por fin, el swami de rostro impasible replicó con voz pausada y bronca, al tiempo que sacaba un objeto de un bolsillo de su abrigo holgado:

—Aunque ninguno de ustedes ha llegado a ver la Llave de Plata, los señores De Marigny y Phillips han visto fotografías de la misma. ¿Les suena de algo este objeto?

Con cierta torpeza en sus manazas embutidas en manoplas blancas, dejó sobre la mesa una pesada llave de plata deslucida. Medía más de doce centímetros y era de factura desconocida y del todo exótica. Estaba cubierta de principio a fin con jeroglíficos cuya descripción sería de lo más estrambótica. De Marigny y Phillips contuvieron el aliento.

—¡Es la llave! —exclamó De Marigny—. La cámara no miente. ¡No hay error posible!

Aspinwall, en cambio, ya había lanzado una réplica:

—¡Necios! ¿Qué va a probar esta cosa? Si es de verdad la llave que perteneció a mi primo, entonces este maldito extranjero ¡tendrá que explicar de dónde la ha sacado! Randolph Carter desapareció junto a la llave hace cuatro años. ¿Cómo sabemos que no se la robaron y luego lo asesinaron? Mi primo ya estaba medio loco, y encima andaba en contacto con gente más loca que él.

»A ver, dime... ¿de dónde has sacado esa llave? ¿Has matado a Randolph Carter?

Las facciones del swami, por lo general plácidas, no sufrieron cambio alguno. Sin embargo, aquellos ojos remotos y carentes de iris que había en ellas ardieron con peligrosas llamaradas. Habló con gran dificultad:

—Por favor, señor Aspinwall, contrólese. Podría darles otra prueba aparte de esta, pero su efecto en todos los presentes no sería en absoluto agradable. Seamos razonables. Tengo aquí unos papeles a todas luces escritos después de 1930, y su contenido tiene el inconfundible estilo de Randolph Carter.

Con torpes gestos sacó un largo sobre del interior de su holgado abrigo y se lo tendió al abogado, que casi soltaba ya espumarajos. De Marigny y Phillips observaban la escena sumidos en caóticos pensamientos, mientras a ambos los asaltaba una nueva sensación de maravilla celestial.

—Cierto es que la letra resulta casi ilegible..., pero recuerden que ahora Randolph Carter carece de manos adaptadas a los medios de escritura humana.

Aspinwall ojeó a toda prisa aquellos documentos y quedó a todas luces perplejo. Aun así, su conducta no se vio alterada. En la estancia reinaba la tensión, la emoción y un pavor sin nombre, todo bajo el particular ritmo de aquel reloj con forma de ataúd que, a juicio de De Marigny y Phillips, había alcanzado una cadencia del todo diabólica, aunque el abogado no acusaba sensación alguna. Aspinwall volvió a hablar:

—Estos documentos me parecen una ingeniosa falsificación. Y de no serlo, supondrían que Randolph Carter se halla bajo el control de gente que no tiene buenas intenciones. No queda más alternativa que arrestar a este farsante. De Marigny, hágame el favor de telefonear a la policía.

—Vamos a aguardar un momento —dijo su anfitrión—. No creo que este caso sea asunto de la policía. Tengo una idea: señor Aspinwall, este caballero es un místico que tiene en su haber logros muy reales. Afirma estar en contacto estrecho con Randolph Carter. ¿Quedaría usted satisfecho si es capaz de responder a ciertas preguntas que solo alguien con dicho contacto estrecho podría responder? Conozco bien a Carter y puedo formular preguntas de ese tipo. Permítanme ir a buscar un libro que servirá para la prueba.

Se volvió hacia la puerta de la biblioteca. Phillips lo siguió atolondrado y de un modo casi automático. Aspinwall se quedó plantado en el sitio mientras estudiaba con atención al hindú que se había enfrentado a su ira con aquel rostro anormalmente impasible. De pronto, mientras Chandraputra devolvía con torpeza la llave a su bolsillo, el abogado emitió un chillido gutural que detuvo en seco a De Marigny y a Phillips.

—¡Eh! ¡Por Dios, ya lo tengo! ¡Este sinvergüenza va disfrazado! No creo que sea indonesio en absoluto. Esa cara... ¡No es una cara, es una máscara! Creo que no me habría dado cuenta de no haber oído su historia, pero así es. No se mueve, y el turbante y la barba ocultan los bordes. ¡Este tipo es un ladrón de tres al cuarto! Ni siquiera es extranjero, me he dado cuenta de cómo habla. Es de algún estado del norte. Y fíjense en esas manoplas: sabe que podrían identificarse sus huellas dactilares. ¡Maldita sea, quítate ahora mismo esas...!

—¡Basta! —La bronca y extraña voz del swami surgió con un tono más allá de cualquier pavor terrestre—. Ya he dicho que podía presentar otra prueba de ser necesario, y te he advertido de que no me provocases. Este viejo entrometido de rostro colorado tiene razón: no soy indonesio. Este rostro es una máscara, y lo que cubre no es humano. Ustedes dos lo han adivinado, lo he percibido hace unos minutos. No resultaría en absoluto agradable que me la quitase, así que haz el favor de dejar el tema, Ernest. Será mejor que te lo diga: soy Randolph Carter.

Nadie se movió. Aspinwall soltó un bufido e hizo un gesto casi imperceptible. De Marigny y Phillips, al otro lado de la habitación, contemplaron la expresión de su rostro enrojecido y escrutaron la nuca de la figura con turbante sentada frente a él. El tictac anormal de aquel reloj era terrorífico; la humareda de las teas y los tapices de Arrás ejecutaban una danza de muerte. Medio asfixiado, Aspinwall rompió el silencio:

—No, ya lo creo que no lo eres, maldito ratero. ¡No me vas a asustar, por mucho empeño que pongas! Tus motivos tendrás para no querer desprenderte de la máscara. Quizás alguno de nosotros te conoce. Venga, quítatela.

El abogado alargó una mano y el swami la agarró con una de sus torpes extremidades embutidas en manoplas, con un chillido que osciló entre el dolor y la sorpresa. De Marigny, sobresaltado, empezó a acercarse a ambos, pero se detuvo confundido cuando el grito de protesta del falso indonesio se convirtió en un inexplicable sonido a medio camino entre un repiqueteo y un zumbido. La cara enrojecida de Aspinwall tenía una expresión furiosa. Con la mano libre, arremetió contra la barba poblada de su oponente. Esta vez consiguió agarrarla y, tras un brusco tirón, todo el rostro de cera se desprendió del turbante y quedó colgando del furioso puño del abogado.

En ese momento, Aspinwall profirió un grito escalofriante y gutural. Phillips y De Marigny vieron que su rostro se convulsionaba presa de una salvaje, profunda y nauseabunda epilepsia nacida del pánico más cerval que hubiesen visto en cualquier ser humano hasta aquel momento. El falso swami, por su parte, había liberado la otra mano y se acababa de poner de pie, como aturdido, mientras emitía unos zumbidos de una frecuencia en extremo anormal. Acto seguido, la figura del turbante adoptó una postura que en nada se asemejaba a la de un humano, y empezó a arrastrarse de forma curiosa y fascinada hacia el reloj con forma de ataúd que desgranaba aquel tictac con ritmo anormal y cósmico. Su rostro ahora descubierto estaba de espaldas a ellos, así que De Marigny y Phillips no alcanzaban a ver lo que había revelado la acción de Aspinwall. Entonces su atención se centró en el abogado, que se desplomaba pesadamente al suelo. El hechizo se había roto. Por desgracia, para cuando llegaron hasta el pobre hombre ya había muerto.

Se volvieron a toda prisa hacia la espalda del swami, que seguía arrastrándose hacia el reloj. En ese momento, De Marigny vio que una de las grandes manoplas blancas se caía, laxa, de un brazo colgante. La humareda de olíbano era densa, y lo único que se distinguía de la mano al descubierto era una forma alargada y negra. Antes de que el criollo pudiese llegar a la figura, que ya se batía en retirada, el viejo señor Phillips detuvo su avance con una mano en el hombro.

—¡No! —susurró—. No sabemos a qué nos enfrentamos... Podría ser esa otra faceta. Ya sabe..., Zkauba, el mago de Yaddith.

La figura del turbante llegó hasta donde se ubicaba aquel reloj anormal. Ambos espectadores vieron que una garra negra emborronada por la densa humareda toqueteaba el alto reloj lleno de jeroglíficos. Aquel toqueteo provocó una especie de clic. Acto seguido, la figura entró en el reloj con forma de ataúd y cerró la tapa tras ella.

No hubo manera de retener por más tiempo a De Marigny. Sin embargo, cuando el criollo llegó al reloj y abrió la tapa, encontró el interior vacío. Aquel tictac anormal continuaba con ese oscuro y cósmico ritmo que resuena en todos los portales místicos. En el suelo descansaba la gran manopla blanca, así como el cadáver que aún tenía una máscara con barba agarrada en una mano, aunque ya nada habría de revelar.

Ha pasado un año, y aún no se ha oído nada de Randolph Carter. Su herencia sigue sin repartirse. La dirección de Boston desde la que un tal «swami Chandraputra» envió consultas a varios místicos entre 1930 y 1932 estaba realmente a nombre de un extraño hindú, pero dicho inquilino dejó el apartamento poco antes de la fecha de la reunión en Nueva Orleans, y nadie lo ha vuelto a ver desde entonces. Se decía que era un hombre oscuro, con barba e inexpresivo. Su arrendador afirma que esa máscara de tez oscura, que ha sido debidamente expuesta a los interesados en el caso, se le parece mucho. Sin embargo, jamás se pensó que el inquilino tuviese la menor relación con las terroríficas apariciones que protagonizaban las habladurías de los esclavos del barrio. Se peinaron las colinas que hay detrás de Arkham en busca de una «envoltura de metal», pero jamás se encontró nada parecido. Sin embargo, un cajero del First National Bank de Arkham recuerda haber tratado con un extravagante hombre con turbante, que en octubre de 1930 depositó un extraño lingote de oro.

De Marigny y Phillips no tenían muy claro qué pensar de todo el asunto. A fin de cuentas, ¿qué habían podido demostrar? Habían oído un relato. Habían visto una llave que bien podría haber sido forjada a partir de las fotos que Carter distribuyó a voluntad en 1928. También había unos documentos, mas, en suma, nada era concluyente. Había un extraño con máscara, pero no quedaba nadie con vida que hubiese visto lo que había tras la máscara. En medio de la tensión, y de aquella humareda de olíbano, ese numerito de la desaparición dentro del reloj podría haber sido poco más que una alucinación dual. Los hindúes saben bastante de hipnotismo. La razón afirma que el tal «swami» no era más que un criminal con un plan para hacerse con la herencia de Randolph Carter. Sin embargo, la autopsia reveló que Aspinwall murió a causa de una conmoción. ¿Se debía solo a su estallido de furia? Había ciertos elementos en ese relato...

Etienne-Laurent de Marigny se suele sentar en una enorme habitación en la que cuelgan tapices de Arrás de extraños dibujos, una habitación llena de vapores de olíbano. Allí se sienta y escucha con vagas emociones el ritmo anormal de la máquina cubierta de jeroglíficos que es el reloj con forma de ataúd.